AF498460

Ernst Barlach

Seespeck
(Klassiker der Moderne)

e-artnow 2018

Gustaf af Geijerstam
Die Menschen auf Braenna

Marcel Proust
Tage der Freuden

Karl Philipp Moritz
Fragmente aus dem Tagebuche eines Geistersehers

Franz Werfel
Verdi - Roman der Oper

Stanislaw Przybyszewski
In diesem Erdental der Tränen

Ernst Barlach

Seespeck (Klassiker der Moderne)

Eine Geschichte der Identitätskrise

e-artnow, 2018
Kontakt: info@e-artnow.org

ISBN 978-80-273-1160-6

Inhaltsverzeichnis

Kapitel 1

Als Seespeck nicht lange danach in der Gegend von Wilsede in einer Postkutsche durch die Lüneburger Heide auf Buxtehude zu fuhr, weil er am Tage darauf in Hamburg sein mußte, saß er mehrere Stunden in eines Mannes Gesellschaft, die seinen gewöhnlichen Zustand so sehr verkehrte, daß es ihm zu Mute war, als stände er ohne Halt auf einer hohen Leiter oder als faßte ihn für die ganze Zeit ein Schwindel, weil er in einen Spiegel hineinschaute, in dem sich alles bewegte, was draußen sonst ruhig lag und stand. So oft er meinte, sich so zu rücken, daß er den andern fest ins Auge fassen konnte, schien ihm der Boden unter den Füßen zu schwanken, und alles wollte sich vor seinen Blicken wie einem überkopf Stürzenden um- und umkehren. Er hatte den Tag vorher auf dem Wilseder Berge lange gezecht, und daher saß ihm in der Magengegend noch ein gelegentliches Gefühl, als gerönne etwas, als versteinte oder erstarrte etwas, worauf sich gleichzeitig ein leichter Schwindel hinter der Stirn merkbar machte. Aber damit hatte der Anblick dieses Mannes in der Ecke der Postkutsche wohl nichts zu tun, auf dessen Gesicht vom Licht der Bocklaterne ein Rückwärtsstrahl fiel. Seespeck selbst saß in der schräg gegenüberliegenden Ecke am offenen Türfenster und ließ vor diesem noch am Seitenfenster sein Profil gegen den Himmel abschatten.

Der Mensch hatte ein so ordinäres Gesicht, wie man nur haben kann, aber die Augen in diesem Gesicht waren so, wie sie durch die Augenlöcher einer Maske schauen. Etwas paßte hier nicht zusammen, und wenn Seespeck auch an seinen gerüttelten Magen genug zu denken hatte, so horchte er auf die Stimme aus der anderen Ecke doch mit einer sonderbaren Spannung, als er so beiläufig die Bemerkung angebracht hatte, daß die vielen Wacholderbäume auf der Heide in dunklen Gruppen zusammenständen wie Menschen, die über Klatsch die Köpfe zueinanderbögen. Aber der Mann, den die Laterne blendete, wandte kaum die Augen gegen das Fenster und sagte so gelangweilt wie möglich: »Ich sehe nichts.« So ließ auch Seespeck seine Worte und Gedanken in ihren Kammern ruhen und stieg in Moosburg, wo er übernachten wollte, aus, während der andere weiterreiste. Er war aber nicht beruhigt und grübelte, während er zu seinem Abendbrot, nur um nicht unliebsam aufzufallen, ein Glas Bier trank, unausgesetzt über die Wirkung nach, die der Mensch in der Postkutsche auf ihn gemacht hatte. Am nächsten Mittag traf er ihn auf dem Dampfer in Buxtehude, der die Elbe hinunter nach Hamburg fuhr. Der Mensch rauchte und grüßte Seespeck, was ihn nicht wenig erstaunen ließ, weil er gewiß meinte, daß der andere sein Gesicht nicht gesehen haben konnte. Er sagte es auch, und der Mann antwortete, wenn man sich auf Gesichter verlassen wollte, wäre man von seinen guten Geistern verlassen, worauf Seespeck höflich fragte, woran er ihn dann wohl erkannt haben möchte, ohne Antwort zu bekommen. Übrigens hatte der Fremde heute so etwas wie einen Schleier vor den Augen, so daß Seespeck von etwas, das mit der übrigen Visage nicht stimmen wollte, nichts mehr wahrnahm. Sie sprachen noch über allerlei und gingen, als es zu regnen begann, zusammen in die Kajüte, um einen Kaffee zu trinken. Da saß ein fetter Mann, den Seespeck sogleich als einen Gast im Wirtshaus zu Moosburg erkannte, der Nachbar Bäcker, der den Abend über dem Wirt vorgeprahlt hatte. Jetzt war er betrunken, tauchte Pfefferkuchen, die er aus der Tasche zog, in sein Bier und verschlang sie so aufgeweicht, fischte auch wohl abgebröckelte Stückchen, die nun halbflüssig waren, mit plumpen Fingern aus dem Glas und ließ sie hinter den faulen Zähnen verschwinden, nicht ohne daß sie ihm die Weste bekleckerten, worauf er sie, nachdem er sich an der Nase gewischt, mit den Fingern breitquetschte, anstatt sie säuberlich zu entfernen. Dieser Kerl fing an, Seespeck und den andern auszufragen, und hatte die beste Absicht, mit ihnen zu fraternisieren. Seespeck schluckte Kaffee und ließ die Unannehmlichkeit an sich abgleiten, der andere aber erhob sich augenblicks und ging zur Treppe, offenbar um lieber im Regen zu stehen als die Zudringlichkeit des Bäckers nur noch eine Minute zu dulden. Der Bäcker aber vertrat ihm den Weg und bot ihm mit einer scheinbaren Entschuldigung zynisch die Hand, die der andere sich weigerte zu fassen. In diesem Augenblick schien es Seespeck, als sähe er abermals das Widersprechende in seinen Mienen, dasselbe Auge, das durch die Gucklöcher einer Maske lugte. »Na, wir können uns ja auch wieder hinsetzen«, sagte er aber ziemlich ruhig und setzte sich wieder auf den alten Platz, kehrte aber dem Bäcker den Rücken zu und ließ ihn mit seiner ausgestreckten Dreckhand stehen. Dieser war jetzt so schwach und zittrig, wie Jähzornige in besinnungsloser Wut sind. Sein Herz schlug offenbar, als wollte es sich losreißen, und sein schwammiges, blasses Gesicht war wie vertrocknet, seine Haut zeigte eine Menge kleiner Vertiefungen, er schlug endlich mit der Faust auf den Tisch und brüllte dumpf und wie erstickt. Man verstand nicht was, er schien einen erwürgenden Klumpen Wut in Todesangst auszubrechen. »Sie wollten ja wissen, woran ich Sie heute erkannt habe, da ich Ihr Gesicht nicht sehen konnte«, sagte jener nun zu Seespeck. »Ich bin Ihnen die Antwort schuldig geblieben. Sie tragen eine Krawatte, die ewig verrutscht, und daran fingern Sie fortwährend und wissen es vielleicht selbst nicht; als Sie in Buxtehude an die Brücke kamen, sah ich gleich, daß Sie es sein müßten, daran, das ist das ganze Geheimnis.«

»Das stimmt mit der Krawatte«, sagte Seespeck nervös, »und wenn ich mir heute morgen eine bessere gekauft hätte, hätte ich nicht das Vergnügen gehabt, von Ihnen gegrüßt zu werden?« »Gewiß nicht«, war die Antwort. Unterdessen hatte sich der Koloß von Wuthammel herangeschoben und gellte mit pfeifender Stimme drohende Fragen dazwischen. Der Dampfer war aber gerade in die Elbe hinausgelaufen und fing an, leise zu schaukeln, denn er war eins der kleinsten Boote in der Gegend. Darum setzte sich der Bäcker schwerfällig auf einen Sessel und mußte sich, weil er seinerseits schon nicht im Gleichgewicht war, mit den Händen am Tisch halten. Der Mann hinter dem Schankverschlag war herangekommen und machte einen vorsichtigen Gebrauch von begütigenden Redensarten, zeigte aber eine energische Bereitwilligkeit, die Prügel, die es geben würde, mit seinem Rücken aufzufangen. Der, dem die Wut galt, drehte sich einen Augenblick nach dem Schreier um und sagte deutlich: »Pfui Teufel!«

Als nun der Dicke mit einem Ruck aufsprang, der Hemdärmelige ihn aber bei den Händen faßte, stieß er mit dem Fuß an den Sessel, der umgefallen war, kam ins Stolpern und schlug nieder, recht mit dem Kopf auf den Boden, wo er einige Augenblicke ruhig blieb, sich dann mit Hilfe des Schenks aufrappelte und ganz zufrieden, wie es schien, seinen früheren Platz wieder einnahm. »Wenn ich nicht besoffen wäre«, sagte er mit deutlicher Selbstverspottung, »sollten Sie mal sehen, was es heißt, Bäcker Buurs Hand auszuschlagen«, und etwas später setzte er hinzu: »Wenn ich nicht besoffen bin, fang ich überhaupt keinen Streit an.«

Sie schwiegen alle einen Augenblick; der Schenk hatte dem Bäcker auf seinen Wink ein neues Glas Bier gebracht. Es wurde fast dunkel, und man hörte den Regen auf das Verdeck platschen, obgleich die Räder des Dampfers draußen im Wasser heftig wühlten.

Seespeck war es wieder, als drehten sich um ihn alle Dinge, und er wußte nicht, wo oben und unten war. Er belauerte ein wenig seinen neuen Bekannten und dachte nach, was er wohl sagen könnte, der aber schien so verdrossen, daß er sich nicht gleich traute, ihn anzureden. Da winkte der Bäcker dem Wärter, legte einen braunen Kuchen auf den Teller und sagte: »Bringen Sie dem Herrn den Kuchen, es ist gute Ware.« Und wirklich, der Herr nahm den Kuchen an und knabberte ein Stück ums andre davon herunter. Zu sprechen hatte er aber offenbar keine Lust, und der Geber des Kuchens war nur ein dickes, immer keuchendes Stück Luft für ihn.

Es war aber ein Stück Luft, dessen Stimmung bei zunehmender Dunkelheit immer besser wurde, es wurde ein tönendes Stück Luft, das Stück Luft, das wie seine natürliche Funktion erst singvogel-ähnlich sein einziges Motiv mehrere Male herausließ, dann sich im Singgefühl zusammenballend sein Genügen wie tönendes Selbstgespräch, Selbsttrost, Selbsterbauung, Selbsterleuchtung aus sich heraus scheinen und schimmern ließ. Was für eine Art Singen es war, ließe sich schwer beschreiben; man konnte denken und sagen, es war das gesungene Porträt des Bäckers, wie er etwa, befreit von der Schwere seines fleischigen Überflusses, aber doch als Riese und Ungetüm leicht tänzelnd, mühelos hüpfend in grotesker Gewandtheit seiner Unförmlichkeit spottend durch Wald und Heide striche, seiner selbst entledigt und doch sein Selbst entfaltend, durchaus unähnlich dem Begriffe, den man nach den früheren Vorgängen von ihm haben konnte, und doch mußte man denken, daß sich so, wie er sich nun zeigte, erst die rechte Anschauung seines Wesens ergab. Der Kuchenesser ließ sich nicht stören, man sah nicht, ob dieses Singen ihn verdroß oder ob er es überhaupt wahrnahm. Schließlich drehte er sich doch um, stützte die Ellenbogen auf die Knie, duckte sich beobachtend zusammen und ließ den Rauch seiner Zigarre an dem zusammengekniffenen einen Auge vorbei, vor den hochgezogenen Brauen vorweg, die heftig gerunzelte Stirn verschleiernd, mit schiefer Kopfhaltung aufsteigen. Er faßte das singende Ungetüm von Bäcker ins Auge, er sog sich fest an ihn, er schnitt in ihn hinein mit der gelassenen Sachlichkeit eines Operateurs. Seespeck wurde angst und bange. Aber da sah er schon, wie des Bäckers Gesicht, wie aus einer Dunstwolke auftauchend, sich dem andern zuwandte und wie ein Grinsen, dessen Deutung nicht versucht werden kann, dieses Gesicht überzog und wie die dicke Zunge zwischen seinen Lippen aus verborgener Höhle hervor auf den Betrachter zielte. Der Bäcker schnitt seine Grimasse, und der andre parierte diese Hiebe, die in ihrer Scheußlichkeit, wie Entleerungen von Unrat, schlimmer als Fausthiebe oder Schimpfworte waren, mit der geräuschlosen Tätigkeit seiner Augen, aber nicht ohne von dem Ekel des Kampfes ermüdet und verwundet zu werden. Man sah, wie seine Schultern im Krampf des Ringens nach Atem sich hoben und senkten. Es war für Seespeck offenbar überflüssig, ein Wort zu sagen, denn hier war kein Blutvergießen oder sonst ein rasch vergessenes Malheur zu erwarten, und wenn man als Bürger und Mensch von üblicher Betrachtungsweise in dem Gebaren des Bäckers das eines Tollen hätte ansehen können, was Seespeck aber ganz fern lag, da es im geringsten nicht das Wesen der Sache traf, so mußte man vom tiefen Ernst ergriffen werden, mit dem sein neuer Bekannter bei diesem Duell mit geheimnisvollen Waffen seine Sache betrieb. Die Erwartung, was hieraus entstehen sollte, war dieselbe, mit der man dem Ablauf eines Unglücks zusieht, das in seinen einzelnen Zuständen noch nicht ans Ende geraten ist. Der Bäcker war wohl der Stärkere an Ungestüm und Gewandtheit, seine berserkerhafte Lust schöpfte immer neue Erfindungen in der Ausschüttung von inneren Zuständen auf den Gegner, er schämte sich so wenig der Anwendung selbstschänderischer, entblößender Entstellungen, daß er den Gegner schon durch die Scham vor dieser Selbsterniedrigung zu entwaffnen drohte. Aber was war das auch für ein Wesen, das diese Verzerrungen, diese Entladungen, diese Selbstbehauptungen vom unheimlichen Grunde wie stinkende Blasen aus dem Sumpf in Gebärden und Grimassen heraufquellen machte! Ein Mensch? Wenn ein Mensch so seine Fesseln sprengen kann, wenn er so Rasendes, Vulkanisches in sich hat, dann war es ein Mensch. Man konnte sich einbilden, den Widerhall vom Gebell von hunderttausend Dämonen zu hören, die sich gegen Gott empören. Er ließ seine geballte Faust auf der Nase tanzen, als wollte er die unerträgliche Mißgestalt eines so abscheulich mit klumpigen Geschwüren Gezeichneten an sich reißen, er ließ bei geschlossenen Augen die linke Mundseite zur Ausflußöffnung eines widerlichen Tones werden, der zwischen der inneren Seite der fetten Backe und den schwarzen Zahntrümmern hindurchsickerte. Pfui Teufel, war das ein Menschenmund, der sich dazu hergab, ein ekelhaft ausgebildetes Ausgußloch zwischen ein paar Hinterbacken zu werden? Und wie Kot und allerlei seelischen Unrat leerte ›jener‹ gelassen aus, wobei es ihm recht darauf ankam, den Vorgang unmißverständlich sein zu lassen; er verschob die untere Hälfte des Gesichts so weit, daß die Augen aus dem ordentlichen Zusammenhang gequetscht schienen, er bog den Kopf in den Nacken und mißhandelte die Lippen zu einem lächelnden Ausdruck eines schweinischen Behagens; aber dies wenige und tausenderlei anderes gleichzeitig mit blitzschnell vorübergleitenden Variationen von Offenbarungen der Verblödung und der Selbstzerstückelung, der Verunehrung und Ableugnung alles Heiligen und überhaupt des menschlich Würdigen, Graden und Ganzen. Und das Schlimme schien, daß dies alles in getroster Verfassung stattfand, daß auf diese mit Verzweiflung geruhig noch einmal gespuckt, daß die Entwürdigung mit Prahlerei gesalzen wurde.

Er nahm einmal die sanftmütigste Miene von der Welt an, belud jeden Zug seines Gesichts mit Gnädigkeit, Genehmlichkeit, und die Spielgenossen seines Gesichts trieben Sanftgeherei und Zutulichkeit, mit Erbarmen an jedes einzelne Leidlaune, aber dabei und dazwischen trieb sich wie der Schatten eines versteckten Reißtieres ein Lauern um, das man nur spürte durch die Nase eines reinen Gefühls und das die fromme Miene zur hämischen verdarb. Ein anderes Mal biß er die Zähne zusammen, ließ ein Augenglotzen und ein gleichzeitiges Erblinden wie in jäher Angst vor etwas Schrecklichem ausbrechen …die Miene eines selbstmörderisch Erstickenden, dessen Angst vor dem Gräßlichen nur überboten und gelähmt wird durch den Ekel vor sich selbst.

Der andre, der Mensch, der bisher seine Maske getragen hatte, zeigte aber nun auch sein Gesicht. Es war gleichbedeutend mit den Kinderblicken in einen unermeßlichen Abgrund oder besser in eine Unermeßlichkeit überhaupt.

Die ganze Veränderung seiner Mienen bestand vielleicht darin, daß aus der anfänglichen Wehr und Abwehr dann ein Aufnehmen und Empfangen geworden war, alle Türen der Empfänglichkeit waren weit aufgetan. Die klare Stirn und der reine Blick waren Brücken und Wege, auf denen alles, was wollte, ungehindert zudringen konnte, und nur ein gelegentliches Augenblinken zeigte an, daß da Schlucken und Saugen in einem Maße stattfand, daß die Kanäle sich zu verstopfen drohten und die Zugänge sprengen mußten, der Mund stand halb offen, und die Kinnbacken zitterten in leisem Krampf wie von unterdrücktem Wehgeschrei, wie im Moment, wo ein Mißhandelter seine Geduld, seine Demut weichen spürt; ein paarmal schlugen die Zähne aufeinander. Was aber Seespeck bald heraus hatte, war, daß der Sporn all dieser Anstalten zu guter Letzt so etwas war wie eine frevelhafte, bis zur Selbstausschaltung gehende Neugierde, eine ungehörige Begierde, die wie ein wollustartiger Krampf sich an Fremdes und Anderes wie an Besseres hingibt und verliert. Und über allem leuchtete der Schein eines Leidens, wie es einen Menschen zerfleischen kann, der im Jähzorn sein Kind mißhandelt und dabei sein eigenes Gefühl vergewaltigt. In seiner Hand hielt er krampfhaft wie einen Fetisch den Stummel der Zigarre.

Wer während dieser wenigen Minuten die Augen geschlossen gehabt hätte, um ein wenig einzunicken, hätte von all diesem nichts gemerkt. Der Regen platschte oben auf das Deck, und die Schaufelräder schnauften bei ihrer Arbeit. Es war so dunkel geworden, daß die Fettleibigkeit des stumm rasenden Bäckers zur Gespensthaftigkeit wurde und Seespeck, der es nicht länger aushielt, dem Schenk zurief, er solle Licht machen. Eine Lampe, die an der Decke hing, wurde angezündet und gab sich mehr mit Flackern und Stinken als mit Leuchten ab. Immerhin, es fiel Schein auf die Köpfe und Rücken; die Stirnen, Nasenrücken, Backenknochen der Leute gaben stumme Antwort auf die stummen Fragen der Lampe; was mit ihnen geschah, das taten sie an andern, und die blanke Tischplatte legte ihren Schatten wie ihre tote Ehehälfte auf den Boden der Kajüte. Seespeck war aufgestanden und sagte, weil ihm nichts Besseres einfiel, zu seinem Bekannten: »Kommen Sie nur, oben regnets nicht mehr, und hier unten kann man keine Luft kriegen.« Es war nur eine Spur von Aufheben in der Gestalt des Angesprochenen fühlbar, er konnte nicht, denn der Bäcker hatte mit dem Finger abgewinkt. Er durfte nicht, nein, er wollte nicht. »Gehen Sie nur«, sagte er langsam. »Gehen Sie doch...!« wiederholte er schneller. Aber Seespeck, der so etwas wie ein Kitzeln in sich fühlte, schlenderte zwischen beiden durch und lehnte sich an den Schankverschlag, wo er ein langes und breites von Allerweltsredensarten mit dem Mann dahinter zu wechseln begann. Der Bäcker, der in der Dämmerung lebendig geworden war, starb unter der Lampe ab. Er wiegte sich ein wenig, faltete die Hände über den Bauch, wobei er die Weste, indem er mit den Schultern zuckte, über die Hose hinaus, mitzog, daß das schmutzige Hemd sich zeigte, sein Grimassentrieb erstarrte, und er sank in dem Stuhl noch mehr zusammen, aber so ins Gleichgewicht aller seiner Fleisch- und Fettmasse hinein, daß er ruhig schlafen durfte, wenngleich seine Schweinsaugen ins Licht zu träumen fortfuhren. Der andere blieb sitzen und senkte den Blick, doch so, daß er den Bäcker im gröbsten Sehbereich seiner Augen behielt. ›Was‹, dachte Seespeck, ›ist dieser Klumpen von einem Bäcker ein Verdammter, der hier einmal seine Qual und seine Schuld herausgemimt hat? Hat diese Masse leiblicher Unsauberkeit das klare Bewußtsein seiner unsauberen Geistigkeit? Aber was für ein Fürst von einem Übeltuer!‹ Indem stieß das Boot in Neumühle an die Landungsbrücke und nahm eine Menge Menschen auf, die sich in die Kajüte warfen und Tische und Bänke bis auf den letzten Platz besetzten. Der Ruck hatte den Bäcker ermuntert, und die menschliche Sturmflut hatte ihn in Stimmung gebracht. Er begann, wie vorhin braune Kuchen in Bier zu tauchen und mit Kuchenschlamm zu wirtschaften; gewissermaßen hämisch, als ob er innerlich frohlockte: ›Wenn ihr wüßtet, was für ein Ekel ich bin!‹ Zugleich ging eine Unterhaltung von ihm aus, gutmütig-vernünftig mit allerlei roher Schalkheit vermischt. Doch wußte er wohl, an sich zu halten, und trat niemand mit seinen Dreistigkeiten zu nahe. Es war, als streue er Taubenfutter, die Flinte hinterm Rücken, um nachher desto lustiger zwischen sie zu pfeffern. Dabei zog er auf geschickte Art die Frauen ins Gespräch und gab sich so spaßige kleine Blößen, daß alle Welt ihn für einen allerliebst närrischen Kauz hielt. »Hannis«, rief er dann plötzlich und suchte im Hin- und herrücken seines Halses nach dem Menschen von vorhin, der in der Menge saß, »Hannis, mein Engel, denkst Du auch, ich bin ein Trampeltier, wie alle Damen tun?« Der so genannte Hannis wurde rot bis an die Stirn und duckte sich tiefer, als wollte er sich versenken, aber der Bäcker faßte nach ihm mit unsichtbaren Händen und rief: »Ich seh Dich ja doch, was denkst Du bloß? Sehn Sie ihn an, meine Herren, das ist Hannis, mein Engel!« Alle sahen auf ihn. »Ob Du auch meinst, daß ich ein Trampeltier bin?« beharrte der Bäcker, dem unterdes die Kuchen ausgegangen waren. Seespeck zitterte. »Machen Sie bitte ein wenig Platz, Herrschaften«, rief der Bäcker, »damit ich meinen Hannis ins Auge fassen kann. So, danke verbindlichst.« Man hatte tatsächlich zwischen dem Bäcker und dem »Hannis« eine hohle Gasse geschaffen, und so saßen sie sich nun im Gedränge gegenüber. »Ach Gott«, sagte der elende Mensch, »ein Trampeltier sind Sie wohl nicht.«

»Und was sonst?« fragte der Bäcker. »Ein Rhinozeros?« Und fügte halblaut hinzu: »Kuchen gibts keine mehr, mein Engel, die sind alle. Hannis ißt nämlich für sein Leben gern aus meiner Hand«, erklärte er den Leuten wie ein Schauspieler, der beiseite spricht. Und da »Hannis« noch immer nichts sagte, fuhr er fort: »Komm, gib mir Deine Pfote, Hannis, Du weißt besser als alle, was ich bin.« Und der arme Hannis tat, was er sollte, er ging einen Gang wie zum Schafott, und der Bäcker schüttelte ihm die Hand und behielt sie fest, daß er vor ihm stehen mußte, während sich zugleich der freie Raum hinter ihm wieder füllte und die Leute dicht hinter ihm drängten, so daß er mit dem Bäcker Hand in Hand gefangen war. »Hast Du noch etwas, mein Herz«, fuhr der Bäcker fort, »daß Du meine Hand nicht losläßt? Möchtest Du einen Dreiling haben oder so was? Dann wollen wir sehen...«, und immer noch die Hand des Jammer-Hannis festhaltend, suchte der Bäcker mit der freien Linken in der Hosentasche nach einem Geldstück.

Das Spektakel wurde den Leuten widerlich. Einige Stimmen hörte man, die halblaut wissen wollten, was das alles zu bedeuten habe. »Nein«, sagte der Bäcker, davon unberührt, »Du hast an Deinem Kuchen genug gehabt, Du wirst sonst übermütig, geh an Deinen Platz, aber laß meine Hand gefälligst los, sonst wirst du sehen« und trieb es in derselben Art noch einige Augenblicke weiter. Hannis war, was man wie aus dem Wasser gezogen nennt; schließlich schien dem Bäcker die Geduld zu reißen. »Marsch allons!« schrie er wütend und gab Hannis einen Stoß, daß er gegen seine Hintermänner prallte, »wer bist Du denn, ich kenn Dich überhaupt nicht, so ein Hundsfott!« Seespeck hatte sich herangedrängt und faßte den »Hannis« an der Schulter, um ihn fortzuziehen, denn er war Schritt für Schritt zu der Einsicht gekommen, daß man den Hannis bevormunden müsse, wenn man als redlicher Freund an ihm handeln wolle. Ihm schien dieser Hannis zu denen zu gehören, die immer darauf warten, irgendwie in Richtung gebracht zu werden, die ohne Direktor wie herrenlose Gespanne quer zu allen vernünftigen Wegen hin- und hertreiben. Die man vor allem nicht fragen müßte, was ihnen beliebe, denn ein Belieben zu ergründen, macht ihnen die schwerste Pein, weil sie nie eins haben oder sich wenigstens nur dann eins einbilden, wenn es von andern approbiert wird; zwischen zwei Direktoren aber zu geraten, ist ihnen bei ihrer Redlichkeit und dem ewigen Drang, sich selbst den Glauben von der einzigen Heilstatsache ihres schlichten Überzeugtseins einzureden, das Widerwärtigste, was ihnen aufstoßen kann. Darum vertrat er gegen Seespeck den Respekt vor dem Bäcker von Moosburg aus barem Verlangen nach einem Davonkommen in Redlichkeit. Und der Bäcker, dem in einem Strudel von kaltblütig versetzten, aber rotsaftigen Grobheiten von allen Seiten nicht wohl war, machte sich, als er den Treu und Glauben seines Hannis bemerkte, ein wenig Luft, indem er, wie ein Schwimmer mit den Händen Spritzer und Flutgüsse abwehrt, die Ellbogen höher hob als die Hände selbst, und hängte sich in seiner Not an des Hannis Rockschöße, die ihm unvermutet geboten wurden. »Minschenkinners! Minschenkinners, is jo allens nich so meent west ...was, Hannis, keine Rede von Ernst, alles Spaß, alles Spaß!« »Jawoll«, schrie einer, »Spaß wie Wurstmachen für Schweine!« Dazu lachten einige, andere wandten sich ab und orientierten sich über den Gang des Schiffes und den Stand des Wetters, eine Anzahl aber spitzte sich auf Hannis und seine Stellungnahme, denn am Ende mußte er am besten wissen, ob ihm Spaß oder was sonst widerfahren war. »Uns geht die Sache ja schließlich nix an«, hörte man sagen, »aber den...« »So?« sagte Seespeck. »Wenn einer vor Ihren Augen und Ohren geludert wird, dann geht Sie das nichts an? Dann könnte es ihm ebensogut einfallen, Ihnen Modde in den Mund zu stopfen, und Sie dürfen sich auch nicht beklagen. So ist es nun doch nicht! Wissen Sie!« »Na«, schrie jetzt ein anderer, »was wollen Sie denn, Sie lassens sich ja auch bieten, warum machen Sie denn nichts? Lassen Sie sich ja nich abhalten, Sie haben den Vortritt. Machen Sie Platz für den Herrn, er will sich'n büschen zeigen und kann bloß nicht rankommen.« Seespeck, der genau wußte, daß er der Situation gar nicht gewachsen war, fand sich schnell dem Bäcker gegenübergeschoben. Einen Augenblick blitzten die Grimassen des Kolosses im Dämmerlicht an seinen Augen vorüber. Er hatte die Vision eines Ungetüms, eines boshaften, schädlichen, unheimlich mächtigen und dabei spottlustigen Riesen. ›Wie komm ich dazu, mich hierhin zu stellen?‹ Dieser Schatten von Feigheit glitt durch sein Gemüt, aber er konnte nicht entwischen, ohne den Hohn der ganzen Menge auf sich zu laden, und dazu fehlte es ihm noch (mehr) an Mut, ›und am Ende‹, dachte er, ›wollen sie bloß ihre Unterhaltung haben, und hier ist keine Arena, wo der Stier am Boden liegen muß.‹ So ungefähr klang es bei ihm. Hannis, wie der Mann am Ende wohl genannt bleibt, wollte natürlich vermitteln, aber Seespeck schob ihn mit so viel Entschiedenheit zurück, daß ein Hanswurst hätte behaupten können, er mache sich statt an den Bäcker an den Freund, bei dem die Gelegenheit, Forsche zu zeigen, weniger riskant sei. Der Anfang des Intermezzos war glücklich, denn der Bäcker verriet mit einer einzigen unsicheren Handbewegung etwas wie Überraschung, und Seespeck winkte ab. »Lassen Sie um Gottes Willen Ihre Hand, ich habe Ihnen meine nicht hingestreckt und denke auch nicht daran, es zu tun.« Der Bäcker kratzte sich an den Bartstoppeln und betrachtete Seespeck so lustig wie ein Hungriger einen fetten Bissen. In seinem Bauch begann es zu wühlen, als ob Platz geschaffen würde, und einige Stöße oder Packen von Lachen wurden an die Luft gesetzt.

»Ich habe ja keine Kuchen mehr«, sagte er mit dem Ausdruck aufrichtiger Sachlichkeit. Es lag ihm daran, daß dies Faktum allerseits allen guten Leuten zugängig wurde, man konnte es nicht laut und eindringlich genug sagen ... und natürlich freundlich und mit jener großartigen Ehrpusseligkeit, mit der manche Leute ein Nichts von Richtigkeit zu einer beschworenen Wichtigkeit machen. Er sah Seespeck teilnehmend an. Man lachte. »Es ist mir ja nicht um Kuchen zu tun«, sagte Seespeck, »ich will mich überhaupt mit Ihnen nicht unterhalten...« »Schade«, sagte der Bäcker und stopfte die Zeigefinger in die Ohren, »es hätte mich gefreut mit einem vornehmen Herrn ... man kann immer zulernen, aber wenn nicht, dann nicht, was ich Ihnen so vorquatsche, kann nicht weit her sein, unsereins steht am Backofen oder manscht mit Mehl und Teig...«, und als Seespeck, weil der Bäcker die Ohren wieder losgelassen hatte, seinerseits, was für sein Ansehn sehr notwendig war, ein kräftiges Sprüchlein sagen wollte, fuhren die Zeigefinger des Bäckers wie Mäuschen in die Löcher zurück, und er hob die Augen, und indem er alles Schmalz seiner Kehle auftrug, ergoß er sich restlos in die gesungene Frage an die Decke: »Wer hat dich, du schöner Wald, aufgebaut so hoch da droben?« Man lachte lauter, man fand ihn zuletzt prachtvoll und ließ sich für diese Art Abfuhr Seespecks beifällig finden. Seespeck war erfahren genug, um einzusehen, daß er seine Manier von Grund auf ändern müsse; der Bäcker, der nicht zuhörte, war unverletzlich und konnte ihm seinerseits antun, was ihm nur beifiel. ›Bellen nützt nichts, man muß beißen‹, dachte er, darum stieß er ihn, wirklich wütend geworden, mit dem Fuß vor den Bauch, was er von da, wo er stand, ganz bequem tun konnte, und immerhin war er, wenn auch an körperliche Leistungen nicht gewöhnt, kräftig genug und hatte die Gelegenheit instinktiv so ausgiebig wahrgenommen, daß er dem fetten Ungetüm sein Leibliches schmerzlich zum Gefühl brachte. Er heulte auf und setzte im nächsten Augenblick etwas tiefer zu einem Gebrüll an, wie wenn sich seine überschäumende Wütigkeit mit dämpfender Überlegung zu mischen anfinge, und überhaupt dachte Seespeck, daß er für den Fußtritt wohl ein bißchen dick auftrüge, und begann, im nächsten Augenblick ein fades Gefühl der Überraschung über die Folgen seiner

Tat an der Reversseite des kühnen Herzens zu spüren. Er hätte noch nicht einmal so leicht das herrische Auftreten dieses Gefühls an seiner empfänglichsten Stelle geduldet, wenn nicht der Bäcker, nachdem das tiefer und tiefer gestimmte Gebrumm sich verlaufen hatte, nun halbwegs ernüchtert, mit dem fatal wachen Ausdruck gepeinigter Leute um sich gesehen hätte, die ihren Schmerz verkneifen, so lange es geht.

Und doch, das fade Gefühl an dieser gewissen Stelle war doch wohl nur ein natürlicher Schauer seines heftig klopfenden Herzens ...! Was konnte denn dem Dicken Schlimmes passiert sein, er wußte ja am besten, daß er schließlich nur pro forma zur Änderung der Situation gestoßen hatte. – Die Leute waren still geworden, und die Waage der Parteien stand einen Augenblick im Gleichgewicht, so lange der Bäcker den Blick, der eigentlich sein Eingeweide beschaute, in der Menge hin- und hergehen ließ und den wütenden Schmerz, der wuchs oder nachließ, wie ein andern unsichtbares Gespenst zwischen ihnen musterte. ›Er spielt Klavier‹, dachte Seespeck einen Augenblick, ›seine Mimik fingert sich ihre Melodie in uns zurecht.‹ Nun zog der Bäcker die Augenbrauen höher und spannte die Muskeln des Gesichts, was entschieden auf Zunehmen des Schmerzes und größere Anstrengung, ihn zu verhehlen, deutete, und die Waagschale zu seinen Gunsten stieg langsam hoch.

›Ach Gott, der ist ja auch noch da‹, dachte Seespeck, als er Hannis an den Bäcker herangehen sah, und war froh, ein wenig in den Schatten geschoben zu werden. »Nu, mein Engel, willst Du mir auch eins versetzen?« fragte der Bäcker mit verhaltener Stimme, als wolle er das Zwerchfell schonen, aber doch mit einem Anflug von Aufgekratztheit. »Sieh mal zu, ob da was zu sehen ist, sonst hilf nach...«, und dabei knöpfte er sich vorsichtig auf und machte Miene, das Hemd hochzuzerren, hielt aber mitten in diesem Geschäft inne und ließ aus seinem Bauch einen Seufzer blasen, der ihnen allen so etwas wie Bauchweh einflößte, bei Seespeck aber das bewußte fade Gefühl am Herzen neu reizte. »Mir ist bannig übel, Hannis«, sagte er dann, »geh mal zur Seite, ich bin bange, ich mache Dich naß dabei.« So weit kam es nun nicht, aber doch machte der Bäcker aus seinem Bauche eine Fundgrube von verschiedenartigsten Ansprüchen an des armen Hannis Erbötigkeit zum Beistand.

»Wie heißt er?« fragte er in einer Pause, als ob er sich plötzlich an den Urheber seiner Leiden erinnerte, und als Hannis geantwortet hatte: »Ich weiß nicht«, ließ er die Gedanken wieder zu seinen Schmerzen untertauchen, hauchte aber, noch wie beiläufig: »Frag ihn und schreibs mir auf, Hannis...«, und Hannis trat wahrhaftig zu Seespeck heran und bat um Namen und Adresse. Seespeck zögerte und überlegte einen Augenblick, dann, um Zeit zu gewinnen und vielleicht um sich ein wenig mit Gleichmut aufzuspielen, fragte er Hannis, wer er denn wäre, und erfuhr, er wäre Photograph und wohne da und da und hieße Germann. »Schreibs richtig auf«, rief der Bäcker, und es schien Seespeck, als wäre zwischen die gepreßten und gequetschten Töne versehentlich ein unterirdisches Lachen geraten. »Wozu will er meine Adresse haben?« sagte Seespeck plötzlich, weil er dachte, wenn schon er den Fußtritt bezahlen müsse, so könne ein wenig Widerspenstigkeit gut und gern mit dreingehen. Der Bäcker hörte es und wandte sich an die Leute: »Lassen Sie ihn nicht raus, er will seine Verantwortung loswerden.« Man hörte verschiedene Stimmen, und es ließ sich so an, als ob dem Bäcker sein Recht nicht verkümmert werden solle. »Aber Leute«, sagte Seespeck, »er hat doch eine Tracht Prügel verdient, und nun sollen wir die Scherereien haben, ist das vernünftig?« »Sie haben nicht mit Füßen nach Menschen zu stoßen«, sagte großartig ein Fanatiker. »Ganz recht«, schrie Seespeck, der die Besinnung verlor, »ich hätte ihm eine Kugel in den Bauch jagen müssen, dann hätte der Mensch sein Recht gehabt.« Damit hatte er seine Sache zwar nicht verbessert, aber es war doch so etwas wie eine Diskussion eröffnet. Jemand wollte wissen, was der Bäcker Seespeck eigentlich getan hätte, und Seespeck antwortete: »Angeekelt hat er mich ..., und dann hat er Hannis wie einen Lumpen behandelt.« Das wäre ja Hannis' Sache, fand ein Unsichtbarer in der Ecke. »Nein«, feuerte Seespeck aufs Geratewohl in die Richtung, »ein Mensch, der das ansieht und sich nicht beteiligt fühlt, hört auf, ein anständiger Mensch zu sein.« So hetzten die Glossen eine Weile hin und her. Jemand wollte wissen, ob er ein anständiger Mensch wäre, er hätte sich nicht beteiligt gefühlt, und Seespeck antwortete, das könne er sich nach dem Früheren ja selbst sagen. Der

Jemand wollte ihm darauf zu Leibe gehen, aber er blieb im dichten Gedränge ein unsichtbarer Fechter, und sein durchlöchertes Ehrgefühl verblutete mit Geschrei. Seespeck aber kam durch seine Nächsten arg ins Gedränge, die Beweise und Theorien von Recht und Ehre wurden wie Schallgewichte geschleudert, und die Münder drängten sich so nahe, als wollten sie Seespeck seine Irrtümer vom Leibe abbeißen.

Inzwischen hatte Hannis dem Bäcker etwas auf ein Notizblatt geschrieben und ihm in die Hand gegeben. »Ist das sein richtiger Name?« fragte der Bäcker. »Nein«, sagte Hannis, »meiner, aber der genügt, denn schließlich hat er sich ja meinetwegen mit Ihnen angelegt, ich wills selbst verantworten.«

Der Bäcker griff mit den Händen nach Hannis' beiden, trommelte darauf und spielte den Nachdenklichen. »Sehn Sie bloß«, schrie nun Seespeck und wies auf diese artige Szene, »ich wette, er macht sein Testament, wenn Ihr mich tüchtig prügelt, kommt der eine oder andre von Euch auch mit hinein. Es sieht ja aus wie Erbschleicherei, Herr Germann«, sagte er zu Hannis, »schämen Sie sich nicht?« »Was wollen Sie«, antwortete Hannis, »er ist ja wieder ganz nett«, und der Bäcker, wohl etwas ermattet von überstandenen oder glücklich gespielten Schmerzen, aber doch versöhnt mit dem Leben, kaute ein paarmal vorsichtig wie auf einem Bissen, der noch soeben sehr hart war, nun aber saftig und weich geworden ist, und sah dabei auf Hannis, als wäre der sein Einziger und die Stütze seines Alters.

»Es scheint wieder alles in Ordnung, Leute«, sagte er milde, »gebt mir einen ordentlichen Schnaps und den andern auch, es soll alles vergessen sein.« Der Schnaps war schnell zur Hand, und Hannis und ein paar der Nächsten, auch Seespeck, fanden sich die Gläser in Händen dastehen, ehe sie wußten, was kommen sollte. »Hannis soll leben«, rief der Bäcker und ließ sein Glas zum Anstoßen mit dem ausgestreckten kleinen Finger hin- und herkreuzen. Seespeck trank vorher aus. »Noch eins!« kommandierte der Bäcker, und es gab wieder eine Lage. »Meine Herren«, begann er nun, »unser gnädigster Kaiser, Se. Majestät Wilhelm der Zweite, er lebe hoch!« Einige stimmten ein, Seespeck lachte. »Hallo?« sagte der Bäcker und ließ die fette Hand mit dem winzigen Gläschen aufs Bein sinken, »was fällt Ihnen ein, Herr, ich verbitte mir das Lachen.« »Ich lache ja nicht mehr«, antwortete Seespeck, »aber es ist lächerlich, auf den Kaiser mit Schnaps anzustoßen. Trinken Sie auf die Gesundheit Ihres Magens, das wäre richtiger.« »Tu Du es, Hannis«, wandte sich der Bäcker an den Photographen, »stoß mit ihm auf die Gesundheit meines Magens an, mit Dir wird er anstoßen.« Seespeck war jetzt wirklich neugierig; die eigene Sache schien ihm würdig ausgegangen, es genügte seinen Ansprüchen, die nicht groß waren. Das mit Hannis wollte er nun erst einmal an sich herankommen lassen.

Hannis war entsetzt; das Glas, woran er beim ersten Anstoßen nur genippt hatte, hielt er noch wie ein fatales Beweisstück für die eigene Würdelosigkeit so ungeschickt und widerwillig in den Händen, als fürchte er nur, sich beim Wegwerfen daran zu schneiden. »Nein, nein«, rief er heftig abwehrend, als könnte er das Wort des Bäckers noch einfangen und ihm wieder in den Mund stopfen, »das tu ich nicht.« »Was tust Du nicht, Hannis?« fragte der Bäcker, »Du willst nicht einmal auf meine Gesundheit anstoßen?« »Mit ihm nicht«, sagte Hannis tonlos und feig. »Nun, so stoß mit mir an und den andern«, drängte der Bäcker.

Der Photograph Germann war ein kleiner, fester Mann in einem schlechten Anzug, und die Augen, die aus seinem Maskengesicht schauten, waren die eines sprachlos Verwunderten darüber, daß es so etwas, so ein fünfzigjähriges Leben wie seins geben könne. Sie schienen immer zu erwarten, daß der schlechte Spaß nun aus sei und daß das Leben eben nichts als ein Spaß gewesen. Nach einem Zwinkern faßte er die Welt ins Auge, als ob nun alles in Ordnung und in guter Ordnung sei, wie es sich gehöre und wie man – das Bewußtsein von Hannis – es nun mal gewohnt gewesen seit unermeßlichen Ewigkeiten. Aber diese fünfzig Jahre Leben – merkwürdig, so etwas gibt es also wohl doch; ein wenig Zweifel, etwas Verwunderung, das war aber doch der ganze Effekt, den es auf ihn auszurichten imstande war. ›Ist es denn der Mühe wert, so einen dummen Spaß auch noch zu begreifen, so wichtig ist er doch wohl nicht‹, das monologisierten die Augen in sich hinein. Sein schwarzer Bart war wie von mehlbestäubten Bäckerhänden zerrauft, war so wild und ungepflegt – er trug ihn sicher nicht aus Eitelkeit oder einem andern Grunde als dem des Ersparens von Zeit und Umständen. Es war ein Behelfs- und Interimsstück seines Äußeren, wie Anzug und alles andre auch, gut genug für dieses – man sagt »Leben«. Es paßte zu ihm wie ein schmutziger Kragen zu einem Menschen, der ihn so kurz vorm Zubettgehen nicht wechselt, Leute, denen er sich nicht zeigen möchte, kommen ja nicht zu ihm. Er gab dem Bäcker so etwas wie einen vertraulichen Wink, und dieser neigte das Ohr, daß Hannis hineinflüstern konnte. »Was sagst Du, Hannis«, fragte er, »sag es mir.« »Ich trinke keinen Schnaps«, flüsterte Hannis, und man merkte an nichts, ob er log oder nicht, doch so, daß man es verstand, »es ist so lange her, daß ich einen getrunken habe, ich bring ihn nicht runter.« »Was willst Du denn haben – Bier?« fragte der Bäcker. Hannis schüttelte den Kopf, sah aber dem allen voll Angst ins Gesicht. »Ach was«, brummte der Bäcker, »Du willst nur nicht mit uns anstoßen, das ist das Ganze«, machte aber eine huldvolle Miene und kaute wieder ein bißchen auf dem bewußten guten Bissen herum. Er schien müde, denn seine Augen waren wie mit leichtem Tau beschlagen und der Sehtrieb lässig geworden. Er fügte hinzu: »Möchtest Du ein Butterbrot essen, was? Mit Kaviar? Oder hast Du Kaviar auch schon so lange nicht gehabt, daß Du ihn nicht runterbringst?« »Wir sind ja in Hamburg«, antwortete Hannis – »wir müssen gleich aussteigen.« »Was«, sagte der Bäcker, »aussteigen, das ist schade, wir haben uns gut miteinander unterhalten, nicht? Da, nimm Deinen Zettel wieder, ich habe ihn nicht angesehen, ich will gar nicht wissen, wer Du bist. Aber ein bißchen lieb hast Du mich doch, hm?« Als ob er keine Antwort erwartete, führte der Bäcker nun sein Schnapsglas hoch und kippte seinen Inhalt in diese Krateröffnung von Mund. Hannis nahm den Zettel und steckte ihn schnell in die Tasche. Man wußte nicht, als der Bäcker jetzt sein »hm?« wiederholte, ob das ein erneutes Fragen oder nur ein Dankgegrunz seiner befeuchteten Kehle bedeutete. Er wiederholte aber: »Wir haben uns gut unterhalten«, und fügte hinzu: »Das mußt Du sagen!« Er machte mit der Hand eine Bewegung, als schmisse er Seespeck eine Erbse ins Gesicht, und sagte: »Der taugt nichts, aber Du – Du bist ein grundguter Kerl, das bist Du« – und dann wurde er plötzlich wieder wach und nahm Hannis scharf ins Gesicht: »…Oder bist Du am Ende gar sein Freund, kennt Ihr Euch? Warum wolltest Du seinen Namen nicht nennen?« Hannis war beinah erschüttert, und Seespeck hatte ihn im Verdacht, daß er lieber angestoßen und den Schnaps ausgetrunken haben würde als diese Frage erleben. Er zögerte zu antworten. »Willst Du Geld haben?« fragte der Bäcker, und Hannis, der diesen Augenblick mit geschlossenen Augen jede Pistole abgedrückt hätte, bloß um Lärm zu machen, sagte prompt: »Ja.«

In diesem Augenblick war der Bäcker fast heroisch, die rechte Hand vergrub sich nach einem einleitenden Schwung mit einer Bogenbewegung über die mächtige Brust hinweg in die linke Brusttasche, und der Kopf mit gerunzelten Brauen und aufgeworfenen Lippen wandte seine massive Front gewaltsam nach rechts, dabei stauchte sich der Kragen tief in den Hals hinein und ließ eine Menge Hautfalten wie fingerdicke Würmer über sich weggleiten, wie aus einer Wunde herausgeplatzt und vom Licht ins Dunkel unter die Weste flüchtend. Er grollte über die Schulter weg mit der tiefen Stimme: »Gleich?« Hannis schüttelte mit dem Kopf, als wollte er den wilden Bart wegschleudern, hob auch die Hände und das Glas dazu in die Höhe und bekämpfte mit ihnen die neue Gefahr wie einen Hornissenschwarm, der in Gestalt von Wohltaten aus dem schrecklichen Gemüt des Bäckers hervorbrach. Es nützte ihm wenig, daß er einige Hornissen zerschmiß und dabei den Schnaps über des Bäckers Bein vergoß, der Lärm des allgemeinen Aufbruchs riß im Wirbel seine Worte mit, und seine Gebärde verflüchtete alle Bedeutung mit dem Schwund der Worte. Er wollte ausreißen, aber der Bäcker erwischte ihn am Arm. »Hannis, Hannis, was bist Du für ein Esel!« brüllte er. Aber Hannis, dem die Nähte seines Ärmels rissen, gab ihm einen Ruck, daß er loslassen mußte, um nicht zu fallen, und nahm seinen Apparat, der in ein grünes Tuch gewickelt in einer Ecke verstaut gewesen, unter den Arm und stand schon zwischen andern auf der Treppe, als der Bäcker sich auf die Beine gebracht und herangetrampelt war. Mit offenem Mund fauchend wie eine Lokomotive, mit Augen wie zwei Leuchtfeuer, die Hände vor sich hertragend wie zwei Puffer und doch den lächerlichen Eindruck erweckend, als ob er ganz eilig nur einmal hinaus müsse, brach er seine Bahn, fand sich aber von dem Schankhalter aufgehalten, der bezahlt sein wollte und mit dem

Stoizismus, der einem glatten Geschäftsbetrieb förderlich ist, alle Schimpfworte überhörte. Er blieb grade so lange taub dafür, bis er sein Geld hatte, dann begann ihn sachte zu kränken, was er zu hören bekommen hatte, und er sekundierte seinem Ärger mit den tausendfach abgewalzten drei oder vier Bellworten für solche Gelegenheiten, die niemand anhört. Aber als sich der Bäcker von dem Menschen abwandte und sich auf Hannis besann, sah er oben auf der leeren Treppe Seespeck stehen, der freundlich herunterrief: »Hannis ist längst an Land, aber wenn Sie das Geschäft machen wollen, kann ich Ihnen mal nach Moosburg schreiben. N' Abend, Herr Bäcker Buur –« und verschwand. Der Bäcker wölbte sein Rückengebirge und schlug den Kragen hoch, denn er hatte gesehen, daß Seespeck schon im Regen gestanden hatte, er machte auch den Kopf nach Möglichkeit zwischen den Schultern schildkrötenartig klein und kaute dabei langsam auf seinen Gedanken herum. Sein Schatten äffte es ihm nach und übertrieb alles in die Breite und Dicke. Dann faßte er, als wollte er die ganze Himmelsleiter hinaufsteigen, unternehmend das Treppengeländer und arbeitete sich mit auswärts spreizenden Beinen langsam hinauf. Man konnte denken, er sei die Maschine des Schiffes, die Feierabend mache, so schnaufte er dabei wie nach einer schweren Arbeit.

Seespeck ging im Regen nach Hause. ›Ich muß sehen, daß ich Hannis ausfindig mache, und mit ihm reden, er scheint Geld brauchen zu können. Morgen – ja gleich morgen.‹ Aber vor morgen kam noch erst heute. Er hatte keine Familie, aber die Sorgen, die er deswegen nicht hatte, machten ihn nicht froh. Er hatte zu den jungen Leuten gehört, die nicht recht wissen, was sie mit ihren Kräften machen sollen, und fühlte sich der Zeit gewissermaßen im Wege stehend, er hatte so sein Pulver zum guten Teil verschossen und wußte nicht, wohin er eigentlich gezielt hatte. Jetzt, und das war eben auch heute abend der Fall, kam es ihm vor, als ginge er an einer langen Planke entlang und fände nirgends einen Ausgang, die Planke aber hatte er im Verdacht, daß sie im Kreise liefe und er mit ihr. Wie er aber hineingekommen, war ein Geheimnis.

Kapitel 2

Seespeck fand sein Zimmer nicht leer, der kleine Sohn seiner Wirtin lag auf dem Teppich und drehte an der Kurbel einer kleinen, elenden Spieldose. Seespeck hatte die Laune, ein Weilchen zuzuhören, ehe er das Kind hinausschickte; seine Gnade galt aber weder der Spieldose noch dem Jungen, sondern er wollte der Wirtin, die ihn erst später erwartet hatte, zur Überwindung ihres Ärgers über den bösen Zustand seines Zimmers, der eigentlich wohl sein Ärger hätte sein müssen, Zeit lassen. Nachdem er ein paar von diesen traurigen und faden Tönen ohne Mitleid mit sich oder dem Spieler angehört hatte, wollte er grade den Rest in irgend einem Winkel seiner Unaufmerksamkeit verschwinden lassen, als er sich eine sonderbare Betroffenheit anmerkte. Es war wie der Duft frischlackierter Spielsachen, aufleuchtende Erinnerungsreste von Kindererlebnissen schossen vorüber ins Dunkle, sinnlose Gruppierungen von allerlei Wesenlosem, Dagewesenem aus einer weit weggeschwommenen Zeit. Und als er aus diesem schwindelnden Augenblick aufwachte, der wirklich nur mit dem Zeitmaß eines einzigen tiefen Atemholens gemessen werden konnte, wußte er sich über eine lange Wegstrecke widerwillig zurück und belauerte mit der geheimen Erwartung die simple Tonfolge des Instruments, daß sie ihm noch einen zweiten, diesmal besser ausgenutzen Fernblick auf etwas, das ihm süßer erschien als alle Erfüllung von Gegenwartswünschen, bescheren würde. Richtig, da kamen die drei Töne wieder, die in ihren Zwischenräumen das ganze Gefühl seiner Jugend in dem Schauer eines einzigen Moments zurückbrachten. Da war ein tief schwingender Ton, eigentlich der Nachhall, das Fortbrummen eines Echos, das über die Jahre her von der Glocke kam, an die beim Klettern im Kirchturm seine Kinderfinger geklopft hatten, ihm folgte, wie hinausgeschoben, erquält, weh wie eine Enttäuschung ein Anflug von einem Aufschwung, der schon beim ersten Flügelschlag ermattet, und endlich ein dritter dazu, der aus Kälte und Wagnis zum warmen, dunklen Grund kleinkindlicher Geborgenheit und Gläubigkeit heimwärts nieder strebt. ›Ach ja‹, dachte er, ›wie sonderbar war das, man hatte damals noch keine Sechslings-Lebenswerte in der Hand, man wußte nichts und ahnte und fühlte alles; damals staken Gespenster hinter den Dingen, und man ging leise, halb furchtsam, halb neugierig daran vorbei und wagte doch nicht, hinter sich zu schauen. Eine zage Musik in einem ahnte etwas vom Leben, das überall in allem wäre.‹ Das alte Vaterhaus hatte ihn angerufen mit einem unendlich leisen Hauch aus unermeßlicher Ferne, aber die leise Erschütterung hatte genügt, sein Herz auszuschütten und unscheinbare Erinnerungen herauszusammeln, voll von der schmerzlichen Lust, mit der man im Traum Tote und Verlorene in schluchzender Seele auferstehen sieht. ›Könnte man doch‹, dachte er unwillkürlich, ›einen Glauben, ja einen Aberglauben haben, an dem man mit solcher Seligkeit hinge!‹ Aber diese seine Entzündung einer verborgen schlafenden Empfindung verzog sich wieder in eine Tiefe, vor deren Türe er in bitterer Erkenntnis seiner Ausgeschlossenheit stehen mußte. Ein Verdruß wie eine rauhe Narbe schnürte sich irgendwo in ihm zusammen. Was nützte es ihm, an etwas zu denken, das sich widerwillig in ihm vor sich selbst verbarg? ›War ich denn einmal etwas Besseres, und will sich dies Bessere nicht mit mir verunreinigen?‹ Morgen sollte er auf sein Büro, da war es schon besser, man betrank sich heute noch einmal, dachte er wütend im Weggehen. Aber als er draußen war, wollte er es doch lieber nicht tun, geriet aber im planlosen Umherschlendern an ein Haus mit Mädchen und trat ein. Da begegnete ihm auf der Treppe eine ganz junge und sehr schöne Person, die ihn anredete, sogar mit Anstand und einer gewissen Bescheidenheit, wie es ihm vorkam. Sie war wirklich schön, und als Seespeck drei Worte mit ihr geredet hatte, schien sie ihm in nichts verändert; er hielt sich mit ihr eine kurze Weile auf der Treppe und wartete mit einer gewissen Ungeduld, um endlich durch ihre Schönheit das andre herausschlagen zu sehen, was doch einmal kommen mußte, wie er genau zu wissen glaubte, diese kleinen Anzeichen in Bewegung und Sprache von der letztlichen Gewöhnlichkeit und Unterschiedlosigkeit, von dem, was Hinz und Kunz auch sind und haben. Aber als es doch auf sich warten ließ, überkam ihn eine Angst wie die Ahnung eines Übelwerdens, er würde es nun doch noch herausfinden, und diese Übelkeit ließ ihn plötzlich forteilen. Sie sah ihm über die Schulter nach, so lange sie ihn, ohne den Hals zu bewegen, im

Blickfeld hatte, dann, ehe er noch ganz unten war, entließ ihr Auge ihn von sich wie einen kühlen, grauen, formlosen Schatten.

Als Seespeck ziemlich schnell aus der Tür trat und zwischen dem letzten und dem nächsten Schritt nicht wußte, ob es rechts oder links gehen sollte, hatte er rechts die Vision des Bäckers von Moosburg, der seine schlürfenden Elefantenschritte über das spiegelnde Pflaster zog, aber es war wohl nur eine Vision, denn er schob die Vorstellung einer Begegnung in diesem Augenblick voll Ekel so radikal beiseite, als er links abbog, daß nichts in ihm zurückblieb als ein unbeachtetes Sohlengeräusch in seinen Ohren. Er beschloß, zu Eixner zu gehen, mit dem er wohl nicht grade von Herz zu Herz verbunden war; indessen waren sie beide aus dem kleinen Städtchen am Rande der Marsch, und Eixners Mutter, die jetzt sowie auch seine Schwester bei ihm wohnte, war mit Seespecks verstorbenen Eltern auf dem landläufigen guten Bekanntenfuß gestanden, der in der Erinnerung durch die Zeugenschaft eines langen Hergewesenseins und den selbstverständlichen Wert aller gemeinsamen Heimatserinnerungen überhaupt von selbst zu einem zuverlässigen Freundschaftsfuß geworden war. Die alte Frau Eixner pflegte Seespeck immer ein wenig mit Beschlag zu belegen, und er war es wohl zufrieden so, denn mit ihr konnte man bequem ein paar Stunden herumbringen, was von Eixners Gesellschaft oder der seiner Schwester nicht zu sagen war. Eixner war in der Redaktion irgendeiner Zeitung eine wohl nicht mehr als obskure Persönlichkeit, und seine Schwester, die in einem Büro zu tun hatte, dessen Bestimmung Seespeck nicht einmal kannte, war neuerdings mit einer überschwenglichen Freudigkeit, die Seespeck in einer knurrigen Stimmung bei sich Galgenhumor nannte, ans Übersetzen von skandinavischen Schriftstellern gegangen. Übrigens fühlte sich Seespeck an diesem Abend so trostlos einsam, daß er, wie es schon ein paar Male geschehen war, zu dem Gedanken an Eixners Schwester Zuflucht nahm und sich vorstellte, wie sonderbar es sein müßte, wenn er sich vielleicht grade heute abend noch in sie verlieben würde. Ob sie an diesem Fall einen Anteil nehmen würde, darüber spekulierte er schon gar nicht, denn wenn er an solche Sachen dachte, so war es ihm gewissermaßen um dasselbe zu tun, wie einem Zweifler ums Dogma; nur daß er sich in seinen Gedanken verehrend an etwas hängen konnte, war es, was er wünschte. Die Magnetnadel seines Innern war ohne Richtung und quälte sich zwischen allen Himmelsgegenden herum, ohne in irgendeiner zu Hause zu sein, und so war Seespeck bisweilen dringend um einen Strom zu tun, der ihm seinen Norden anwiese. Übrigens bereute er schon auf dieser halberhellten, jämmerlichen Treppe, hergegangen zu sein, und klingelte an der vierten Etagentür mit dem unbestimmten Grauen vor der nächsten Minute, die vielleicht dem Schicksal seines Lebens oder nur dieses Abends irgendeine feste Form bringen würde. Frau Eixner, die ihm öffnete, sagte rasch: »Das ist gut von Ihnen, daß Sie sich heute sehen lassen, mit meinem Sohn ist es gar nicht auszuhalten, er hat wieder seinen Herbstkoller...« ›O Gott‹, dachte Seespeck, ›ob ich mit meinem eigenen Koller seinen kurieren soll?‹ Übrigens sah er sogleich etwas Besonderes an Frau Eixner. ›Ist es der Fischmund?‹ fragte er sich, ›aber das habe ich ja sonst nie an ihr bemerkt – oder hat sie Spinnweb in den Augenwinkeln?‹ Er trat näher und wollte erstmal das übliche Papperlapapp von sich geben, als Eixner seine Tür aufriß und ihm den Faden abschnitt, ehe er ihn anspinnen konnte. »Was gibts Neues?« fragte er und machte die Tür hinter Seespeck zu. Es war ein gewaltiges Gerüst, eine stattliche Knochenkonstruktion, über dem Eixners knappes Gewebe harten Fleisches gespannt war, so daß das Ganze an Langbeinigkeit, mächtiger Brust- und Schädelwölbung doch ein bißchen auf Karikatur eines gewissen holsteinischen Typus hinauslief, seine schmalrückige, grade nach unten gestreckte, vorn sehr kantige Nase spielte sich auf wie ein besonderes Stück Wesen, eigenlebendig und herrisch, gleich einem einzigen Führer und verantwortlichen Anstifter des ganzen Menschen.

»Was es Neues gibt«, antwortete Seespeck, indem er sich setzte, »hast Du schon mal Umstands-Brautkleider gesehen? Das ist doch die modernste, neueste Errungenschaft der Vorurteilslosigkeit ...wenigstens hab ich so was in einem Modeladen gesehen diese Tage«, fügte er hinzu, denn ihm war nur eine starke Kleiderpuppe aufgefallen, und den Rest hatte seine Phantasie dazugetan. ›Nur nicht den Koller verraten‹, dachte er dabei, ›lieber Blödsinn reden‹, denn Eixner war irgendwelchen vertraulichen Anläßigkeiten aus persönlicher Verstimmung heraus gegenüber stets gnadenlos. Eixner hatte sich in seinem Stuhl zurückgelehnt und ließ die Fäuste zwischen den Beinen hängen, wie zwei Schaufeln eines riesigen Maulwurfs anzusehen, er hörte nicht zu und sah irgendwo gegen die Wand, als stemmten sich die Blicke dagegen, wie man sich anlehnt, um einmal Ruhe zu haben. »So«, sagte er, »na? und nun?« Seespeck antwortete: »Ja, weiter weiß ich nichts, ich komme übrigens grade heute von der Lüneburger Heide zurück.« »So«, wiederholte Eixner, »Lüneburger Heide?« und man merkte deutlich, daß er die Worte nur brauchte wie sein Blick die Wand als Widerstand und Zuflucht müder Gedanken und Vorstellungen. ›Hallo!‹ dachte Seespeck, ›es scheint wirklich ein tüchtiger Koller zu sein.‹ Doch im selben Augenblick schüttelte Eixner die Lähmung ab und stand auf und ging nach der Tür zurück, die er leise öffnete. »Mutter?« fragte er halblaut, »bist Du noch da?« Und wie er keine Antwort bekam, schloß er schnell und stand dicht vor Seespeck still. »Nämlich«, sagte er, wie man jemand etwas Ärgerliches nicht ersparen kann, und zuckte dabei mit der Schulter nach der Tür zurück, »es ist ausgemacht, sie wird diese Woche operiert, aber laß Dir nichts merken, daß Dus weißt – das heißt, es ist nicht mehr zu machen, es geschieht nur noch und erspart ihr den Rest, den man niemand gönnt, weißt Du – sie gehört zu den Frauen, eh sie sich untersuchen lassen, schleppen sie es jahrelang mit sich herum und heucheln, gut bei Wege sein, das hat sie fertig gebracht, aber Grete hats doch gemerkt, und nun sind sie heute beim Dr. Kwast gewesen … ich darfs überhaupt nicht ahnen, wo es sitzt, weißt Du –« er streckte beide Hände von sich, »und Du weißt natürlich auch von nichts weiter als ein bißchen Leg-Sein, merk Dir das, hm?« »Natürlich«, sagte Seespeck, »übrigens sieht man, daß was bei ihr los ist. Krebs?« »Ja, ja«, antwortete Eixner ungeduldig, »was soll man da noch lang und breit darüber quasseln – es ist eben zu Ende mit ihr.« Seespeck wollte etwas einwenden, aber Eixner schüttelte die Worte von sich ab: »Du weißt das doch nicht.«

Weil Seespeck anfing, ärgerlich zu werden, versteifte er sich auf sein Mißtrauen gegenüber allen ärztlichen Vorhersagungen, und so stritten sie sich ein Weilchen über die Wahrscheinlichkeit, ob die alte Frau, die noch in der Küche mit ihren Tellern klapperte, allernächstens zum Sterben kommen würde oder nicht. Sie mußten sich schon bequemen abzulassen, als Frau Eixner die Doppeltür zum Wohnzimmer in einer Art von Achselzucken, als wundere sie sich im voraus, wie weit sie es heute treiben würde, öffnete und mit versagender Stimme ihr: »Wenn Ihr nun so gut sein wollt …« sprach. Sie hatten beide rote Köpfe und nahmen ihre Servietten vom Teller mit dem Unbehagen von Leuten, denen bitter Unrecht geschehen ist, wozu sie obendrein noch zufriedene Mienen machen müssen. Irgend etwas auf dem Tisch fehlte, und Frau Eixner, die sich soeben auf ihren Stuhl hatte sacken lassen, wollte mit einem unterdrückten Stöhnen auffahren, als ihr Sohn, schwer gereizt, wie er sich fühlte, heftig aufsprang. Was er dazu sagte, war nicht grade fein, und Frau Eixner warf einen flehenden Blick auf Seespeck. Doch zugleich glitt ihr eine neue Tischsorge ins Bewußtsein, und sie übergab der offenen Tür im weinerlich kläglichen Ton die neue Anordnung. In diesem Augenblick erschien die Grete, die inzwischen von einem Ausgang lautlos zur Haustür ein- und in ihr und ihrer Mutter gemeinsames Schlafzimmer getreten war, blondköpfig und trostreich, so voll von innerem Trost, daß er sie nach außen übertaut haben mochte, so stand er ihr zu Gesicht. Seespeck und sie begrüßten sich, aber daß ihr Dasein ihm in diesem Augenblick ein Sonnenaufgang gewesen wäre, ein Tor ins Jenseits, das zu betreten ihm halbwegs bequem war, konnte er nicht an sich spüren. Eixner kam mit einer Schüssel in der einen und einem überflüssigen Tischbedarf in der andern Hand, und seine Miene ließ nichts an Gekränktheit zu wünschen, er haßte diese kleinen Besorgungen, die er selbstverständlich und regelmäßig seiner Mutter abnahm, und ihr flauer Ton empörte ihn im Innersten. Denn die Alte war aus der alten Schule, die mit Sprache und Miene die Dinge unterstreichen zu müssen glaubt. Sie konnte um einen Fettfleck seufzen und das Bedauern über ein Lampenblaken in den Triller der Trostlosigkeit, in einen Klang des Bedauerns nach hergebrachter Art kleiden. Sie hatte ihre Kinder im Kampf durch eine Flucht von lauter mageren Jahren in Sorgen aufgezogen, aber sie konnte es zu Eixners Entrüstung nicht unterlassen, über das, was er einen Quark nannte, so trübselig dreinzuschauen, als ob eine Wendung zum Allerschlimmsten stattgefunden hätte. Sie betrieb den Familienoptimismus so weit, daß sie, wenn einmal Eixner ein Lied summte oder gedankenlos vor sich hinpfiff, entsetzlich falsch mit wankender Stimme einstimmte, als sollte ein Choral auf die Unerschöpflichkeit des Familienglücks erschallen. Auch konnte sie über eine gute Schüssel bei Tisch vergnüglich seufzen und sich der Breite über ihren guten Appetit auslassen, und das verachtete er. Heute, wo er wußte, was ihr bevorstand, kämpfte er vergeblich gegen sich selbst, er konnte es nicht ertragen zu hören, daß sie die Schwäche, die sie nicht einmal richtig eingestand, dennoch, als müßte sie es von den Brettern einem Publikum stecken, daß ihr etwas fehle, mimisch andeutete.

»Na, du Kröte?« sagte er schließlich, um wieder gemütlich zu werden, zu seiner Schwester. Er fand Kröte klangvoller als Grete, aber da war noch ein Umstand, über den er sich jetzt verbreitete; als Junge hatte er Märchen aus dem Handgelenk geschüttelt, wohlverstanden, wenn er einmal vermocht war, den Anfang zu machen. Und so hatte er auch einmal die Ur-Kröte irgendwo in einem Graben seiner Heimat, die tausendjährige, mit dem noch älteren mythischen Heuspringer im grünen Kupferkleide mit Namen Zigeunerbaron ihr Wesen haben lassen. Der Oevelgönner Teich, sein Schilfufer, das Feld und der Bach nebenan waren der Schauplatz von Begebenheiten, die sich über ein halbes Erzähljahr hinspannen. Mit der Urkröte war es aber so, daß sie auf der Zunge schmecken konnte, ob etwas wahr oder falsch war, was sie hörte. Im ersten Falle zerging es ihr wie ein Bonbon im Munde, im zweiten spuckte sie aus und sagte dazu: »Pfui Teufel, schmeckt das schlecht.« Warum er nun in seiner Schwester ein Urkrötentum erkennen mußte, ließe sich ohne Weitläufigkeit wohl kaum erklären. Er zog es aber vor, eine Beschreibung von den körperlichen Eigenschaften seiner Kröte, mit leichter Anspielung auf Grete, anzufangen, und ließ sich nicht darin stören, ihren Bauch zu schildern, der angeblich mit blauen Kreuzen gefleckt wäre als untrügliches Kennzeichen der echten Ur-Kröte. So schien er fortfahren zu wollen, aber die Grete ließ ihn auf seinen Phantasiewegen nicht weitertrollen. Sie sprang auf und wollte ihm mit der Hand die anstößigen Vergleiche und Schilderungen in seinem Munde verschließen. Er, der grade frischen Atem brauchte, wehrte sich und brachte heil oder verstümmelt neue Ausgelassenheiten zu Tage, mußte aber endlich, aufgesprungen und von ihr in eine Ecke verfolgt und fast von ihr erstickt, um sie loszuwerden, seine Hände gebrauchen. So rangelten sie und zerrten sich unter Lachen und Keuchen einige Augenblicke so, daß Seespeck nicht anders konnte, als an Gretes Waden und Knöcheln, die seinem guten Verständnis entgegenkamen, besseres Genügen zu finden als an ihres Bruders Offenbarungen. Und nun schoß ihm mit Gewalt eine schon vergessene Begebenheit ins Gedächtnis, daß er sich auf seinem Stuhl, an diesem Tische, in dieser Wohnung wie ein ungehöriger Gast vorkommen mußte. Da war doch in der Kinderzeit zu Hause am Kugelfang am Ende der Erdwälle, zwischen denen die Kugeln der Schützengilde am Schützenfest pfiffen, wo die Knaben an stillen Tagen die plattgeschlagenen oder nur im Sand verfangenen Bleikugeln suchten – da, wo gleich hinter dem geborstenen Scheibengerüst der See begann –, da war doch beim Spielen, wie sich die Grete und er einmal, von den andern verloren oder von ihnen im Stich gelassen, beieinander fanden ... da war doch ... ja, was war das doch noch, er mußte sich wirklich besinnen, er hatte es wirklich vergessen. Aber es war etwas zwischen ihnen vorgekommen, wovon er nicht sagen konnte, ob es etwas Schlimmes war oder nicht. Sie hatten gealbert und gerangelt, grade wie er sie jetzt mit ihrem Bruder sah, weil sie sich einander die gesammelten Bleikugeln rauben wollten –, und die Grete war ihm wirklich nie anders als ein anderer Junge vorgekommen. Genug, es war viel oder nichts, wie man wollte, und die Kinder hatten es zum Nichts gemacht. So völlig, daß er niemals später eine Revision dieses Urteils, dieser Empfindung für angängig gehalten hätte. Sie hatte ein bißchen geweint, mehr weil er sie gekratzt hatte als wegen des anderen, und er hatte ihr die Kugeln weggenommen und war im Triumph zu den andern gelaufen. War das möglich gewesen? Er suchte sich zu fassen. Die Erinnerung mußte untertauchen, und er erstickte sie in der Tiefe mit starker Hand, ohne sich davon rühren zu lassen, daß sie fortfuhr zu zappeln. Im nächsten Augenblick, wo Eixner endlich fast außer Atem klein beigab, saß man wieder zu Vieren um den Abendtisch, und alles schien still geworden, nur daß Seespeck wie eine Unkenstimme in sich die Frage herauftönen hörte: ›Weiß sie es noch, oder denkt sie nicht mehr daran, muß es nicht dastehn und zu lesen sein, wenn so etwas geschehen ist, kann so etwas ganz ausgelöscht sein?‹ Denn nun, das Bewußtsein kam wie ein Beben über ihn – nun konnten Kinder etwas nicht mehr zu Nichts machen, nun waren sie erwachsen, und aus dem Nichts war etwas – viel – ein Ungeheures geworden, sobald es die Erinnerung einmal aufdeckte. Er ließ Frau Eixner ruhig auf seinen schlechten Appetit schelten, das tat ihm wohl, das war Alltag, das war etwas, das ihn vor den andern in eine anständige Gewöhnlichkeit hineinzog, einen Menschen mit schlechter Eßlust konnte man eher gelten lassen, aber einer mit einem so bösen Geheimnis konnte sich nur vorkommen wie ein bloßer Inhaber guter Manieren, der seine Hände noch vor Augenblicken in schmutzigen Geschäften gehabt hatte.

Grete hatte sich in eine Gelassenheit gehüllt, die Seespeck rührte. ›So ein Kind, solch eine Fromme, die glaubt, daß es gut ist, was kommen wird, und gut war, was vergangen ist –‹, dachte er, und zugleich: ›ich muß es heraushaben.‹ Deshalb fing er im allgemeinen von den Gemeinsamkeiten früherer Zeiten an zu sprechen, und ließ den einen oder andern ihrer Bekannten, von denen man wie von Allerweltsselbstverständlichkeiten gesprochen hatte, herantreten, um ihn nach Gefallen so oder so zu beleuchten. Und da ihm dabei die Erinnerung an die kürzlichen Regungen seines Heimwehs kam, wurde sein Ton herzlicher und weicher, als er sonst in diesem Kreise zugelassen war. Denn weder Eixner noch seine Schwester neigten zu schwärmerischen Ausdrücken, und ihre Mutter, die duldsamer war, vielleicht selbst sentimentalen Anflügen zugängig, hatte sich wohl oder übel ihren Gesprächskram mit der kurzen Elle dieses Hauses zumessen lassen. Schließlich ließ sich Seespeck verführen, die Spieldose seines Wirtssohnes zu erwähnen, und mußte sich bald eingestehen, daß man von den Dingen nicht so leicht etwas sagen kann, die wie Düfte in die Seele dringen, daß man vom Anhauch verlorener Stimmen eigentlich nur zu Vertrauten etwas auslassen darf, die unser Seelen-Deutsch schlank in ihres übersetzen. Und wenn man merkt, daß man schwerfällig verstanden wird, greift man zu gröberen und unangemessenen Ausdrücken, nur um nicht ganz und gar zum Anstoß zu werden und einen kleinen, ja erbärmlichen Teil Eigentum ins andere Gebiet, das man einmal betreten, hinüberzuschaffen. Seespeck sah in den Schatten der Knochenwölbungen von Eixners Gesicht ein Spottleuchten, und Grete teilte ihre Aufmerksamkeit unparteiisch zwischen Eß- und Trinkhantierungen und einem achtungsvollen Heraufgeleiten seiner Äußerungen mit den Augen bis ans Tageslicht, wo sie sie dann mit ahnungsloser Bereitwilligkeit ihrem beliebigen Verschwinden überließ. Seespeck räusperte sich und machte einen Schluß. ›Ich habe mich vergaloppiert‹, dachte er zugleich – ›sie merken nicht mal, daß ich anfing, lahm zu werden, und meinen gar, ich hätte mich nach Wunsch und Willen vorgeführt.‹ »Wissen Sie noch«, wandte er sich, ohne den Mut zu finden, ihr dabei in die Augen zu sehen, an Grete – »wissen Sie noch, wie wir die Bleikugeln aus dem Sand kratzten?« »Weißt Du noch«, höhnte als Antwort Eixner, »wie wir in Septima vor der Pause auf unsern Semmeln saßen und uns so warme Brötchen machten?« Grete, die Fromme, lachte darüber, und es klang, als lachte sie wirklich, wie man plötzlich über eine unwiderstehlich komische Vorstellung herausplatzt, ohne Möglichkeit, so schnell den Naturlaut zu dämpfen. ›Sie weiß von nichts‹, dachte Seespeck und hatte dabei die Anwandlung, von ihr schulmeisterlich dennoch die Erinnerung zu erzwingen. Sie sollte ja sagen, aber dann sah er ein, daß er sie damit nur zum Lügen verleiten würde. Im geheimen aber spürte er das Bewußtsein, ein gemeinsames Geheimnis wie in Chiffresprache berührt zu haben, ›wir haben zusammen ein Kindererlebnis eingegraben‹, frohlockte er, ›und wir wissen beide allein den Ort seines Grabes‹, und scheinbar ohne Verbindung mit dem Früheren warf er als Antwort auf Eixners Fragen ein paar Worte über diese kindischen Schatzkammern hin, in denen sie bei ihren Spielen hier und da ihre Nichtigkeiten versteckt hatten, und wo man vielleicht jetzt noch ein oder das andere verrottete Stück aus der Knabenzeit aufdecken könnte, wenn man sich die Mühe nehmen wollte.

Aber war dies alles nicht Theater? Führten diese drei Jungen nicht ein Spiel auf, um die Alte, deren Weg mit bitterem Ernst hart gepflastert war, nur ja darüber zu täuschen, daß ihrer aller Augen und Ohren mit geheimem Entsetzen um sie waren? ›Vielleicht weiß sie es‹, dachte Seespeck, als er sich nach seinem letzten Vorstoß wieder darauf besann, worin sich heute in Wahrheit die Gedanken der Anwesenden zusammendrängten. Frau Eixner wäre bewußt auf die

Ablenkung eingegangen und hätte sozusagen mitgespielt? Wenn – dann spielte sie jedenfalls am besten. Denn Seespeck hatte es bei ihr getroffen, wie es schien. Sie war wieder »zu Hause«, denn immer nannte sie die Stätte ihres Mutterdaseins ihre Heimat; und die Erinnerungen ihrer rechten Kinderheimat, ihre Mädchenorte, waren ihr Stieferinnerungen geworden. Und wie diese Zeiten nun wieder aufgespult und frisch gewebt wurden, überkam es die Jungen wie ein gemeinsamer Trost über die Alte, als wäre ihr ein Trank vorgesetzt, der mit Erinnern Vergessen brachte. Als es daher bei diesem freundlichen Spiel eine plötzliche Störung gab, als diese alten Fäden plötzlich aus Frau Eixners Händen gerissen schienen, als sie diese Augen sahen, die in eine Leere starrten, fühlten sie gleichzeitig ein Schaudern in sich und wußten sich selbst mit ihr einen Augenblick auf der Schwelle einer unheimlichen Zukunft.

Frau Eixner ruckte sich zurecht wie im Aufmerken auf eine Mahnung, die ihr ihre körperlichen Beschwerden machten, ja es schien, als wollte sie fliehen, wenigstens erhob sie sich ein wenig, mit den Händen auf den Tisch gestützt, von ihrem Stuhl und gewann danach mühsam einen jämmerlichen Stand. Es schüttelte sie, und doch, wie sehr es sie übernahm, hatte sie einen neuen Gedanken in sich genommen, wie eine letzte Zuflucht vor etwas Unvermeidlichem. Mit einer Würde, die Seespeck tief betroffen machte, bat sie ihn, einen Augenblick mit ihr ins Nebenzimmer zu kommen. Aber im selben Augenblick schossen auch Grete und ihr Bruder von den Stühlen hoch, so daß sie alle vier um den Tisch herumstanden. Grete rief zwar gedämpft, aber mit einem keuchenden Brusthauch von Empörung: »Aber Mutter!« und Eixner führte mit der flachen Hand eine Bewegung aus, als baue er zwischen seiner Mutter und Seespeck eine Mauer für die Ewigkeit. Seespeck wußte im Augenblick alles, er wußte, wovon Frau Eixner mit ihm sprechen wollte, und wußte, daß er hier im Hause die Stellung und das Ansehen eines zögernden und verdächtigen Freiers einnahm. Um Gretes Lippen arbeitete ein Krampf, aber ihre Augen und besonders ihre Brauen ordneten sich in Bahnen und Fächer zu einer hartgemeißelten, klaren Zeichenschrift, an der nur das Verbot zu lesen war: ›Wir sprechen nicht davon, denn das ist nur meine Sache.‹ Frau Eixner verließ, indem sie die eine Schulter voranschob, als könnte sie nur nach und nach in Gang kommen, ihren Platz und schien einen Augenblick ohne ihre Kinder ihre letzten Schritte machen zu wollen; sie war aber kaum an der Tür zu dem bewußten Zimmer, als es ihr klar ward, daß sie etwas Unmögliches unternommen. »Ja«, sagte sie dann, kümmerlich und versinkend unter einem übermächtig Schweren – aber trotzig und mit ihrer Schwäche auftrumpfend: »Ja, wie Ihr wollt, wir müssen ja auch noch das Zeug zurechtmachen für morgen, und dann weißt Du, Grete, daß ich das Kontobuch nachrechnen muß«, worauf Eixner, der seine einmal mobil gemachte Stärke doch irgendwo verwenden wollte, ihr bitter und bissig jegliche Beschäftigung mit dem Kontobuch untersagte. Es war jetzt, als wäre Frau Eixner von unsicherem Boden auf vertrauten Posten getreten. »Gott bewahre«, sagte sie ruhig, »ich weiß nicht, wie Ihr so mit Eurer alten Mutter umspringen mögt.« Grete war schon neben ihr und leitete sie ans Sofa, aber sie wehrte sich. »Herr Seespeck ist der einzige,« sagte sie, »der heute gut mit mir ist, und dabei wißt Ihr ganz genau, was ich morgen durchzumachen habe.« »Gott, Mutter«, sagte Eixner mit erkünstelter Gleichmütigkeit, »eben darum wollen wir nicht, daß Du Dir heute solche Sachen zumutest.« Es kam Seespeck so vor, als stände Frau Eixner an ihrem Grabe und schickte sich an, noch ein paarmal herumzutanzen, um sie alle zu ärgern, so recht keuchend und voll vermaledeiter Lustigkeit. Sie zankte sich mit ihren Kindern wie in den besten Tagen, und Seespeck mußte an einen alten Kapitän seiner Bekanntschaft denken, der seine Frau mit einer Backpfeife von ihrer Streitlust zu erlösen pflegte, womit sie selbst vollkommen einverstanden, ja dankbar war. Ist eine Ohrfeige nicht am Ende milder als Widerbellerei? Man beginge vielleicht eine Roheit, aber keine Selbsterniedrigung wie das Anschüren und Fortführen eines Zankes um ebenso breite wie lange Umstände. Grete war dabei nicht die Gelindeste, und Seespeck, der selbst kein rechter Zänker mehr war und den ganzen Verlauf dieses entwürdigenden und polternden Umkugelns von zwecklos aufgestellten Regeln kühl berechnete und abwartete, wußte nicht, ob er sie bedauern sollte, daß ihr ganzes Herz voll Gefaßtheit und Getrostheit auf einmal alles fahren ließ, oder ob er sich, in Gedanken auf dem Standpunkt des Kapitäns, einstweilen die Beine vertreten sollte, da er doch nicht gut selbst Hand anlegen konnte. Sie litten alle drei entsetzlich, aber es half nicht, der Sturm mußte sich ausrasen. Schließlich ging Frau Eixner in die Küche, und die drei in der Stube, wie erstickt von einem dichten Rauch, blaß und beschämt, unfähig, vor einem zuschnürenden Gefühl in der Kehle ein gesundes Wort zu sagen, blieben zurück und hatten die Selbstvorwürfe zu erdulden, daß sie jemand, der in Not und Leid stand, im Stiche ließen. Dann hörten sie sie dahinten singen, einen Gassenhauer, eine dumm albernlustige Faxerei, ein unnützer Klingklang, und das war weitaus das Schlimmste. Grete hielt sich tapfer, aber Seespeck spürte ihr innerstes Erbeben und merkte, daß sie von ihrer Mutter diese bittere Rache wie büßend erduldete. Sie hörten schweigend diese höhnende, hämische Stimme wie aus nicht erreichbarem Jenseits hereinschwingen, es war wie ein Fluch und zugleich ein Selbstverrat: (So bin ich, so lieblos, so würdelos, so ohne Hoffnung, daß ich nicht einmal Euch damit trösten kann, daß ich mich überwinde und alles vergesse.) Es wäre beinahe etwas Selbstverständliches gewesen, wenn Seespeck jetzt Grete in den Arm genommen hätte, und es hätte vielleicht niemand überrascht. Aber sein Zögern, das ihn selbst ins Herz stach, währte eine Sekunde zu lange ...und es geschah nicht. ›Laß sie es selbst ausfressen‹, dachte er in dem nächsten Augenblick und wurde schamrot dabei. Er gab ihnen beiden zum Abschied die Hand und fühlte eine kalte Entlassung, die wie ein dünnes Stück Geld hineinglitt. ›Du brauchst nicht wiederzukommen‹, dachte er dabei und ging hinaus. An der Küchentür zauderte er und trat doch hinein. Frau Eixner stand darin, fast wie ein gejagter Geist, abgemagert und verfallen, und warf wie stürzend ihre Arme um ihn, und doch, wie sie sich verloren gab in voller Zerknirschtheit, schlug ein leiser Triumph aus ihrem Weinen, als sie aus ihrem unausmeßbaren Jammer ein paar Worte heraufschluchzte, die er nicht voneinander unterscheiden konnte, die aber doch nichts andres sein konnten als diese: »Verlaß sie nicht, sie gehört dir.« Sie weinte sich ruhiger und hörte dann, indem sie sich vorsichtig, als fürchte sie zu fallen, loslöste, zu ihm hinauf nach einer Antwort, die er nicht geben konnte. Es schien sogar einen Augenblick, als wollte sie lächeln, aber nein, diese großen Eulenaugen hinter den Brillengläsern, umrahmt von dem scharfen, schmalen Schatten der stählernen Einfassung, wurden immer weiter. Da sah Seespeck plötzlich Grete hinter ihr stehen, und nun war es vollends aus, und er drückte sich, Frau Eixner, die sich mit beiden Händen gegen ihn stützte, hinter sich herziehend. Grete folgte stumm bis zur Tür. Hier beschien die Korridorleuchte wenigstens Frau Eixners Gesicht nicht mehr und malte nicht mehr diese scharfen Kreise um ihre Augen, und ihre Augen sah man gar nicht mehr, nur die Gläser funkelten an den Rändern von seitlich hereinschießenden Lichtstrahlen. Wie sollte Seespeck loskommen? Er konnte die Frau doch nicht abschütteln, die sich an ihn wegwarf für ihre Tochter, nachdem diese ihm soeben einen kühlen Abschied gegeben hatte, die aber nun ihre Mutter tun ließ, wie sie wollte, und nicht davor zurückwich, Zeuge zu sein, wie sie verschmäht wurde. Aber niemand dachte daran; die Frage, ob er sie oder sie ihn wolle oder nicht, war überhaupt aufgesogen von der wichtigeren Frage, wie die alte Frau beruhigt werden konnte. Seine Blicke zuckten ein- oder zweimal zu Grete hinüber, und unwillkürlich faßte er nach Frau Eixners Händen, die er langsam losmachte, während Grete die ihrigen hob, um ihre Mutter zu empfangen. Sie sahen sich über den Kopf der Alten hinweg in die Augen. Die Handlung war höchst sonderbar und wie vorbedeutend, wenigstens Seespeck, der seine Vorstellungen überall in den Zwischenräumen der kürzesten Augenblicke ihr Wesen haben ließ, konnte nicht anders als denken: (Von mir bekommt sie ihre Mutter zurück – statt meiner...) Es war wie vollbracht. Grete hatte sie umschlungen. Seespeck wollte sich grade umkehren, da erschütterte ein letzter Stoß wie der Krampf einer sterbenden Hoffnung noch einmal die Alte, sie zog ihre Tochter mit sich und umfaßte Seespecks Schultern, der, selbst erschreckt, unwillkürlich Zugriff und mit der Mutter zugleich die Tochter umfing. Er dachte einen Augenblick: (Nun, so mag es gut sein), aber dann fühlte er die Lächerlichkeit dieses Zustandes und wurde ärgerlich und zog sich ohne Gnade von den beiden zurück, aber nicht ohne Schwierigkeit, denn die alte Frau Eixner, die in ihrem Leben so Vieles vor sich gebracht hatte, wollte am Schluß auch das Letzte nicht unklar lassen. »Nicht wahr«, flüsterte sie ängstlich dringend, und es war fast so, als ob Grete ihr zuflüsterte und ihr Vorhaben stärkte – »nicht wahr, Sie verlassen sie nicht!« »Nein, nein«, antwortete Seespeck mit einer Art Grobheit und der Entschiedenheit, mit der man eine erpreßte Antwort

gibt, nur um loszukommen, »seien Sie ganz getrost, es ist alles in Ordnung.« Und nach diesen
Worten sank die Frau ganz zusammen, und Seespeck öffnete die Tür, aber ehe er sie hinter sich
zuzog, fing er ein schnelles Nicken von Grete auf, bei dem er sich nicht klar wurde, ob es bedeuten sollte, er möge jetzt rasch gehen, sie habe verstanden, denn natürlich sei er unter diesen
Umständen nicht an seine Worte gebunden – oder – nein, selbstverständlich war es so gemeint,
es konnte nichts Anderes heißen, und er schloß die Tür. Draußen, wo ihn der Regen wieder
überzog, ohne daß er darauf achtete, überlegte er ein wenig schadenfroh, denn das war seine
Art, die eigenen Sachen zu betrachten, wenn sie recht unsicher standen: (Eine Schwiegermutter
hast du nun, Seespeck, aber keine Braut, das ist dir recht, denn das paßt zu dir.)

In dieser Nacht träumte er nun wirklich allerlei Krauses. Er war in Haß und Todfeindschaft
verklammert mit jemand, der zugleich niemand war, mit seinem Erschaffer, der sein Vernichter
werden wollte. Es konnte ihm begegnen, daß er eine Tür öffnete und dabei gegen den schweren aber unsichtbaren Leib dieses Jemands anstieß, worauf er sofort zu wütenden Streichen
ausholte. Er stieg durch Fenster und geisterte zu Menschen herein, die ihn mit Entsetzen ge-
wahrten. Er aber wollte sie um Hilfe gegen den einen anrufen, hatte aber seine Zähne so fest
zusammengebissen, daß er keinen Ton herausbrachte. Dann wieder fuhr er lange Zeit mit zwei
Frauen in einem Postomnibus über Land. Die eine war in Trauer gekleidet und stellte eine
Zylinderhutschachtel bald unter die Polsterbank, bald darauf, aber nirgends war es ihr recht,
und die Hutschachtel wechselte unaufhörlich ihren Platz. Die andre Person war ein Mädchen,
die einen in Papier gewickelten Schinken neben sich liegen hatte, der aber auch keine Ruhe
gab, und damit er nicht fortwährend vom Sitz sprang, stemmte Seespeck, der gegenübersaß,
seinen Fuß dagegen, konnte aber niemals darüber klarwerden, ob das Springen des Schinkens
vom Poltern und Stoßen des alten Rumpelkastens kam oder ob der Schinken sich aus eigenen
Kräften bewegte. Bei alledem hatte Seespeck Zeit, aus dem Hinterfenster herauszuschauen auf
einen steilen Dorfkirchturm, gegen den sich die niedersteigende Chaussee grade herabrollte
und hinter dem rechts und links die Ostsee sich verbreitete. Ganz oben stand eine gnadenlose
Sonne, der Kirchturm rückte langsam näher, aber Seespeck fiel es nicht ein, darüber nachzu-
denken, wie man aus der Hintertür eines Omnibusses nach etwas schauen und doch immer
näher herankommen kann.

Kapitel 3

Am Buß- und Bettag, im November, waren sie zu dreien auf der Landstraße, Seespeck der eine, Eixner der andere, und der dritte war der Paster. Sie hatten ihn schon auf der Schule den Paster genannt, und er war auch ein richtiger Pastor geworden, und so war kein Grund vorhanden, weshalb sie ihn nicht weiter so nennen sollten. So gingen sie, keiner ging voraus oder blieb zurück, sie marschierten wie gute Kameraden, die sie doch nicht waren. Der Pastor hatte sie eingeladen, mit ihm auf seinen elenden Dorf-Pastorensitz zu kommen, nachdem sie sich in Hamburg zusammengefunden hatten, wie das so kommt, wenn man vor Langeweile irgendwohin geht, wo man früher seine Unterhaltung gemeinsam suchte. Er mußte noch seine Abendpredigt halten, sonst hätte er mit ihnen den Abend durchgekneipt. Jetzt, wie sie so marschierten, hatte er sich Stillschweigen ausgebeten und rührte mit Widerwillen allerlei Gedanken durcheinander, in die er mit einer langsam immer mehr fühlbar werdenden Besessenheit Ordnung und Haltung brachte, daß sie als Rohbau einer Predigt sozusagen in die Abendluft vor seinen Augen hineinschnitten.

Es hatte am Tage geregnet, aber nun war der Himmel klar und voller Sterne. Sie gingen immer gradeaus nach Norden, und so spürten sie, weil ihre rechte Seite beständig kühl war, daß ein östlicher Luftstrom, ein echter Buß- und Bettagswind, wie eine wandernde Kälte-Flut gegen eine Wärme-Ebbe von Westen langsam anstieg. Die Sterne spiegelten sich in den Pfützen auf der Straße, und wenn man den Stock drüber gleiten ließ, risselte es ganz leise von zartem Eise, und unter den Fußsohlen begann die schlüpfrige Erde krustig zu werden. Die Telegraphenstangen sangen laut, wie sie mit Vorliebe im Ostwind tun. Seespeck wußte seit einer Stunde, daß Eixners Mutter ihre schwere Operation überstanden hatte und daß sie zur Kräftigung mit Grete irgendwohin gegangen sei. Das hatte Eixner ihm auf seine Frage, während er sein Bierglas schon am Munde hielt, mit zwei oder drei knappen Sätzen, bevor er trank, wie eines im Ton leise verwunderten Verweises auf eine Ungehörigkeit so nebenbei bemerkt. Und tatsächlich hatte Seespeck, als er die Frage tat, wohl gefühlt, daß Eixner sich wie in einer majestätischen Unnahbarkeit neben ihm steifte und ihm nicht den kleinsten Etikettefehler nachsehen würde. Er mußte sich also mit einer Auskunft begnügen, die eigentlich einem Überhören, einem Abwimmeln durch Räuspern und Hüsteln gleichkam. (Einerlei), dachte er jetzt, immer im gleichen Schritt und Tritt mit Eixner und dem Paster, – (warum soll ich mehr wissen, was geht mich das alles überhaupt an, ich bin bei den Leuten ja abgetan.) Und an dieser Stelle des Weges, wo er dies dachte, wurde ihm ganz warm ums Herz. Das erstemal, nicht an diesem Tage, nein, überhaupt seit dem Erlebnis mit der Spieldose. Die Bäume der Landstraße waren jetzt lebendige Gestalten geworden, als er mit einem neuen Bewußtsein, das ihn wie ein heißer Blutstrom innerlich überflutete, um sich sah: (Denn ich gehöre ja nicht zu ihnen), hatte er als die Fortsetzung seines letzten Gedankens, als Echo, das aus den unbekannten Räumen seiner Brust herausklang, als Antwort froh und zuversichtlich aus sich selbst herausgehört. Er fühlte seine Augen feucht werden und biß zugleich seine Zähne zusammen, um ein Lachen, das ein Stolz hervorgestoßen hatte, nicht auszulassen.

Er sah munter um sich. Links das gepflügte Feld war zur Augenhöhe emporgestiegen und zog einen herrlichen Bogen von hinten her als Linie am Horizont, in der Mitte vertieft wie für eine Titanenfaust und nach vorn zu ablaufend wie im zurückschnellenden Zittern eines Schusses gegen den Himmel. Und die Landstraße war die Sehne des Bogens, nicht schnurgerade gespannt, sondern wie der Bogen vom Schuß erschüttert und gewellt. Ja, und die Bäume, was waren das für feierlich leichte und nackte Gebäude! Keins war wie das andre, sein Blick hüpfte wie ein Vogel durch sie hin und fütterte sich munter bei jedem neuen und schmauste sich immer weiter. Der erste stand wie ein riesiger Flitscher, von einem Götterblasrohr vom Himmel niedergeschossen und in der Erde steckengeblieben, schief vom Schwung seines Sturzes. Der zweite ragte wie ein kahlgefegter umgekehrter Besen kratzbürstig und spitzborstig – oder war es die Rute eines vor Ärger und Lebensmisere tollhausreif gewordenen Schulmeisters? Seespeck wäre beinahe herausgeplatzt. Der dritte, hinter dem sie nun um die Ecke bogen, war auf dem

Zeichenbogen des Himmels herrlich groß und zierlich wie mit Kohle hingerissen und senkte sein breites Eirund vom Gipfel herab nach beiden Seiten, aber unten zerfaserte es sich, wie es vom träumenden Senken und Gleiten leise aufschwang wie die Nackenhaare eines Knaben. Mit einem matten Tuschstreifen hatte der Maler diesen Umriß, der so heilig dastand wie ein Lebenssymbol, gegen den Himmel vertieft. Und dieser hier – war seine Krone nicht wie das Lungenorgan der Erde? – sog mit tausend spitzen Röhrchen am Himmel und löste unendlich viele kleine Himmel auf und leitete sie durch gebogene Adern zum Stamm und durch den Stamm in die Erde. Da stand in Gestalt einer Stimmgabel ein zweistämmiger Baum, und seine zwei Zinken stießen das Gewoge und Gekrause der Äste um sich her wie sichtbares Tönen, es hing mit geheimem Bann an Vater und Mutter und zog das Klingen wie einen Dunstkreis um ihre selig nebeneinander hochgerankten Körper.

Der Pastor hatte jetzt einen Inspektionsgang durch seinen Neubau von Abendpredigt gemacht und mochte wohl zufrieden sein, denn er brach nun selbst das Schweigen und setzte mit einem einleitenden Kichern über den Graben des geistlichen Geländes und sagte: »Daß Ihr mir aber heute Frau Gelb sagt, Ihr Luder, bitte ich mir aus.« Frau Gelb war des Pastors Wirtschafterin, wenigstens nannte er sie so an Sonntagen und zu andern guten Gelegenheiten, ihr Alltagsname war Frau Gehl, und weil die Stimmung bisher flau und wenig festlich gewesen, suchte er mit dieser Erinnerung, nachdem er selbst besserer Dinge geworden war, auf seine Weise die Laune seiner Gäste zu beleben. Er war ein rotblondes Bürschchen, dem selbst bei schlechtem Lebenswandel und magerer Kost die roten Backen nicht verfärbten. Unter sich sprachen seine Freunde mit Behagen davon, daß er auf dem neutralen Boden der Großstadt, gleichsam in sicherem Versteck, mit harmloser und treuherziger Unbedenklichkeit unter den Bürgertöchtern »aufzuräumen« pflegte. Was davon wahr sein mochte, wußte Eixner nicht und Seespeck noch weniger. Aber in seinen Manieren, in seinen Augen war etwas Ungewisses, ein Hingleiten von der Gegenwart auf irgendwie Unbekanntes im Hintergrunde, seine Augen suchten im Gespräch ein Guckloch und machten sich, ohne daß er selbst einer Zerstreuung heimfiele, daran ernsthaft zu schaffen. Manche sagten, er würde einmal etwas Großes werden, andere fauchten, wenn eine solche Meinung laut wurde, einen Verachtungston, wie wenn sie diese Voraussagen wie eine aufgeblasene, leere Tüte zerschlügen. Immerhin sprach man und stritt sich über ihn, denn am Ende hatte er doch irgendwo in seinem beinah lieblich-leichtfertigen Gehaben eine Gravität, nur daß niemand wußte, worin sie lag und wohin sie gerichtet war. Vielleicht war die große Selbstverständlichkeit, womit er an sich und an seinen vielen Bekannten alles gut und gleich sein ließ, der Ausdruck einer Verachtung von jämmerlichen Maßstäben und all diesen windigen Werten von Wohlverhalten oder gutem Beispiel vor den Menschen. Wenigstens ließ er es sich zum Beispiel nicht anfechten, wenn ihn etwa eins seiner Gemeindeglieder nach mehrtägiger Abwesenheit vom Pfarrhause beim gemeinsamen Heimweg spitzbübisch interessiert fragte: »Na, Herr Paster, sind Sie auch mal wieder bei uns?« Dann freute er sich mit jenem über die heikle Andeutung und entschuldigte spaßend seine Ausgehzeiten mit dem Gebrauch einer Kaltwasserkur, nicht ohne dabei sorglos merken zu lassen, daß die Kur ihm leicht und angenehm zu beobachten fiele, übrigens seien es nur die unumgänglich notwendigen Vorbereitungen für die eigentliche Kur, welch indirektes Geständnis seines wüsten Treibens mit sympathischem Verständnis erfaßt wurde. »Was machen wir nachher?« fragte er, als er von beiden Freunden keine Antwort kriegte, dabei fielen seine Füße, als behage ihnen die Gesellschaft zweier so langweiliger Paar Kameraden schlecht, in einen störenden Sondertakt, worauf sowohl Eixners wie Seespecks Schritte, wie auf ein Zeichen, durcheinander und gegeneinander zu klappern begannen, als wäre es ihnen auch grade recht, daß dieses unerwünschte Einvernehmen ein Ende hätte. Mit dem »Nachher« meinte der Paster aber: nach der Predigt. Sie gingen also als offen eingestanden nicht gute Kameraden im ungleichen Schritt und Tritt ihres Weges weiter und spiegelten sich mit den Sternen um die Wette in den Pfützen. Wenn sie so einer Lache grade entgegengingen, fiel es ihnen nicht ein auszubiegen, sondern sie zertraten den klaren Spiegel bei leisem Knirschen der dünnen Eishaut, ließen den aufgeweichten Grund über ihre Stiefel spritzen und achteten nicht auf die dreckigen Hosenränder. Wer aber auf der Seite gestanden, hätte in andern Spiegelpfützen sehen müssen, wie drei Paar trampelnde und kopfhängende Unterirdische Tritt mit Tritt von unten nach oben vergalten, und konnte sich wundern, was für sonderbare Patrone von Schutzengeln diese drei einsilbigen Überirdischen mit sich führten, und hätte zweifeln dürfen, ob nicht die Wesen von unten her den obern Takt und Tritt vorschlügen, als wären der Pastor, Eixner und Seespeck ein paar auf geheimen Wink und Nötigung trampelnde Puppen im Ungewissen zwischen dem wahren und gespiegelten Sternenhimmel auf einer papierdünnen, haltlosen Mitte.

Im Pfarrhaus war es kalt, doch hatte Frau Gelb den Tisch für das späte Abendessen bereits gedeckt, aber ob es für drei Esser statt des einen reichen würde, ließ sich nicht abschätzen, Seespeck aber schien diese Frage nicht hoffnungslos zu sein, wenn ihm Frau Gelbs rasche Kopfwendungen und Augensprünge auffielen, die auf ihre starke innere Beschäftigung mit derselben Frage hindeuteten. »Natürlich geht Ihr auch«, sagte der Paster und meinte damit: zum Gottesdienst. »Meinst Du, daß wir das müssen?« fragte Eixner ein bißchen starr zurück, als hätte er keine Lust, aber der Paster, der in die Nebenstube getreten war, wo das Licht der Wohnstubenlampe hineinschien und eine Art spiritistischen Kabinettabschnitt aus Lichtmauern baute, darin seine Hälften und Viertel spukartig aufleuchteten, wenn er aus dem Dunkel hineinragte, gab keine weitere Antwort als einen ungewissen Gaumenlaut, den man deuten konnte, wie man wollte; um aber die falsche Wahl gleich zu verhindern, fügte er, und dabei hatte er sich auf einen Stuhl gesetzt und wollte seine Stiefel anziehen, ein bestimmendes Wort hinzu, das aber bei der Anstrengung des Bückens gleichfalls ins Ungewisse umschlug und heraussprang wie ein erstes Ansetzen zu einem Säuglingsschrei. Hinterher klangen ein paar Hackenschläge auf dem Fußboden, und man sah seine beleuchteten Hände wie zwei Tiere mit gelben Fellen über den schwarzen Stiefeln hin- und herspielen. Da nichts anderes erfolgte und Eixner des Fragens überdrüssig war, behielt er seinen Paletot an und gab dadurch Seespeck zu erkennen, daß er sich für den Kirchgang entschieden habe. Das rötliche Haupt des Pastors saß auf diesem Präsentierteller von weißem Kragen gar zu lustig, und wenn die raschen Schritte, mit denen der Paster jetzt hereintrat, den schwarzen Talar in Falten warfen, erschütterten sie diese schrägliegende Unterlage seines Hauptes, daß man denken konnte, es würde im nächsten Augenblick herabrollen. (Darauf muß ich nun eine ganze Stunde passen), zog es ahnungsvoll durch Seespecks Gemüt, und er beschloß bei sich, in der Kirche den Paster nicht anzusehen. Gleich darauf aber vergaß er es wieder, denn es fiel ihm auf, daß dieser Paster, nach seinen Farben, aus verschiedenen Teilen zu bestehen schien und über der sackartig schweren schwarzen Talarwürde der Kopf läge wie ein leichtes anmutiges Gebilde, hinabgesenkt aus der Luft wie eine Seifenblase mit tausend bunten Spiegelungen einer fremden Welt beladen.

»Wir gehen«, sagte der Pastor, und sie gingen. Wer nicht an kleinen dunklen Orten sonntagabends zur Kirche gegangen ist, weiß nicht, wie die Kirchenglocke aus dem Herzen ein Echo heraufzieht, das kommt unbehaglich heiser mit einem fühlbaren Klirren, als wäre der Ton inzwischen irgendwo zersprungen, heraufgeklommen und setzt sich wie ein kaltes Schauern im Menschen fest. Man sieht helle Fenster und ist ein Schatten mit andern Schatten, die von rechts und links um Hausecken und Kirchhofsmauern biegen, hinter Kirchhofsbäumen und aus Gruben hervortauchen. Man ist wie heimatlos und uneigen in dieser Gemeinsamkeit, es scheint, als hätte man Rechte abgetreten, und man kommt sich ein bißchen würdelos und so nackt vor, daß man sich freut, wie dunkel es ist. Man verleugnet sich mit den Mienen beim Eintreten ins Helle und verstellt sich ein bißchen, als wollte man die andern glauben machen, man sei dieser oder jener, nur nicht man selbst. Man hört Orgelspiel und Singen und sitzt da recht wie jemand in feiner Gesellschaft mit geliehenem Frack, aber ohne einen Heller in den Taschen und mit dem Zwang, sich nicht zu mucken, wenn das Bezahlen angeht. Weder Eixner noch Seespeck machten den Mund zum Singen auf, obgleich sie die Gesangbücher, von denen der Paster jedem eins in die Hand gegeben, aufgeschlagen vor sich hatten. Eixner aus angeborener Hochnäsigkeit, Seespeck, weil ihn sein Geheimnis innerlich beschäftigte, führten sich in dieser Gemeinde auf wie zwei Giftkörper im Menschenleibe, die sich aber einstweilen noch schmerzlos anlassen. Seespeck war es, als habe er einen der gespiegelten Himmelssterne mit sich hereingetragen, dessen Blinken und Flimmern wie ein Herzbeben ungestört selbsttätig weiterginge und dessen Strahlen die Worte bedeute, die er vorhin beim Marschieren in sich losbrechen gefühlt: ›Ich gehöre ja nicht zu ihnen.‹ Doch lenkte er seine Andacht bald nach außen, denn nun nach Beendigung einer Litanei, die der Paster ein bißchen hinter sich gebracht, wie man eine dünne Suppe auslöffelt, um bald an den Braten zu kommen, sah er ihn auf der Kanzel stehen und war trotz seiner Absicht, nicht hinzusehen, doch nicht wenig neugierig, was er da oben machen werde, und spürte etwas von dem Zuschauergrausen, wenn der Delinquent das Schafott besteigt. Der Paster verlas den Text, der da sagt: daß wir allzumal Sünder sind und des Ruhmes mangeln, den wir an Gott haben sollen. ›Ein echter Buß- und Bettagstext‹, erlaubte sich Seespeck, innerlich zu spötteln …Der Paster predigte von der Gleichheit. Aber sonderbar, der Text schien ihm so dehnbar zu sein, daß man getrost das Gegenteil herauslesen durfte und er hatte herausgelesen, daß wir allzumal keine Sünder sind, wenigstens nicht bloß und nur und aussichtslos gleichmäßig. Und wenn man jetzt so viel von Gleichheit reden und schreiben höre, so meinen wir, meinte der Paster, daß es gut sei, mal zuzusehen, worin man denn eigentlich gleich und worin ungleich sei. »Sind wir wirklich gleich, sind wir alle Sünder?« Das sei wohl keine Frage, aber vielleicht sei es grade die rechte Buße, sich zu stärken mit dem Gedanken, daß es wohl tausenderlei Schlechtes gäbe, aber nur ein Gutes, und daß wir alle im Guten, im Echten, im Rechten gleich sein könnten. Nicht daß wir alle überein werden sollen, das sollte man sich getrost aus dem Kopf schlagen. »Wenn wir auch alle Sünder sind, so sind wir doch sehr ungleiche Sünder. Diese Ungleichheit schaffen wir nicht ab, damit würden wir nicht weit kommen. Wer auf den Fischfang geht und mit Tran hantiert, der dunstet den andern die Stube voll und wird rausgeschmissen, denn gegen schlechte Gerüche kann kein Mensch an, oder sollen wir uns der Gleichheit zuliebe alle die Nase zubinden? Dann müssen wir uns aber auch die Ohren zustopfen, denn es gibt viele, die können es nicht hören, wenn ein Schwein abgestochen wird. Und wenn wir die Gleichheit noch weiter treiben, müssen wir uns auch die Augen verbinden, denn manche können es nicht mit ansehn, daß einer eine schöne Frau hat. Nein, Gleichheit ist nicht bei feinen Leuten und auch nicht bei unfeinen Leuten, Gleichheit hat nichts mit arm und reich zu tun, aber alle können gleich sein im Verzeihen von Beleidigungen, im Vergessen von Wohltaten, die man erwiesen hat, im Behalten von Wohltaten, die man genossen hat, gleich darin, daß Ihr leise seid, wenn andre irre gehen und einmal vom rechten Wege abgekommen sind, im Gutnehmen seid gleich, nicht im Übelnehmen, im Entschuldigen, nicht im Beschuldigen.« Seespeck fing mit dieser Einleitung an zu rechten und holte in Gedanken tüchtig aus. Aber er kam nicht weit, denn er ließ seine Blicke umgehen und schlich sich wie unsichtbar durch die Leute. Ob sie wohl ahnten, daß ihnen da so etwas wie eine Bierrede vorgekaut wurde? Denn im Wirtshaus hatte das Wetter der Predigt schon ein bißchen vorgeblitzt. Übrigens war es eine Gemeinde zum Erbarmen. ›Dezimiert!‹ mußte Seespeck denken, wie er diese zerstreuten Häufchen übersah, aber das wäre noch gegangen, wenn es nur Leute gewesen wären, denen es verlohnte, ein Wort von Gleichheit zu reden, und deren Sünden einer Rede wert waren. Sie sahen alle aus, als hätten sie einen Schuß ins Herz bekommen, namentlich die wenigen Männer. Noch nie hatte Seespeck die Neugierde so wie heute angewandelt, diese artverlassenen Menschen anzusehen, und versucht, sie durch Anstarren wesentlich zu machen. Ihn ekelte ein wenig dabei, aber doch ließ es ihn nicht los, ja, er mußte sich sagen, daß grade die ganz und gar Vereiterten, denn das war ein Wort, was ihm unwillkürlich in den Sinn kam, es ihm antäten. Und er mußte sich selbst wundern, warum er es nicht fertigbrachte, sich statt ihrer den Pastor oder das ziemlich alte und wohlgebaute Kirchlein anzuschauen. Da waren Männer sozusagen ohne Gesichter, deren Bereich von Haaransatz bis Kinn ungestempelt geblieben schien, weder von Gott gestaltet noch vom Teufel verdorben, für die niemand eine Verantwortung haben konnte, der überhaupt den Stolz hatte, eine Würde in der Verantwortung zu sehen. Und Seespeck fuhr es durch den Kopf, daß ihm ein leises Vor-Grauen dieser Vorstellung gelegentlich beim Anblick seines eigenen Spiegelbildes gekommen und vergessen war. ›Sowas kann mir also auch passieren‹, dachte er mit einem Anflug seiner alten Versuchtheit, sich selbst aufzugeben. Da waren Schädel mit Haarpelzen, statt aus feiner Knochenschale anscheinend aus einem Surrogat wertloser aber haltbarer »Kunst-Masse« gestampft, Verstandbehälter billigster Sorte, und was konnte in ihnen stecken als ein Gehirnersatz, den die ewigkeit-vergessene Zeit lieferte? Da waren Frauenköpfe mit einer glänzigen, trägen Zufriedenheit, als wären sie irgendwie angespieen und stellten diese Schmach schamlos wie eine neue Mode am Kerzenlicht des Sonntagabends zur Schau, mit Lippen, die man sich nicht gesund lächeln denken konnte, die aber wie Aaskrähenschnäbel aus fauligem Leben faule Bissen herausschnappen würden. Da waren Mütter mit Äffcheneinfältigkeit, denn sie hatten ihre Kinder, die sie zu Menschen geboren, zu Püppchen und Larven zurückgebildet und wußten von diesem Leben, das ihnen doch seinen Hauch bis in die Seele hineingeblasen hatte, nicht mehr, als daß es dank Konsumläden und Gelegenheitsausverkäufen zwar immer noch sauer, aber doch, wenn die Zeiten nicht schlechter würden, Gott sei Dank erträglich sei. Seespeck schämte sich einer Neugierde, wie sie müßige Zuschauer bei Unglücksfällen, feine Damen bei Mordprozessen zeigen. Grade so war er der nackten Scheußlichkeit mit seinen Augen dienstbar geworden. Er sah vor sich den feisten Nacken eines Mannes, der sich wie eine breite rote Säule aus dem Kragenschlund aufreckte und in einer Horizontfalte in der Höhe des oberen Ohrrandes endete, und er konnte die Vorstellung nicht unterdrücken, daß dieser Nacken ihn wie ein hassenswert dummes und zum Ekel freches Gesicht verhöhne, von Gier und Übersättigung zugleich aufgeschwollen. Das Häufchen kugelrunden Haarschopfes glich einer Mütze, und Augen, Nase und Mund waren von Fett überwuchert und in allgemeiner Feistigkeit abgeplattet. ›Der Paster hat gut predigen‹, dachte er, ›er redet eigentlich mit den nackten Mauern und Pfeilern, die horchen seinen Worten und murmeln unter sich leise und besprechen ihre Wichtigkeit weit hinten mit gutmütigem Bedacht. Und das Gewölbe oben ist ein Versteher und Milderer, beinah ein Verzeiher und Verbesserer, es hängt über seinen Worten, als wolle es ihren Sinn veredeln und bebrüten, es umfängt seine Meinung wie ein barmherziges Vertuschen.‹ Er unterbrach sich und zog sein Taschentuch hervor, um sich zu schneuzen. Und dann behielt er das Tuch in der regierenden Rechten und ballte es zusammen, daß es aussah wie ein Schneeball, den er von oben hinabwerfen wollte.

»Die Ehe ist ein Gleichnis für viele Dinge, und Ihr wißt wohl alle, wie es in der Ehe hergeht, nicht immer so fein säuberlich, wie es not täte. Und das kommt von dem Gleichmachen und Gleichseinwollen. Grade in der Ehe soll man sich nicht gemein machen, grade in der Ehe sollen Unterschiede gelten, es ist eine Versündigung am Heiligen und Göttlichen, wenn die Ehe wie ein gleicher Stiefel auf beiden Füßen passen soll, denn es ist unnatürlich und grausam. Laß den rechten und den linken Fuß auch nach seinem besonderen Maß messen, dann kann die Familie wie ein ordentlicher Mensch gesund auftreten und braucht nicht zu hinken.« Und in ähnlichen Gleichnissen zahlte er seiner Gemeinde ihre Sünden aus. Nicht, daß er sich dabei ereiferte, ja, Seespeck glaubte ein paarmal, daß seine Geste gelegentlich ein unterdrückter Griff nach der Uhrtasche war, aber in aller Gelassenheit arbeitete er doch wie ein redlicher geistlicher Zimmermann um Tagelohn an der Aufrichtung eines dörflichen Galgens für die großen Sünder des platten Gleichheitsgeistes und fügte daneben einen Wegweiser zusammen, der hielt den Finger in der Richtung auf einen Ausgleich unvermeidlicher Unterschiede. Und dieser Ausgleich sollte in dem Streben zum Göttlichen aufs Bequemste stattfinden, das jeder in sich trüge, worin wir alle einzig wahrhaft gleich und ebenbürtig seien. Das war alles wie selbstverständlich vorgebracht. ›Er schämt sich nicht, daß er mit ihnen allzumal ein Sünder ist‹, dachte Seespeck, ›und macht doch keine Umstände, mit ihnen allzumal göttlich begründet und durchdrungen zu heißen; ich gäbe etwas darum zu wissen, ob es sein Ernst ist und ob er überhaupt einen Ernst besitzt. Man soll einerseits Unterschied machen und andererseits die Unterschiede aufheben, und wenn man will, so besteht seine Ungleichheit in der Selbstbesinnung auf eine Art grundsätzlicher Gleichheit.‹ Und Seespeck, der es aufgab, in dem Gedankenbau des Pastors Plan und Sinn zu finden, fühlte seinen Spruch, daß er – Seespeck – nicht zu »ihnen« gehörte, wieder in sich rumoren und zog für den Rest des Gottesdienstes seine Fühlhörner ganz ein. Nach der Predigt und dem Kirchengebet wurde das »Lobe den Herren, den mächtigen König der Ehren, meine geliebte Seele, das ist mein Begehren« gesungen. Auch jetzt taten Seespeck und Eixner den Mund nicht auf. Seespeck aber mußte wie schon einmal an diesem Abend die Zähne aufeinanderbeißen, denn auf keine Überraschung war er weniger gefaßt gewesen, als er hier von einem dörflichen Organisten erlebte, der den Choral wie eine erlöste Titanen-Seele aus dem zu Stein kristallisierten Kirchen-Leibe sich heben, breiten, von ihm lösen und aufschwingend ihn unter sich zurückstoßen und stürmisch aufwärtssteigen ließ. ›Ach Gott‹, fühlte Seespeck erschüttert, ›da ist ja Gott selbst, in der Brust des Organisten.‹ Sein Wahlspruch aber schmiegte sich zwischen die Flügelschläge des Chorals und ließ sich wie eine Sehnsuchtsfrage aufwärtstragen. ›Nein, zu »ihnen« gehöre ich nicht, aber wo sind die, zu denen ich doch gehöre?‹

Sie saßen im Pfarrhause zu Tisch nieder und lasen vom saubern Tuche die Mitteilung ab, daß Schmalhans Küchenmeister sei oder, wie der Pastor, der sich die Hände in der Luft wusch, sagte: daß Frau Gelb sich vom Munde der Gäste Wirtschaftsgeld abspare. Aber man reichte einander dennoch die Schüsseln so lange hin, bis jedermann dankte und sich damit für gesättigt ausgab.

Dann verfügte sich der Pastor wiederum in das spiritistische Kabinett und ließ es ein wenig im Kleiderschrank poltern. Der Erfolg war eine Flasche Rum; so konnte die »Ausgießung des Heiligen Geistes«, die der Pastor sinnfällig machen wollte, vor sich gehen. »Ich werde Euch die Zunge lösen«, versprach er dann und verwandelte den starken Stoff unter der Formel der Verwässerung in Grog. »Da Euch aber schwerlich Flammen auf den Kopf schlagen werden«, lästerte er weiter, »soll Euch wenigstens Rauch aus dem Munde gehen«, und dafür wurde eine Kiste mit Zigarren geschickt befunden und auf den Tisch zur Benutzung aufgestellt.

»Die ganze Gleichnisrederei ist Unsinn«, qualmte als Vorschlag eines Gesprächsthemas Eixner hervor, und da niemand ihm widersprach, bequemte er sich, das Feld tüchtig umzupflügen, schnell zu säen und fortzufahren, ohne Luft zu schöpfen, auch noch die Ernte zu bergen. Endlich, als er einen Augenblick stockte, warf der Pastor die stupide Frage hinein: »Erlaube mal, redest Du von Gleichheit oder Gleichnis?« »Gleichnis!« antwortete Eixner unwillig. »Aber Gleichnisse sind doch ausgezeichnet«, meinte der Pastor, und damit hatte er Eixner sozusagen Öl aufgegossen, und so konnte er sein Licht weiterleuchten lassen. »Man kriegt am Ende den ganzen Kunstkram satt«, gab er weiter an. »Man wird wie ein Hund und richtet sich bloß noch nach seiner Nase. Halte mal einem Mops einen Spiegel vor, wie der die Nase rümpft, der ist nicht für Gleichnisse, aber für Wirklichkeit, für Geruch, für Hundegeruch – ich auch –, das heißt...« »Ja, das heißt...«, beschwor ihn der Pastor, »das heißt allerdings... sehr sogar.« »Da redest Du nun vom ›Heiligen Geist‹«, fuhr Eixner fort und ließ die Zigarre einen Stoß nach der Rumflasche tun, »warum sagst Du nicht Rum, weshalb bringst Du Dein halbes Leben mit Gleichnismachen zu?«

Der Pastor nahm gelangweilt seine Brille ab und rieb sich die Augen, bis sie rot waren, und dann drehte er den Kopf wie ein blindes Tier hin und her, als suchte er in der verschwommenen Welt vor sich ein Guckloch mit klarer Aussicht. Die Brille lag auf dem Tisch und malte ein Bild der Lichtflamme an die Wand. Aber die Flamme brannte verkehrt und stand auf ihrer Spitze in dem vergrößerten Oval der Brillengläser. »Sieh, sieh«, sagte der Paster und wies auf das Phänomen, »das ist mal allerliebst, das gibt ein schönes Gleichnis ab, das hilft Dir nun nichts, mein Lieber.« »Wieso?« antwortete Eixner, »genügt das Bild nicht selbst?« »Aber, guter Gott, ein Bild ist ja selbst Gleichnis«, höhnte der Pastor; »daher heißt es so: Das Bild ist nicht das Ding. Es ist ausgezeichnet, ich werde noch einmal einen Leuchter mit auf die Kanzel nehmen, um meinen Leuten das Experiment vorzumachen. Und dann sag ich ihnen, so dumm und verkehrt wie die Flamme an der Wand sieht manchmal Euer Leben aus, darum braucht Ihr aber nicht zu fürchten, daß es sinnlos und nicht wirklich ist. Der richtige, aufrechte Sinn steckt doch irgendwo hinter den Brillengläsern Gottes oder so was.« »Na, gute Nacht Gleichnis für heute«, lachte nun Eixner auf, »da haben wir von der Ausgießung Deines Heiligen Geistes doch noch eine Flamme zu Gesicht bekommen.« »Ja, auf die Heilige-Geist-Flamme kann ich dabei anspielen«, schloß der Pastor, »zu Pfingsten sollen meine Leute...« Seespeck stand auf, gezwungen, als sei ihm übelgeworden, sie sahen ihn an, und er sagte: »Ich will nach Haus gehen«, dabei war er recht verstockt, blickte zu Boden und gebärdete sich wie ein Schuldbewußter, er hatte die größte Lust, sich wieder zu setzen, und rang wild mit seinem Engel, der ihn zum Aufstehen gezwungen hatte. ›Es wird doch nichts dabei herauskommen‹, dachte er, ›ich weiß ja selbst nicht mal, was ich will.‹ Der Pastor, dessen wirkliche Frömmigkeit vielleicht einzig und allein darin bestand, daß er in allem und jedem ein Wunder sah, und, weil er so viel mit Wundern zu tun hatte, schließlich über nichts mehr erstaunte, sagte endlich: »Ach was, wir gehn doch alle zusammen, ich begleite Euch zurück, bleib nur solange sitzen, bis der Grog aus ist.« Darüber erschrak Seespeck, er wehrte heftig ab und streckte die Hände aus, als schöbe er sich eine widrige Möglichkeit vom Leibe. Eixner griff in seine Brusttasche und langte einen zerknitterten Brief hervor, den er sicher schon einige Tage mit sich herumgetragen hatte. Es sollte so aussehen, als fiele ihm jetzt erst etwas Belangloses ein, aber man merkte, daß er zu sehr darauf studiert hatte, und er machte seine Sache herzlich schlecht. Er besah den Brief von vorn und hinten und wollte damit glauben machen, er wüßte nicht, wie das Ding in seine Tasche käme, und ließe es sich Mühe kosten, seine Bestimmung ausfindig zu machen. Schließlich, da er selbst merkte, wie er sich blamierte, reckte er wütend den Brief Seespeck hin. »Das hab' ich Dir noch zu geben«, sagte er dabei. »Weiter nichts?« fragte Seespeck, als wüßte er schon Bescheid, und schob ihn zwischen die Knopfreihen seiner Jacke wie etwas, das zum Anzug gehört. »Hallo«, sagte der Pastor, indem er sein Haupt schüttelte, um eine Fliege von der Nase zu scheuchen, und wurde dabei wieder ganz munter, »wechselt Ihr Liebesbriefe?« Und es schien Seespeck, als setzte er sich in seiner Sofaecke recht im Sattel fest, um gegen das Erschütternde einer wirklichen Überraschung gesichert zu sein. Aber Eixner, der die Frage noch viel mehr verabscheute, ballte seine Fäuste in den Hosentaschen und tat mit einem herrschaftlichen Langstrecken des Leibes vom Kopf an der Sofalehne bis zu den Zehen unter dem Tisch das ganze unbequeme Thema vornehm ab. »Er will ja gehen«, sagte er, »warum tut er es denn nicht«, aber der Pastor wiegte sich hin und her und machte ein pfiffiges Gesicht dazu, sog mit zusammengepreßten Lippen den Honig aus einem Bonbon-Geheimnis in seinem Munde und lugte blinzelnd schräg aufwärts nach den Noten, die zwischen den Runzeln seiner Stirn säßen, und bewies damit, daß man auch ohne Worte recht anzüglich werden kann. Er war nicht eigentlich neugierig, aber so wenig er sich um allerhand Geschichten zu kümmern pflegte, so wenig Gewissen machte er sich daraus, das, was ihm zuflog, oder Umstände, auf die der Reim, der ihm richtig schien, paßte, weiterzutragen. Er übte eine Art Tyrannei mit Selbstverständlichkeiten aus, die er zu seinem Dienst preßte und mit denen er überall Schaum und Wirbel schlug, und so mußte Eixner, wollte er nicht morgen von Seespecks und Gretes Briefwechsel von dritter Seite hören, den Pastor abzutrumpfen suchen. »Wenn Du wüßtest, was für ein Kerl das ist!« brachte er seelenruhig hinter seinen Zähnen und aus den mächtigen Kinnladen hervor, ja fast in Gemütlichkeit zu freundlicher Auskunft. Seespeck und der Pastor, die ihn kannten, wußten, daß das seine gefährlichste Art war. Dem Pastor wurde der Ton unbehaglich, und er fragte unsicher zurück: »Wieso?« »Wieso?« äffte Eixner nach und zuckte die Achseln. Er ließ sich Zeit, und Seespeck, dem das Niedersitzen völlig verleidet war, begann im Zimmer auf und nieder zu gehen. Es sah aus, als ob ihn Eixner, dessen Faust auf dem Tisch lag, an einem unsichtbaren Seil laufen ließe, und als ob er wüßte, daß er im nächsten Augenblick einen Peitschenhieb bekommen sollte.

Der Pastor sah mit hellen Augen hin und her und meinte mit halbem Lächeln: »Ich wittere Morgenluft – was soll das heißen: soll er abgesägt werden, was willst Du mit ihm machen?« Eixner antwortete mit einem Augenblinzeln, als fixiere er ein Sandkorn vor seinen Augen, dann blies er es verächtlich fort. Und der Pastor sagte in etwas spöttischem Ton: »So, so!?« tat aber sonst, als sei er nun genau unterrichtet.

»Mir gefällt nämlich der Seespeck«, sagte er endlich mit jenem etwas unsicher schwingenden Ton, wie er leicht bekam, wenn er anstrengend geredet und getrunken hatte oder wenn er gerührt und weinerlich gestimmt wurde. »Er ist zu jung für uns, er ist noch ein Baby. Du und ich, wir sind so alt, wie wir werden können – das heißt – na ja, sagen wir mal: wir. Aber er! Laß ihn laufen, wenn er fort will.« Aber Eixner ließ ihn noch nicht los, und Seespeck wanderte am unsichtbaren Seil auf und nieder. Endlich fragte Ebener: »Weißt du noch?« und als Seespeck stehenblieb, biß er zu. »Der Meineid von damals?« Seespeck lächelte bloß, ja er freute sich, ihm wurde leicht, auf diese Weise ging es am besten; das mußte er Eixner lassen, er verstand seine Sache. Er nickte mit dem Kopf, als gäbe es gar nichts zu leugnen, und begann wieder zu marschieren.

Es war richtig, es war etwas dergleichen vorgekommen. Sein Bruder war vor einigen Jahren von einem Wilden, einem wahren Amokläufer von Feind angefallen, und der ganze Handel hatte sich auf die Gerichtsstätte gewälzt, eine Verleumdungsklage des älteren Seespeck war in den Rachen eines Raubtiers geschleudert worden: – und Seespeck der Jüngere hatte geschworen, geschworen, wie ein Wütender um sich beißt, und Gott selbst hätte nicht unterscheiden können, was bewußt oder unbewußt unrichtig an diesem Eid gewesen. Aber Eixner, klüger als Gott, hatte es herausgefunden. Solche Worte, wie sie der eine Seespeck zu dritten, einerlei ob im Scherz oder Ernst, gesagt haben sollte, hatte nur ein Seespeck finden können, sie waren Seespecksche Absenker, daran durfte, wer ihn kannte, keinen Zweifel haben, und so hatte Eixner seinen Freund unter vier Augen ins Gericht gebracht. Damals hatte Seespeck – erst betroffen, dann hochmütig, das alles anerkannt. Gut, dann solle es dabei bleiben, er wolle für sich selbst wohl damit fertig werden, der Schelm war als Schelm gefahren, und da das Recht trotz dem Falscheid zu Recht bestände, so möge ihm wohl der Ewige selbst den Eid eingegeben haben, der möge es verantworten, und Eixner habe keinen Grund, sich deswegen an Seespeck zu wenden. Das hatten sie damals gelassen, wie es war, und heute – heute dünkte Seespeck jeder Hauch als Erklärung wie ein Speien gegen seinen Engel. Er griff nach diesem Meineid und vermummte sich damit. Er fühlte etwas wie Dank gegen Eixner, es war ihm zumute, als führten sie beide eine abgekartete Komödie auf, wobei er sich ängstlich hüten mußte, seine Rolle als aussätzig Gewordener zu verderben. Aber dem Paster war nicht so leicht etwas weißzumachen, denn er murmelte vor sich hin, als wolle er von alledem nichts wissen: »Blödsinn, Kinder, wollt Ihr Euch ins Loch bringen?« Worauf Eixner gereizt zur Antwort gab: »Nein, das passiert nicht, außer wenn Du Klatschbase Dich seiner annimmst. Aber ich sollte denken, es ist sowieso schlimm genug.« »Naa –a!« antwortete der Paster mit einem schmerzlichen Zudrücken seiner Augen, daß man sah, wie sauer ihm das halbe Zugeben wurde, »das müßte man wohl erst einmal ausführlicher anhören – wie? Erzähl' bitte.« Als Seespeck darüber entwischen wollte, zuckte Eixner mit seiner Hand und hieß ihn warten. Dann erzählte er, und Seespeck sah in völliger Seelenruhe, wenngleich in der Haltung des Delinquenten, diese Holzskulptur, genannt Eixner, und des Pastors dünnbärtiges Rundbackengesicht mit dem ewigen Ausdruck von Abwesenheit oder leicht genierter Ungläubigkeit und Gegenwartsvergessenheit gegeneinander gerichtet vor der schwarzen Sofalehne sich abheben, beobachtete, wie Eixner die fatale Wirklichkeit aus Seespecks früheren Tagen zwischen den Zähnen zerschrotete, und konnte sich kaum enthalten, nicht zu sagen: »Das machst Du gut, so noch ein Stich, dann ist mein bürgerliches Ich tot.« Aber mochte sich nun der Pastor mit Vorsatz dumm stellen oder hatte er wirklich mehr Teilnahme als Neugierde, er verwirrte Eixner durch Fragen und Einwürfe von einer unklugen Art, die einem den Atem raubt und die Eixners Rede mehrere Male erstarren ließ, bis er endlich abbrach und mit der Faust auf den Tisch schlug, als wollte er einen Schlußpunkt setzen. Der Pastor lächelte mit einem Ausdruck von Beschränktheit, als sei er allen diesen Dingen nicht gewachsen, und sah Seespeck an, als wolle er fragen: »Was machen wir mit ihm?« Seespeck aber begriff momentan, oder glaubte ihn zu begreifen. Der Pastor fragte in Gedanken: ›Will Seespeck Eixner oder Eixner Seespeck abschütteln?‹ Denn daß der Meineid, ein längst vergessenes Stück Leben, aus einem verfallenen Brunnen heraufgewunden war, schien gar zu deutlich, und wenn er dazu den Brief und seine Deutung nach beliebter Art zu Hilfe nahm, hatte er schnell eine Erklärung gepreßt, die der Wahrheit ziemlich nahe kam. »Ja, wie Ihr wollt«, sagte er als Schlußsatz seiner Gedanken, »wenn es so sein soll und Seespeck nichts mehr zu sagen hat ...wie gesagt ...wie Ihr wollt. Du kannst übrigens gern noch eine Zigarre nehmen«, sagte er mit erheuchelter Gnädigkeit, worin er sehr drollig wirkte, »meinetwegen auch zwei!« Und dabei schob er Seespeck die Zigarrenkiste näher. Aber als Seespeck Miene machte zu gehorchen, spürte er, als hätte ein Stich seine Hand getroffen, Eixners Blick, und er trat langsam aus dem Schein der Lampe ins Dunkle zurück an die Wand. Eixner seinerseits stand auf und faßte in die Kiste, dann griff er in die Tasche nach einem Messer und schnitt die Spitze der Zigarre ab. Dabei stand er breitspurig zwischen beiden vorn am Tisch. Er hantierte mit der Streichholzschachtel, zündete an und sagte zwischen Paff und Paff: »Weißt Du – Paster – neulich – sollte ich mal – eine Kleinigkeit rechnen, das ist –

lange nicht mehr vorgekommen, kleines Einmaleins – na und da hab' ichs mir an den Fingern ausrechnen müssen, wahr – haftig, an den – Fingern. Kann jedem passieren, meinst – Du? Vergeßlichkeit aus – Mangel an Interesse, das ist – es; aber sag mal – bei der Gelegenheit, gab es nicht mal einen Bekannten von uns – wie hieß er noch? Einen gewissen – na Donnerwetter!« Er drehte sich nach Seespeck um und fuhr fort: »Ein Name wie ein Schatten an der Wand – Seespeck – richtig, das war der Name, erinnerst Du Dich an Seespeck, Paster? Es will mir kaum möglich scheinen, aber es war Seespeck, kein Zweifel für mich, ein Mensch wie ein Schatten an der Wand, man muß den Namen herausklauben aus dem Kopf wie ein Stück verschimmeltes Einmaleins mit den Fingern.«

Wirklich, er war wie ein Schatten, der an der Wand entlang zur Tür glitt und verschwand. »Das ist denn doch zu toll«, rief der Pastor und sprang auf, aber Eixner vertrat ihm den Weg. »Ich werde ihn doch herausbegleiten dürfen, laß mich durch«, verlangte er, aber Eixner hob den Zeigefinger langsam, wie ein Konzertmeister den Stock, und schien in Gedanken die Sekunden abzuzählen, die von dem Taktstock in das Stillschweigen tropften, das er mit dem Taktstock heraufbeschworen hatte. Endlich hörten sie an der Haustür ein leises Geräusch, wie ein verzagtes Scharren, und Eixners Hand wurde wieder lebendig und scheuchte die Spannung der letzten Augenblicke wie ein lästiges Insekt vor dem Gesicht fort. Der Paster setzte sich wieder und trommelte mit den Fingern auf dem Sofa. Er kniff die Augen zusammen und sah in die Lampe, daß ihr Schein wie ein Lichtnebel auseinanderfloß.

Kapitel 4

Lieber Herr Seespeck!

Da ich nun genesen bin, sollen auch Sie es erfahren, und hoffentlich freuen Sie sich ein bißchen mit uns allen. Sie ahnen nicht, wie wir zwischen Furcht und Hoffnung geschwebt haben, aber es ist ja nun glücklich vorüber, und es geht wieder bergauf. Viel haben wir füreinander und durcheinander ertragen, auch das soll vergessen werden, denn es war wohl kaum alles selbstverschuldet, wenn wir uns wehegetan und einmal vergessen haben, daß Sorgen für andre zu hegen eine böse Probe ist, die man schwer besteht, wenn man nicht immer wieder festhält: was ich um einen anderen leide, daran hat er keine Schuld, und das darf ich ihm nicht noch zu seinem Eigenen dazutun. So schafft man einander oft doppeltes Leiden. Auch Sie müssen vergessen, was wir beide miteinander hatten – hören Sie? Ich war es nicht, die Sie um etwas bat, es war die Angst, die mich dazu brachte, und so mußte ich ein Wort hören, bloß um mich zu beruhigen. – Ich vergesse es auch, so ist es aus der Welt, beides, das, worum ich bat, und das Wort, das Sie antworteten. Es genügt, daß Sie bedenken, wie durchaus verkehrt mein Ansinnen war...

Seespeck las diesen Brief mühsam beim Schein einer Laterne, die sich am Mast eines Bootes auf der Elbe langsam hin- und herwendete, je wie es ein Drängen der Luft oder die veränderte Lage des Bootes anregten. Er hatte die Leute, denen es gehörte, bei der Flucht aus dem Pfarrhause getroffen, einen Vater mit seinen zwei Söhnen, die es ihm ohne Verwunderung geglaubt hatten, daß er nach »drüben« gehöre, und es ganz natürlich fanden, daß er mitgegangen war, wenn er auch für die Nacht, die sie fischend auf ihrem Kutter verbringen wollten, mitgefangen bleiben mußte. »Drüben« lag übrigens sein Heimatstädtchen, und da er über die Leute dort Bescheid wußte, wenn er auch kaum etwas anderes als Namen nennen konnte, so war alles in Ordnung.

Es waren Vielbetreiber, diese drei, sie waren auf der Heimkehr von irgendeinem herbstlichen Marktfest, wo sie mit selbstgebackenem Marzipanplunder und allerlei zuckrigem Gemachte ihren Budenverkauf gehalten hatten, und während das Gepäck mit der Bahn heimwärts ging, sparten sie den ganzen Umweg über Hamburg mit ihrem Kutter, den sie früher hier verankert hatten. Der Vater war eigentlich nur ein Männchen, ein verwachsener, ausgelaugter, trübäugiger, niemals munterer, aber dafür auch nie ermüdeter Rest von einem Mann, ein Überbleibsel aus der Urbevölkerung, Kokabe mit Namen, aber meistens höhnisch Kokub geheißen, seine Söhne Hannes und Hermann aber waren wohlgeformte Burschen, wenngleich der letztere mit seiner immer verstockten Nase mehr und mehr einem trotteligen Wesen zutrieb und eigentlich nur zu brauchen war, wenn man ihn mit dem gewohnten Stallgeruch umhüllte und ihn in der Familienwärme bei Behagen und Laune erhielt. Er hatte übrigens gleich nach der Ankunft auf dem Kutter auf einem Petroleumkocher aus Speck und Eiern einen fettigen Fladen hergerichtet, der aber nach Petroleumdunst roch und sicher stark mit Fingerschmutz legiert war. Diese Hantierung war im offenen Bootsbauch vor sich gegangen, und ebenda von kühler Nachtluft angehaucht, wurde die Speise mit Taschenmesserstichen, Löffelhieben oder nur mit Fingerzangen aus der heißen Pfanne genossen. Seespeck hatte sich entschuldigt und war dem Boote auf die gewölbte Bretterbrust getreten, dem Vorderdeck, das am Mast begann und von der dünnen Leuchte ebenso kümmerlich wie die offene Hälfte des Bootes beschienen wurde. Hier las er seinen Brief. Er war noch länger, aber endlich kam folgender Schluß: »Ich muß wohl, wenn ich zurück bin, noch eingezogener leben als bisher. Aber hoffentlich können wir Sie doch einmal bitten, uns zu besuchen. Da ich morgen reise, muß ich Ihnen hiermit schriftlich Lebewohl sagen.«

›Diktiert‹, dachte Seespeck, indem er ihn wieder einsteckte, ›aber sie hat sich doch gewehrt, immerhin ein Abschied von Grete.‹ Er wollte gerade anfangen, die Sonderlichkeit seiner Lage zu überdenken, als zwischen den Dreien und der Pfanne eine Messerklinge hörbar in ihre Scheide schnappte und zugleich das Kratzen in dem Gefäß sich verminderte. Hermann, dem die Bissen in Gedanken zu schmecken fortfuhren, sorgte ernsthaft, indem er die Pfanne gegen die Laterne drehte und die Brocken zu Häufchen schaufelte, für eine kurze Verlängerung eines wünschenswerten Zustandes. Aber Vater Kobabe sah schon prüfend zwischen sich und seinem Ältesten nach Osten in die Finsternis hinaus, denn sie lagen hier an der Stelle der Elbe, wo das Fahrwasser für große Schiffe von drüben in kräftiger Schräge den Fluß überquert, und da es jetzt ums Netzeauswerfen gehen sollte, konnte es nicht schaden zu wissen, ob man das Boot ohne Besorgung einer Störung eine Zeitlang allein liegenlassen könnte. Aber es war auf- und abwärts kein fahrendes Schiff zu sehen, und nur leises Beben lag in der Luft, ein Klopfen ängstlicher Taubenherzen im Ohre: so kam ein Getrippel von Schaufelradschlägen von fern übers Wasser gezogen. Was sonst auf dem Strom lag, hier und da, hatte sein Lichtlein über sich wie ein glimmendes Seemannsvertrauen auf ein Weiterwalten einer guten Weltregierung und schien in aller schwimmenden Gelassenheit Sorge und Leben in unbewußten Schlaftiefen geborgen zu haben. Ein Hundegebell gellerte in die Stille hinein, aber die Stille ließ sich nicht reizen, und die Echos des Unendlichen blieben ungeweckt im Raume hängen. Kobabe und seine Söhne stiegen ins kleine Boot, und Seespeck, der gut ruderte, half ihnen bei der Arbeit, das Netz zu versenken, während man langsam auf der Flut vorwärtsglitt, ein Stück Beuteholz, das ihnen beim Zurückfahren entgegentrieb, wurde ins Boot geborgen, und als alle wieder im Kutter standen, hatte man einige Stunden Zeit zu schlafen. Wer also wollte, mochte dem Fahrzeug durch die Luke im hohlen Verdeck in den warmen Busen kriechen, und die beiden Jungen versenkten sich, schnell verständigt, in dem schwarzen Loch, während der Alte und Seespeck, obwohl fröstelnd, draußen bei einem sparsamen Gespräch auszuhalten gesonnen schienen.

Seespeck fühlte sich verpflichtet, mit einigen Fragen hin- und herzustoßen, um irgendeinen Gegenstand, bei dem es sich warm werden ließe, aufzustöbern, und sprach endlich von den beiden Söhnen seines Gastgebers und ließ von dem Drum und Dran seines Gewerbes die merkwürdigsten Umstände verraten. Endlich, als es auch hierin nichts Neues mehr für ihn zu geben schien und er meinte, das Thema wechseln zu müssen, fragte er ihn, ob er nicht noch andere Kinder hätte, und da er ja in dem alten Städtchen, das auch Kobabes Wohnort war, wohlbekannt zu sein vorgegeben hatte, so mußte diesem eine solche Frage wohl als eine Aufforderung zu Vertraulichkeiten erscheinen, denn er hatte allerdings noch ein Kind, ein größeres Mädchen, das in dem starken Verdacht des Mordes an einem Neugeborenen gerichtlich eingezogen worden, aber endlich gegen eine Kaution, die der Vater stellen mußte, einstweilen losgelassen war. Er stockte wohl zuerst ein wenig, aber so direkt aufgefordert, ergriff er die günstige Gelegenheit, die Sache seiner Tochter zu führen, die in den Augen seiner Mitbürger schlecht genug stand. Aber er blieb nicht beim Beschönigen und Abstreiten einer solchen Tat, denn am Ende wußte er selbst am genauesten, wie wenig er damit ausrichtete, und ehe sich Seespeck dessen versah, hatte dieses Männchen, diese Jahrmarktsratte, die überall nagte und wagte, wo ein Bissen zu erschnappen war, eine Art Faustkämpferhaltung gegen ihn angenommen. Wie verfänglich er sich auch Seespecks Frage ausgelegt hatte – jetzt ließ er plötzlich sein Schneckenhäuschen hinter sich und wagte sich gegen alle Klugheit weit vor. Er ließ einmal das ewige Behüten seines guten Glaubens an seine Tochter hinter sich, und Seespeck war es, als würde er von Kobabe für ein Wunschergebnis, eine unwirkliche und doch körperliche Beichtgelegenheit angesehen, dem man nach Laune Rede und Antwort stehen dürfe und das nach Erfüllung seines Zwecks als Erscheinung spurlos verschwinden und verschwiegen bleiben würde. Er hätte am liebsten abgewehrt, aber der kleine Mann drängte sich so eng an ihn, daß er nach dem Tau greifen mußte, das den Mast am Seitenbord hielt, und fürchtete, ihn mit Ablenken ernsthaft zu erzürnen. Außer sich war er schon jetzt, und seine Hände kneteten an Seespecks Arm und Schulter auf und ab. Es war wie ein Mord selbst, den er an einem verhaßten Gefühl, das ihn quälte, beging, und er schien nicht schnell genug die Tat vollbringen zu können, grade als ob er den Empfänger dieser Erlösung in den Strom stürzen wolle.

Was er sagte, war in Worten fast unwichtig, er sprach davon, daß er ihr Vater wäre, daß sie seine Tochter sei und daß er hohe Zinsen für die Kaution, die er leihweise bekommen, zahlen müsse, aber wie auch sein gegenwärtiges Leben beschaffen sei und wie sich sein Dasein einmal zukünftig noch trauriger gestalten möge, in nichts sei ihm leichter zumute, als in dieser Sache. Hier sei alles wohlgeordnet, denn es sei ja seine Tochter und er sei ihr Vater, und das sei ein für allemal genug Grund, etwas Gewordenes nicht ungeschehen zu wünschen. Was er – Seespeck – denn dazu sage? Und Seespeck war flau genug zumute, um nicht aus vollem Herzen Beifall zu geben, da es der beste Weg war, dieses vampyrhafte Männlein satt zu machen, dem er durch Zufall oder Gnade zur Stillung eines Heißhungers nach Trost an diesen einsamen Ort gesandt schien. So ließ es denn ab von Seespeck, und sein Anfall verlor sich im Gewohnten, wie das Hundegebell ohne Nachhall im Weiten getan. Sie traten noch eine Zeitlang auf dem engen Raum hin und her, ließen eine gegenseitige Unbefangenheit wie ein Vergessen ausdünsten und schienen nach kurzem einer von dem andern nichts zu wollen oder zu wissen, so daß sie sich offen angähnten. Damit war die Erwägung reif geworden, daß es das Beste sei, zur Ruhe zu gehen, und bevor sich die Schollen bei wendender Flut beunruhigt fühlen und bei dem kurzen Wirrwar auf dem Flußgrunde ins Netz verfangen konnten, wies Kobabe seinem Gast bei einem Kerzenlichte unterm Deck nahe am Mast eine schmale Ruhestatt quer von Wand zu Wand des Schiffes an.

Hier lag er und schlief mitnichten, aber mit der Absicht, über Nacht als Schläfer zu gelten, und ließ die Stunden und die späteren Fischereivorgänge gleich dem leisen Zug der Flut hinter den dünnen Brettern zu Kopf und Füßen an sich vorübergleiten. Als das Schifflein zu schwanken und in der Flutwende zu treiben begann, glitten die drei Kobabeschen Schatten zur Luke hinaus, Seespeck hörte ein gelindes Scharren an der Außenwand, ein Plätschern von Rudern, und blieb mit dem Mast im Rücken im stickigen Raum als regungsloser Schatten-Kamerad des Unsichtbaren liegen. Er ließ das Summen einer späten Mücke wie leisen Geigenstrich in sich klingen und fühlte nur undeutlich, wie nach längerem die drei Kobabeschen Schatten sich wiederum zu stummer Kameradschaft einfanden. Und er mußte sich nach wer weiß wie langem Dasein im Lichtlosen bei grauendem Morgen zum Besonderen werden sehen und als Wesen im Licht von den anderen Wesen bei ihm abheben. Kaffee, gähnte Kobabe, als ein allgemeines Lösen aus dem Schlaf begann, wollten sie lieber zu Hause haben, und so fröstelte man in den Morgen hinein und segelte in einen nebelblauen Wind durch Nebenräume ans jenseitige Ufer und stahl sich in die kleine Au bis zum Liegeplatz hinauf. Dort stand eine Karre für den Fischkorb, und nach einem halbstündigen Trotteln durch feuchtes Gras ging es die Hafenstraße hinauf, über den Markt ins Kobabe-Haus, ein erbärmliches Ladengebäude mit schlechtriechenden und dunklen Hinterzimmern.

Sie luden Seespeck, der bei so früher Morgenstunde nirgendwohin zu gehen wußte, zum Kaffee ein, und Seespeck ließ sich das Getränk der Frau wohl munden. Sie nahm ihn mit guter Manier an ihren Tisch und befleißigte sich einer Gastfreundlichkeit in gemessenen Grenzen. Seespeck musterte sie mit einer gewissen Verwunderung, denn abgesehen von ihren schlechten Zähnen und der abstoßenden Wirkung eines kranken Zahnfleisches, das sie bei einem gutmütigen Lächeln immerfort sehen ließ, schien sie mit ihrer stattlichen Figur und etwas schwächlich-sanftem, aber wohlgebildetem Gesicht schlecht zu ihrem Manne zu passen. Ihre Tochter ließ auch nicht lange auf sich warten, und sie musterte Seespeck mit versteckter Neugierde. Sie war kleiner als ihre Mutter, aber gefällig von Gestalt und hatte dieselbe Gutmütigkeit in den Wölbungen ihres recht hübschen Gesichts. Dabei war sie, wenn man bedachte, daß sie durch die Ankunft ihrer Brüder und ihres Vaters ungewöhnlich früh aus dem Bett gelockt war und auf keine Begegnung mit einem Fremden gefaßt sein konnte, doch vorteilhaft genug gekleidet und wußte ihre leichte Überraschung mit einem rasch errafften Tüchlein gewandt auszumerzen. Seespeck blieb eine halbe Stunde länger, als er sonst imstande gewesen wäre, ohne übrigens andere Worte als Guten Tag und Adieu mit ihr zu wechseln. Ja, er machte einen kleinen Anlauf, seine Übernächtigkeit mit einigen Scherzen aufzufrischen, und ließ sich das Ansetzen ihres Aufmerkens ganz gern als Ermunterung gefallen. Daß ihr Lächeln etwas Angenehmes für ihn hatte, hinderte ihn nicht zu sehen, daß sie dabei die Unterlippe mit dem Kinn weiter vorschob, als schön war, und daß damit ein flüchtiger Ausdruck von Verachtung, ins Hämische verlaufend, hervorspielte. Daß diese scheinbare Verachtung über der unverwüstlichen Jugend, die sie durchsetzte und umhüllte, etwas Aufreizendes hatte, war Seespeck bald klar; wenn ein Mann in ihrer Gesellschaft war, mußte ihm schnell der Wunsch kommen, der Ursache dieses besonderen

Zuges nachzugraben, eine Offenheit bei ihr aufzudecken, gewissermaßen ihre Beichte zu hören. Es erzeugte ein leichtes Gefühl von Qual, nicht zu wissen, was hinter ihren Kulissen vorging, und der Wunsch war schnell zur Hand, man möchte bei dem Vorgang, der erwartet wurde, die Hand im Spiele haben. Ihre Haltung war schlecht, sie hing auf dem Stuhl und lehnte gegen den Tisch, als sei das alles nicht das Rechte für sie, doch sah man, daß sie einigermaßen wußte, was sich schickte. Seespeck dankte für alle Gefälligkeiten und nahm sich vor, gelegentlich dem Laden etwas zuzuwenden. Heute wollte er seine alte Heimat einmal wieder grüßen und trat auf das holprige Pflaster als ein Unbekannter, aber voller Bekanntschaft mit Straßen und Häusern und mit dem stillen Wunsch, als heimisch gelten zu dürfen.

Der Nebel hing noch über den Dächern, und der Kirchturm enthauchte eher dem Gräberacker, als daß er ihn mit seiner Last belud. Seine Umrisse waren im Dunst aufgelöst, seine körperliche Wucht im trübhellen Novembermorgen aufgelockert und zur luftigen Verdichtung geworden. Aber Seespeck sah nicht den Gegenwartswert, er fand nur einen Vergangenheitssinn. Er ließ die vielen Dampfer im weißlichen Dunstversteck hinter den Marschen ihre Baßsignale durcheinander, füreinander und widereinander, fern und nah, wie vorsichtige Fragen und besonnene Antworten wechseln, aber er hörte nur sein und seines Bruders Kindergeschwätz vormals am Brunnen im Hofe des Pastorats, er umging wie ein Betrunkener, vorsichtig, als trete er auf geträumten Boden, die niedrige Planke rund um diesen Garten, stand vor dem Krämerladen, wo er einmal für einen Groschen Süßholz, sein erstes im Leben, gekauft hatte, und machte einen langen Hals nach dem Fenster im Nachbarsgarten, in dessen Stube ein großes Mädchen ihm auf ihrem Schrank ein Versteck für den großen Vorrat geboten hatte. Er ging bis zum Mittag um und ließ den Vorschlag seines entthronten Bürgergewissens, durch ein Telegramm an seinen Chef und schnelle Abreise seine Sache noch einmal beim Gewohnten zu erhalten, höhnisch abblitzen.

Am Nachmittage besuchte er den alten Pessim, einen früheren Freund seines Vaters, einen sozusagen abgetakelten, nämlich pensionierten, früheren Lehrer, in seinem Dorf-Häuschen und saß in seinem Pfeifenqualm bis tief in die Dämmerung hinein, machte auch erst dann Anstalten zu gehen, als der Laternenmann die Leuchte vor dem Hause anzündete und der Schein an der Hinterwand des Zimmers ihm wie ein Plakat ohne Inhalt so etwas wie Unruhe über den unsichern Stand der eigenen Geschäfte einflößte. Er ließ den Zug, den er vorgegeben hatte, nehmen zu wollen, sein keuchendes Erinnern an Hamburg, selbst unangestrengt durch seinen Entschluß zum Bleiben, mit seinen Dampfgebärden sich erschöpfen und ließ sich im Wirtshaus zum Roland zur Nacht häuslich nieder, nachdem er das feuchte Pflaster auf dem Markt mit Behagen lange studiert und gefunden hatte, daß dieses trübe Klima seiner Heimat doch die schönsten Seidentöne aus dem gemeinsten Feldstein hervorzaubere. Übrigens der Name des alten Pessim war ein Beiname, eine Verhunzung seines rechten, den ihm Eme und Ador gegeben hatten, welche beide er diesen Abend im Roland kennenlernte. Es waren zwei Unzertrennliche, Seel- und Magenfreunde, mit Vornamen Emil und Adolf geheißen, Verwandte der Forstmeisterin Diekmann, junge Leute, die im Begriffe waren, am Orte ein Manufakturwarengeschäft zu gründen. Sie sahen aus, wie jedermann überall aussieht, und waren so gescheit wie der Durchschnitt, nur daß ihnen die gewisse holsteinische Springlebendigkeit, das Draufgängertum zu jeder Tagesstunde und bei jedem windigen Anlaß, einen Vorteil bot, der ihren Anspruch auf Beachtung ausnutzte. Gemeinsam ausgebildet, hatten sie gemeinsam eine Zeit in Paris verlebt und dort gemeinsam eine Geliebte besessen. Diese hatte Emil ihren aimé und Adolf ihren adoré geheißen, und sie selbst hatten diesen Scherz zum Dauerwitz gemacht, indem sie sich fortan Eme und Ador riefen. Leuten, die es wissen mochten, ein Geheimnis aus dem Herkommen solcher Namen zu machen, hielten sie für unnötig. Noch weniger verheimlichten sie andere originelle Umstände ihrer Freundschaft; so behaupteten sie, sich wie im Geschäftlichen auch in der Lebensführung überhaupt aufs glücklichste zu ergänzen. Wenn nämlich Eme, der ein wenig herzleidend war, seine schlechte Zeit hatte, so mußte auch Ador aus Freundschaft enthaltsam leben, was bei dessen schwachem Magen auch für ihn aufs beste anschlug. Denn seinerseits aus Rücksicht auf seine oder seines Magens Verstimmung sich ehrbar zu halten, ging schon nicht gut an aus Rücksicht auf Eme, der, wenn die Dinge gut standen, seinen Kameraden beim Ludern nicht vermissen durfte. So behauptete er, daß sein gutes Herz ihm einen bösen Magen mache, daß aber Emes böses Herz den Magen wieder in gute Ordnung bringe.

An diesem Abend standen die Dinge, was die Herzen angeht, unvergleichlich gut, wenn auch Ador offenbar Magenschmerzen hatte. Man macht zuzeiten so bereitwillig Bekanntschaft, wie man sich bei Tisch Schüsseln reicht, und fängt wohl mit einem »Guten Abend« ein Gespräch an, das erst mit »Guten Morgen« beendet wird. Seespeck gefiel den beiden, denn er hörte geduldig zu, und er ließ sich die beiden gefallen, weil er als »geborener Wedeler« den Fremden einen guten Begriff von Land und Leuten beibringen wollte und es nicht lassen konnte, der guten Kleinstadt vorerst ein wenig gegen das »unglaublich großartige Paris« zu Hilfe zu kommen. Wie es aber so geht, wenn zwei gegen einen stehen, so siegte Paris schließlich auf der ganzen Front, und das war eine Front, die sich von acht Uhr abends bis vier Uhr morgens erstreckte. Nach der zweiten Flasche bekam Seespeck sein zweites Gesicht, und dann pflegte er nicht mehr diejenigen zu sehen, die da gegenübersaßen, sondern die er, um dem Überdruß des Kritisierens zu entgehen, an Haupt und Gliedern schöpferisch umgestaltete; ließ er ihnen auch zur Unterscheidung ihre Namen, so waren Eme und Ador schnell grundgescheite Leute geworden, die sich nur schlecht ausdrückten und sich somit selbst im Wege standen, also Mitmenschen, denen man Sympathie schuldig war. Immerhin, als sie ihm bewiesen, und zwar mit Beweisen von der Klarheit des wogenden Zigarrenrauchs rundum, wie man ein Nest wie Wedel durch Tatkraft und Unternehmungslust hochbringen könne, versagte Seespecks zweites Gesicht doch ein wenig, und er sah die beiden Glattschädel mit abstehenden Ohren von früher vor sich im dunstigen Gaslicht hängen, aber er verbiß sich den Willen zur Nüchternheit mit der Stärke, wie sie aus Flaschen kommt, und schob nur schnell einen Gedanken wie eine Notiz an einen sichern Ort. In der Gewalt seines zweiten Gesichts hätte er es mit noch ganz andern Leuten beliebig lange ausgehalten. Da saßen zum Beispiel, lange über die ersten Flaschen hinaus, mehrere Wedeler Bürger zusammen, die gegeneinander vertrauliche Vermutungen über die Art ihres häuslichen Empfanges anstellten, unter ihnen ein reckenhafter, ein wenig flegelhaft von seinem Temperament hin- und hergerissener Herr, in dessen Springflutstrom von Rede seine Zigarre hin- und herwirbelte, wie der braune Schwanz eines zwischen den Zähnen gefangenen Tieres zappeln könnte. Es war der Wedeler Posthalter, ein jüngerer Sohn, den Abenteurerlust in Amerika hatte verschwinden lassen und der als Verlorener Sohn, der alles außer seinem Selbstvertrauen eingebüßt hatte, eines schönen Tages zurückkehrte. Ohne viel Zeit zu vertun, hatte er schnell das vielleicht nicht schönste, aber liebenswürdigste Mädchen der Stadt geheiratet, und weil kein anderes Geschäft ihn daran hinderte, denn er hatte überhaupt nichts Rechtes gelernt, wurde er ins Geschäft seines Schwiegervaters übernommen und machte seine Sache so brav wie jener. Jetzt war er längst Inhaber des Geschäfts und hatte große Kinder. Von ihm wußte Seespeck, daß sein Vater in seinem Elternhaus aus- und eingegangen war. Auch die Kumpanei des Posthalters schien ihm durch das zweite Gesicht wenigstens in einzelnen Exemplaren von bester Beschaffenheit. Aber weil er nun einmal in der Front gegen Paris stand und überhaupt keine Tischwechsler-Natur war, so ließ er die Bekanntschaft mit Eme und Ador wie ein von Matrosen und Steuerleuten abwechselnd gesteuertes Schiff seinen Kurs in die Nacht hinein weiterverfolgen. Wenn dieser Kurs überhaupt ein Ende fand, wenigstens für heute, so war Adors Magen der Anlaß; das Schiff lief auf, wie auf einen Felsen, mit dessen Dasein man überhaupt nicht gerechnet hatte, und obwohl die guten Herzen das Äußerste taten, das Fahrzeug wieder flott zu kriegen, so war es doch um vier Uhr ein volles Wrack.

Als Seespeck spät am Tage aus seinem Fenster sah, fand er sich Auge in Auge mit der Rolandsfigur, die in vollem Sonnenlichte stand. Man konnte Überschüsse an Laune an ihn loswerden; er schien ebenso bereit, mit dem Schwert den ersten besten zu köpfen, wie er selbst, mit brechendem Rückgrat und lebenssatt, das Schwert herumbot, ob nicht jemand die Arbeit an seinem Kopfe freundlichst übernehmen wolle. Sie musterten sich gegenseitig, schwere Köpfe hatten sie beide, und wenn Seespeck auch nicht hintenüber lehnte, so lag das vielleicht nur daran, daß er nicht auf freiem Markt und oben auf einem Sockel stand. Am Ende fand er es probat, es auch mit Sonnenschein und frischkühler Witterung zu versuchen, und fand dabei zum guten Glück den Gedanken von gestern nacht an sicherm Ort unversehrt wieder. Warum sollte er nicht, dachte er, da er ein Wedeler gewesen, wieder einer werden, und warum sollte er es nicht wie Amor und Ede – nein doch – Eme und Ador machen und …, nun ja, man mußte ja wenigstens so tun, als ob man etwas täte. Das waren so die leichten Gedanken seines schweren Kopfes, und sie leiteten ihn auf verständige Wege. Gegen Abend fand er sich nach einer kurzen, aber komplizierten Eisenbahnfahrt in dem Städtchen, wo sein Bruder als Fischereipächter in guten Umständen lebte. Stadtfischer Seespeck hatte immer noch etwas Geld in Verwahrung oder Verwaltung, das seinem jüngeren Bruder aus dem väterlichen Nachlaß gehörte, und da dieser sich nun selbständig machen wollte, so durfte er es, was er bisher nie gewagt, getrost zurückverlangen. Dazu war er gekommen. Der Stadtfischer stand grade, als Seespeck durch das Hoftor eingetreten war, in halber Figur sichtbar am Ende des breiten Ganges längs der Viehställe. Dort hinten zog die Au, die später über Wedel floß, hart am Grundstück vorüber, dort lagen die Fischkästen im Wasser, die sich aus den umliegenden Seen bevölkerten, und der Fischpächter stand breitspurig auf dem Schaukelboden, einen Ketscher in den Händen, und wählte und wühlte zwischen den schleimig-schweren Karpfen und Brachsen, die er in eine vom Knecht bewachte Butte warf; er hantierte mit Beihilfe des ganzen Leibes, sogar der Zunge, und war mit voller Seele bei der Sache. Seine Korpulenz gab ihm ein gefährliches Übergewicht, dagegen führte ihn seine kindhafte Lebendigkeit immer wieder ins Gleichgewicht zurück. Diese Kindhaftigkeit hatte er auch im Gesicht, eine gewisse Unschuldigkeit und rührende Hilflosigkeit des Ausdrucks, eine Schwervertrautheit mit den Geschäften, die ihm doch so gewohnt sein mußten, denen er aber immer wieder wie neuen Aufgaben gegenüberzustehen schien. Die Butte war mit blechblanken, wie von Sprungfedern bewegten Fischkörpern gefüllt und kam nun auf die Waage und von dort in eine flache Tonne, die zur Fahrt an die Bahn bereits mit mehreren andern auf einem Wagen lag. Nun hatte der Stadtfischer Zeit, seine arbeitende Zunge zum Sprechen anzuhalten, und nun begrüßte er wie vorher mit Nicken den Bruder mit Worten und Handschlag. Und während der Knecht die Fischkästen verschloß, die Geräte wegstellte und den Deckel der Tonne festhakte, standen sie und sprachen hin und her. Und bald hörte Seespeck des langen und breiten von dem unleidlichen Betragen der Nachbarin, die ihre Übergriffe, wie der Fischer sagte, mit Lügen und Meineiden verfocht. »Sie schwört einen Meineid um den dummen Mistberg« sagte er, grade als der Knecht mit den Pferden aus dem Stall kam. »Ja« – sagte sein Bruder bequem heraus – »das hab’ ich ja auch schon mal getan, auch wegen einer Art von Mist.« Der Stadtfischer hatte auf seiner Landkarte von Stirn über der linken Braue eine trichterförmige Vertiefung in der Haut, durch die er die Sachen, die ihm schwer eingingen, wie durch einen Strudel ins Gehirn sog, wenigstens wurde der Trichter nur sichtbar, wenn wie jetzt fatale Vorfälle auftauchten. Er sah mit halbem Auge nach dem Knecht, der wie ahnungslos an dem Geschirr der Pferde schnallte, und machte ein kurzes Räuspern, einen Besenstrich, als wollte er mit solchem Geräusch die Worte seines Bruders wegfegen. »Unsinn – Blödsinn«, fügte er leise hinzu. Aber Seespeck antwortete im alten Ton, als hätte der Knecht keine Ohren: »Na, Du weißt doch – damals…« und hätte noch weitergesprochen, wenn er nicht von seinem Bruder unterbrochen und von ihm ins Haus gezogen wäre. Da traten sie durch die Küchenpforte ein, gingen durch die Schlafstube und standen nun erst in der Vorderstube mit den Fenstern nach der Straße. Natürlich gab es einen freudigen Familienskandal bei der Begrüßung mit Kindern und Schwägerin, aber als sie endlich alle saßen, stand auch schon der Knecht wieder da und verlangte den Frachtbrief für die Bahn von seinem Herrn, der sich zu diesem Geschäft umständlich mit seinem Leibe zwischen den Möbeln durch an den Schreibtisch lavierte. Da wandte sich Seespeck wie beiläufig an den wartenden Knecht und fragte ihn, ob er auch schon einen Meineid auf dem Gewissen hätte – wie etwa der Amtsverwalter Tiedke, der im Schlaf etwas beschworen hätte, was er bloß geträumt hatte, und nun jahrelang noch seine Leute damit ärgerte, daß er sich nachredete, er habe einen Meineid geleistet. Stadtfischer Seespeck hatte zu Anfang dieses verwunderlichen Gesprächs zwar wieder seinen Besen sausen lassen, aber bei dem Schluß fing er an, mit den Schultern zu wackeln, das löste bei ihm ein asthmatisches Lachen aus, und er drehte sich mühsam und doch weit ausladend, die Feder in der Hand, um, und verbat sich hustend die Störung. »Ach wat«, antwortete Seespeck und lachte gleichfalls, »wie klönt jo man tosam – nich, Fritz?« Und Fritz grinste, empfing sein Papier und ging. Die Geldangelegenheit wurde am Abend erst besprochen, denn Fischer Seespeck mußte bei allen Geschäften Zeit haben. Etwas Geld, sagte er, aber er sagte nicht wieviel – könnte er seinem Bruder natürlich geben, den Rest, und er ließ es auf sich beruhen, welchen Rest er meinte, könnte er dann ja immer noch haben. Dann aber fing er von dem Meineid an zu sprechen und verlangte unter starker Beteiligung seines Gehirntrichters eine Aufklärung. »Na, Du weißt doch«, antwortete Seespeck, »daß Du den – den Schmilinski oder so wegen Verleumdung belangtest.« – Fischer Seespeck wurde blau vor Zorn und sah doch so kindlich erstaunt aus, als handle es sich um Murmeln. »Du –« sagte sein Bruder, »Du mußt wissen, ich habe einen Bandwurm im Leibe, das ist die ganze Sache, dann kommt man auf solche Dinge.« Dabei getraute er sich nicht, seinen Bruder anzublicken, einen Bruder, der seinen Bruder einen falschen Eid schwören ließ, ein Koloß von einem guten Jungen, der ein Leben wie einer seiner Fische führte, in Ahnungslosigkeit dahinschwamm und in seinem Bürgertum nichts von Himmelshöhe noch Lebenstiefe wußte, – der nicht wußte, wo aus und ein war bei wahr und falsch. Sollte er ihn zwicken? Man konnte es aufschieben – vielleicht später! »So, Du willst also Wedel hochbringen?« sagte der Stadtfischer nach einer Pause, »sieh nur zu, daß Du zu dem Anfang Deinen Bandwurm loswirst.« »Ich will Dir was sagen«, antwortete ihm Seespeck, »ich glaube ja, daß Dir mein Bandwurm auf die Nerven fällt, wenn ich Dir also einen Gefallen tun kann, so sollst Du mir eine Gefälligkeit erweisen, iß nicht so viel, zum Donnerwetter, Du siehst aus, als ob Du diese Nacht noch einen Baller bekommst.« Die Frau, die mit ihrer Handarbeit danebensaß, blickte nieder und wurde rot. ›Warum wird sie rot‹, dachte Seespeck und vermutete, daß dieser Gegenstand wohl schon öfter unter ihnen beredet wäre. Man könne auch sonst sein Teil denken, wenn man wolle, und dabei kam ihm eine Vorstellung, daß er selbst mit Aufgebot aller Selbstbeherrschung nur ganz knapp am Rotwerden vorbeikam. Aber Fischer Seespeck, der immer rot war, vertrug in diesem gewissen Punkte keinen Spaß. Er wurde ungewöhnlich ernst, fast feierlich, übrigens eine Feierlichkeit, wie sie etwa Füchse der ersten Semester auf Couleurbildern zeigen, wo sie es noch nicht so recht gewohnt sind und sich halb und halb lächerlich vorkommen. Aber ehe er etwas sagen konnte, erhob sich seine Frau, und während sie ihr Nähzeug zusammenraffte, gab sie ihrem Schwager recht und dankte ihm, alles in dem leisen Ton des bittersten Verdrusses, dem man seit langem einen Maulkorb vorgebunden. »Er steht morgens früh auf und geht in die Ställe«, setzte sie hinzu, »aber um sechs ist er schon bei Kortüm.« Kortüm war der Krämer, der, wie diese Art von Geschäftsleuten, auch Spirituosen schenkte. »Morgens um sechs«, wiederholte sie im Abgehen, »und dann geht das über Tag so weiter bis zehn.« Damit war sie fort. Wenn seine Frau so großartig wurde, dann wurde Fischer Seespeck klein, er suchte abzulenken, und auch sein Bruder glaubte, daß es für heute wohl genug sei. Sie klöhnten ganz friedsam und tauschten, was ihr Bestes war, Kinder-Erinnerungen aus; denn das war ein Spiel der Seele, bei dem der Stadtfischer gewissermaßen zum sanften Heinrich wurde, es war, als erzählte er sich selber, wie seinem Kinde, die Wundergeschichten der Kindheit, und Seespeck wünschte oft, er könnte diese Gespräche stenographieren und ein Buch daraus machen, mit so süßen und sehnsüchtigen Sprüchen beschwor er die Empfindungen seiner früheren Tage. Er wußte noch »alles« und wußte das alles so von innen heraus, so stark war ihm das Gesehene, Gehörte, Gerochene mystisches Erlebnis gewesen, daß es Seespeck oft so schien, als wäre sein wahrer Bruder von damals tot und spräche verzaubert aus einem plumpen Dickwanst zu ihm wie durch ein Medium. Er dachte an seinen »Bandwurm« und lächelte in Gedanken über alle Begriffe von Schuld, Verdienst, Gut und Schlimm wie über einen lächerlichen Trödel. So saßen sie ohne Getränke bis spät in die Nacht hinein. Am nächsten Tage nahm er sein Geld und fuhr nach Hamburg, um seine Beziehungen zu lösen, und war nach einigen Tagen wieder in Wedel.

Er mietete in der Kuhstraße eine Ladenwohnung. Hinter den Schaufenstern ließ er einige landwirtschaftliche Maschinen stehen, die er von einer Fabrik in Vertrieb übernahm und die ihn mit gönnerhaftem Schwindel bei den Leuten einführten. Durch sie erfuhr man, daß Seespeck zum redlichen und mühvollen Gelderwerb auf der Welt sei, und daß weiter nichts dahinterstäke. Sie waren seine Trabanten, die ihn vor dem Beredetwerden bewahrten, und waren brauchbare Subjekte. Ob sie als Objekte Wert hatten, läßt sich verneinen, denn keines von ihnen ist verkauft worden. In den Hinterzimmern richtete sich Seespeck häuslich ein, und da er, wie man sich wohl sagen konnte, seine Tätigkeit auf das Land tragen mußte, so wunderte sich niemand darüber, daß der Laden zumeist abgeschlossen war, weil Herrn Seespeck seine Geschäfte auswärts festhielten. Frau Muckenheim, eine hexenhafte alte Frau, die seine Wohnung des Morgens besorgte, gab sich mit andern Problemen, als ob sie pünktlich oder unpünktlich entlohnt wurde, überhaupt nicht ab, sie hatte an ihre zwölf lebenden Kinder genug zu denken und war sechsfach verschwiegen wie die Gräber ihrer sechs toten Kinder. Eme und Ador fanden sich bald mit dem wunderlichen Treiben ihres »Freundes« ab, sie hatten auch nur ein einziges Problem – und daß Seespeck es nicht sein würde, der Wedel hochbrächte, sahen sie bald. Sie meinten sogar, daß Wedel ihn herunterbringen würde, und so kam Weihnachten heran, und Seespeck fühlte sich im Orte ganz nach Wunsch und Willen wie ein Ziegelstein eines Hauses vermauert.

In den auslaufenden oder einführenden Straßen Wedels wohnen die Krämer, und vor ihren Läden stehen oft lange Reihen von Fuhrwerken von den umliegenden Gütern. Pferde und Wagen haben Geduld, bis die Kutscher alle ihre Besorgungen gemacht haben und bis all das Bier und der Kümmel getrunken ist, der so einem Wagenzug bei der Ausfahrt erst den rechten Riß und Zuck und das forsche Donnergepolter schafft. Ist dies wilde Heer glücklich auf die Landstraße hinausgetost und stehen Wedels Gassen alle unversehrt an ihrer Stelle, dann will sich eine schwere Stille herabsenken auf die schrägen Dächer wie ein Aschenregen nach einem Vulkanausbruch. Tag und Nacht, möchte man sagen, geht eine schwarze Gestalt um im Städtchen. Das ist die Gemeindeschwester, unermüdlich auf Kontrollgängen zu den Ziehmüttern unehelicher Kinder. Hermann Kobabe geht mit der Fischbutte hin und her; an den Häusern sieht man ein paarmal im Monat den Leichenwagen stehen, den das Geschäft des Posthalters stellt, ebenso wie seine Hochzeitskutschen von seinen zwei Postillonen gefahren werden. Wenn Seespeck den einen von ihnen, den Pausbäckigen, in dem schwarzen Habit auf dem Hochsitz vor der Vorderwand des Leichenwagens thronen sah, den roten, runden Kopf mit dem Dreispitz wie einen fleischig-saftigen Widerspruch gegen alle Todesgedanken siegreich über dem Ganzen, oder den alten, totenköpfigen Mahlmann in weißen Handschuhen den Hochzeitswagen lenken, dann war er wohl der erste im Städtchen, der sich aus dergleichen Aufzügen ein paar humoristische Symbole angelte. Und erst, nachdem er Eme und Adors Witz auf diese sonderbare Fügung gehetzt hatte, fingen die Hochzeitsleute an, bei Bestellung ihrer Traukutsche den dicken Sötbeer auszubedingen.

Der Posthalter aber stopfte die Hände in die Hosentaschen, als hielte er in den Fäusten etwas Lebendiges, dem er die Luft abdrückte, daß es nicht schreien konnte. Er liebte solche Späße und ermunterte Sötbeer, seinen Schnauzbart rasieren zu lassen und sich mit Hilfe einer tüchtigen Lockenperücke zu einem echten und gerechten Amor zuzustutzen, wozu allem Sötbeer geringschätzig lächelte. Dann wurde der Posthalter wohl weitschweifig und verfiel in ein ziemlich zotiges Phantasieren, alles auf Kosten Sötbeers. Mahlmann ließ er ungeschoren, denn wenn der lächelte, und er lächelte immer, wenn es am Platze schien, dann war es einem wie ein Stich ins Herz, man wurde betroffen und verlor alle Lust auf das zweite Mal; man fragte sich, ob er etwa über jemand lache, der hinter einem stände und Fratzen schnitte.

Aber etwas Neues als Erscheinung ließ sich in dieser Zeit doch im Lande sehen, das war ein schwarzer Musikant, ein echter Nigger von »drüben«, den sich der Stadtmusiker engagiert hatte, und wenn der unter der Haustür stand, schwärzte sein bloßes Gesicht die ganze Straße wie ein Tintenklecks die matte Bleistiftzeichnung. Kinder spielen überall, und man könnte denken, je mehr Geschrei sie machen, desto rötere Backen und stärkere Knochen kriegen sie. Sie waren aber die einzigen, die nicht so recht an Seespeck glaubten, wenn er auch mit einer ganzen Reihe Auserwählter angebunden hatte und alle diese kleinen Verhältnisse die Jahre hindurch, sei es mit Späßen, sei es bloß mit Fratzen oder in den delikatesten Fällen, nämlich bei den Verschämten und Furchtsamen, mit Augenverhör über den Bestand des gegenseitigen Vertrauens, ernähren mußte. Sonst bekümmerte sich niemand um ihn als die Steuerbehörde. Seine Wohnstube dehnte sich in seiner Anschauung bis Uetersen nordwärts, bis Buxtehude südwärts, bis Pinneberg westwärts und bis Gr.-Borstel ostwärts. Seine Mahlzeiten ließ er mehr an sich herankommen, als daß er ihnen nachgelaufen wäre. Manchmal trieb er langsam wie ein Schiff mit der Flut am Strand nach Blankenese hinauf, von Laune oder Sentimentalität aus der Bahn gelenkt, so daß der Zickzack- oder Bogenweg sich seltsam übers Land zog, sich in sich selbst verschlang und verknäulte. Hier ergänzte er seine Vorräte, die er feigerweise in Wedel nicht zu kaufen wagte. Und das wurde dann alles in allem sein Tagewerk.

Tagelang lag er dann versteckt in seinem Bau, kochte selbst und las oder simulierte stillvergnügt im Verborgenen der allgemeinen Unentbehrtheit; dann war der Kirchturm die einzige Stimme, der er lauschte. Zu andern Zeiten war es anders, dann ließ er sich beim Auszug die Morgensonne ins Gesicht scheinen und die Abendsonne bei der Heimkehr, und bei dem allen war er kein bewußter Genießer; ohne sich Rechenschaft zu geben über den Ertrag, lag er im Tauschhandel mit allem Elementaren wie Wind und Wetter oder dem großen Tagesgeschehen und den Erlebnissen der Stunde und der Zeit. Er war Seespeck bei Ausgang und kein Seespeck bei der Rückkehr. Dann war der Tag durch ihn hindurchgeglitten und hatte sein Bewußtsein, sein Ungenügen wie durch einen ungefüllten Tod in das verwandelt, was er sein Jenseits nannte, ein Nichtbegehren, Nichtmehrwissen von eigenem Ich. Aber wieder zu andern Zeiten und in andern Dingen war es wieder anders, ... und hier wird Seespecks Fall bedenklich.

Er hatte eben seine Augen nicht in der Tasche, und was so auf den Straßen, in den Häusern, auswärts und in der Nachbarschaft an menschlichen Wesen vorkam, das holte er sich mit den Augen wie mit dem geistigen Fangorgan an seine Seele. Wir sprechen von den Wesen, darin das Frauenhafte des Universums sich gestaltet hat, und das wußte Seespeck seit langem, aber es wurde ihm in den Wedeler Jahren so recht deutlich, daß da zwischen diesen rätselhaft gefügten Schwingungen, die diese Wesen einschließen, Weltgeheimnisse sich verfangen haben mußten, denen man nachspüren kann, ohne je zu ermüden.

Und es wurde dem guten Seespeck in seinem Busen oftmals bange bei all diesen Blickerlebnissen. Was sollte es heißen, wenn er sich gestehen mußte, daß seine Augen oder seine Sinne dicht an die äußerste Grenze gekommen schienen, wo bei seinem weiteren Vordringen das blanke nackte Sein ohne Schein und Schleier sich zeigen mußte? Er wurde mit der Zeit so erfahren, daß er viele Gestalten in ihren einfachsten Formeln besaß, und man könnte leicht einige Dutzend weibliche Porträts hersetzen, die alle keine weitere Mühe als einige sparsame Kurven kosten würden. Oder man könnte sie als Fügungen weniger Flächen und Kanten bezeichnen, darin jedes dennoch als Einziges und in tausend Ewigkeiten so nicht dagewesene Unerklärlichkeit zu erkennen wäre, als Kristallisationen eines Wesens. Was war es, das ihm das Herz schwer machte, wenn er, solch ein nahendes Wunder mit den Augen empfangend, einem schon verschwindenden nicht entsagen mochte? Wenn ein paar Längen- und Querteilungen ihm wie ein Stück sichtbarer Musik übers Pflaster zu wallen schienen? Wie betroffen machte ihn Schönheit! Und Schönheit war ihm das Bißchen, das scheinbar geringe Wenige, was ihm zum Inbegriff des Ganzen wurde. Zu mehr. Er fing eine Chiffre mit den Augen auf und übersetzte sie im Geheimsten seines Ich, dort ergab sich eine Unfaßbarkeit an Schönheit. Was aber nun da auf seinen Füßen entschlüpfte, seine Wünsche, sein Lebenszwecklein forttrug, das schien ihm alles Schellengeläute an einem Gerippe und wurde, je länger gehört, desto unharmonischer. Die Harmonie, die hatte er gegriffen, das war sein Teil, sein Eigentum. Das war voll Wert und bekam seinen Edelrost mit der Dauer, der es nur wunderbarer machte. Es war dem Gewöhnlichen abgezwungen, aus dem Langweiligen hervorgeblitzt. Getrost glaubte dann wohl Seespeck in seiner Verwirrung, Weltseele zu erkennen, an individuellem Leib- und Menschentum ruchbar und hörbar und augenscheinlich gemacht. Meta Kobabe, die ihm näher oder ferner immer wieder aufstieß, hatte den Anfang in Wedel gemacht. Mochte die eine Kindesmörderin sein! Aber sie war doch auch ein Stück sehnsüchtiger Freudeninbrunst, die er nicht ohne Erschütterung spüren konnte. Andre folgten ihr, ohne sie zu verdrängen, man sollte denken, daß ein Straßengänger, der auf dem Markt bei einer Begegnung einen Stich ins Herz empfunden hat, recht ins Tiefste, dadurch bei einer Begegnung in der Wasserstraße vor einem gleichen Stich sicher gewesen wäre. Dem war nicht so. Die Schulauer Mieke hatte es ihm angetan, aber auch die Holmer Wiesche. Die Mieke war, es darf nicht verschleiert werden, eine Küchenkönigin, in ihrem Gesicht hatte sich die Farbe der sprühenden Flammen gefangen, in ihren Augen der blaue Rauch des Torffeuers, und im Haar spiegelte sich wie abgefärbt die alte, braunrötliche, duff gewordene Kachelwand des Herdes. Sie war leise im Hin und Her, und wenn bei ihrem tüchtigen Gewicht im Schreiten die Diele leise beberte, dann schien es Seespeck, als ob den Boden und die Wände bei der Berührung ihrer weichen Füße dieselben Schauer überliefen, die auch ihn wie ein scharfes Frösteln ankamen. Die Wiesche war anders; sie war aus Holm, er begegnete ihr später bei ihren Verwandten, den Leuten vom Wirtshaus im Jenseits. Dieses Jenseits wurde von den Diesseitigen so genannt, weil es am andern Ufer einsam lag, und war da ein Ausflugsort für Sonn- und Festtagspublikum und ein gelegenes Quartier für Entenjäger aus Wedel. Hier waren sie und Anna, genannt die schöne Anna, beides Verwandte, die eine des Wirtes, die andre der Wirtin, Seespecks Gesellschaft an langen Winterabenden, wenn er, der auf dem Wasser in dieser Gegend allmählich ganz heimisch geworden war, seine Straße hinüber wie durch Geruch gefunden hatte. Die Wiesche war ganz jung und schien auf ihre Kinderhaftigkeit zu pochen, wenn es lustig und ein wenig mehr, schon einen Grad gefährlich, wurde. Ihre Fünfzehnjährigkeit war erstaunlich ahnungslos, aber die war schon fast dahin, und ihre nahende Sechzehnjährigkeit war voll von einer tolpatschigen Ahnungsseligkeit, die ihr Anna Schön, genannt die schöne Anna, bisweilen gutmeinend und mit Scheltworten aufmutzte, wie man einen jungen Hund an seine Reinlichkeitssünde erinnert. Sie versprach eine Gestalt wie ein Heldenweib, aber noch konnte Seespeck sie mit zwei Fäusten an den Armen wie ein Kind regieren, wenn er sie einmal vom Steg ins Boot hob. Dann war die schöne Anna stets dabei, und die beiden Kusinen bewachten einander gegenseitig. Die Anna, die wohl nicht so schön war wie ihr Ruf, hatte doch die ganze Anmut eines steifen, in leise schwingenden Linien zusammengefaßten Schnitzbildes. Sie hatte ein festes Wesen, und es konnte Seespeck unterlaufen, daß ihn im Heimrudern auf dem dunklen Wasser über sie so etwas wie eine Rührung anwandelte, und er dachte: ›Die könntest du nun heiraten und würdest es nie bereuen‹, so klar stand sie in ihrer Redlichkeit und Vollendung vor seinen Augen. Treu wie Gold, hätte man schwärmen mögen und dazusetzen: fein wie Silber. Sie hatte sozusagen zwei Väter, einen gesetzlichen und dann ihren wirklichen, denn sie war einem Ehebruch entsprossen, und der wahre Vater besuchte sie ab und an und brachte sie mit seinen Kindern zusammen wie mit ihren Geschwistern.

Wenn er durch diese Winterschauer herüberruderte, stak des Halbmondes blankes Beil im Himmel fest und nicht weit davon, wunderlich groß, wie ein Mondjunges anzusehen, der Abendplanet. Eisschollen stießen gegen den Bord, und das ziehende Wasser schauderte wie das Leben selbst in Winterkälte. Daraus zog der Mond mit durchdringendem leisem Tasten und dem Kitzeln dünner Strahlen gespensterhaftes Leben hervor, Jenseitsgefunkel. Aber das alles verfloß vor Seespecks Gedanken, denn grade gegen Osten, auf den steigenden Orion los, ging sein Kurs. Der Sternkaiser ragte schon über der weiten blanken Wüste, und nur der rechte Fuß war noch unterm Horizont. Sein himmeldurchstürmendes Drohen fuhr vor ihm majestätischer als je, und alles am Himmel stand starr im Reigenaufzug, streng eingeteilt nach Nord, Süd und Westen, angetreten zum Vollzug der allnächtlich großen Tanzfigur, deren ungeheuer langsamer Schwung den Orion bis drei Uhr nachts an den leeren Platz bringen sollte, den vor einer Stunde die Sonne verlassen hatte, und in welcher der Wagen den Himmel rückwärts empor über den Polarstern wegrollen und seine Deichsel, den großen Zeiger des Himmels, nach dem heiligen Osten richten mußte, wo die Sonne wieder hervorkommt. Gegen den Orion ging die Fahrt und gegen die Ebbe und gegen den grausamen Wind, der wie schneidender Atem der Majestät vor ihm heranbläst. Wie hinter den Sternen hervor klang das Schreien unsichtbar fliegender wilder Gänse, Stimmen wie stoßweis erpreßt vom Anprall querfliegender Baßnoten. Dann murmelte Seespeck wohl, warm vom Rudern, vor sich hin: »Die kalte Herrlichkeit der Orion-Nacht bekleidet den Mechanismus des Ultra-Begreiflichen, wer aber schaut und staunt, dem wird Schauen und Staunen und er sich selbst zur Unbegreiflichkeit. – Ich will aber heute Grog trinken.«

Im Jenseits war das Schwein geschlachtet, und diesen Abend sollten Würste gemacht werden. Die Mädchen schleppten Kübel mit Fett und Fleisch, und Jan, der Wirt, stand wie ein Heldentenor an der Wurstmaschine. Seespeck gesellte sich zu ihm, und sie gossen um die Wette Grog in den Schlund und drehten mit fettglänzenden Fäusten an der Kurbel. Über ihnen und um sie heulte die Winternacht, aber das Grammophon am Ofen übertönte alles mit dem Gebet aus Lohengrin.

Ein schweres Stück ist es, hiernach von des Posthalters ältester Tochter zu sprechen. Um die Zeit, wo Seespeck zwischen Eisschollen hindurch auf den Orion lossteuerte, dachte er noch nicht an sie, ja, er hatte sie kaum gesehen. Sie war verlobt mit einem jungen Nichtstuer aus gutem Hause, und diese Verlobung wurde von ihren Eltern mit einer Beklemmung angesehen, die auf die Tochter übergriff. Und von ihr auf ihren Verlobten. Langsam kam es ihm zum Gefühl, daß man, um zu heiraten, ein Mann sein müsse, der noch etwas Anderes versteht, als in Sympathie auf der Stundenmühle zu mahlen und zum Beschluß mit dem Mehl einen leckern Kuchen zu backen und gemeinsam zu verzehren. Er erschoß sich, aber sie war schwanger, und vermutlich erschoß er sich, weil sie schwanger war. Das alles war für den Zigarrenstummel zwischen des Posthalters Zähnen eine gute Gelegenheit, noch munterer zu tanzen, und für das jüngere Fräulein in der Posthalterei, das seiner Puppen schrecklich überdrüssig geworden war, bedeutete es die wunderbare Neuordnung ihres Lebens. Sie leistete, so viel sie es vermochte, ihrer Schwester bei allen Beschwerden und Kümmernissen ihrer kommenden Mutterschaft Beistand, ja, es konnte scheinen, daß sie die echte Mutter sein würde, trotz der andern, denn sie schaukelte die Hoffnungen der Familie, Hoffnungen, die das ganze Städtchen natürlich als eitel Verzweiflung erkannte, Tag und Nacht in einem zukunftsfröhlichen Herzen und steckte ihre Schwester und Mutter mit ihrer Herzhaftigkeit immer wieder an. Natürlich erhob sich ein allgemeines Geraune über diese Sache. Viele bezweifelten überhaupt, daß sie so heikel sei, und fragten spöttisch die andern, ob man seine Tochter nach dem Tode ihres Verlobten nicht einmal in die Welt hinausschicken müsse, bloß um sie zu »zerstreuen«, etwas Anderes und Bestimmtes würde man niemals erfahren. Aber der Posthalter schickte seine Tochter nicht in die Welt hinaus, und so gewann langsam und sicher die Erwartung immer mehr Boden, daß im Hause der Eltern die Geburt eines unehelichen Kindes geschehen würde. Das alles vermochte Seespeck nicht neugierig zu machen; was seine Augen nicht einstecken konnten, glitt an ihm ab. Das mag man deuten, wie man will, gewiß ist, daß er die Posthalterstochter nicht auf der Straße zu sehen bekam, obgleich er fast täglich an ihrem Hause vorüber mußte, und also wußte seine Seele nichts von ihr. Übrigens traf er um diese Zeit auf Weihnachtsurlaub einen jüngeren Schulkameraden aus Wedel, einen Zollamtsassistenten, einen offenen und ehrlichen Menschen, der nichts sein nannte, als seine Uniform als Äußeres und seine redliche Seele als Inventar. Seespeck suchte ihn mehrere Male im Roland auf, denn er machte sich nichts aus dem Kultus, den man mit Eme und Ador zu treiben anfing. Da er wenig wortgewandt war, so wußte er nicht viel gegen sie auszurichten, weil er aber kürzlich Reserveoffizier geworden, ließen sie sich seine gleichsam gähnende Nichtachtung, so lange er in Hörweite war, ohne Murren gefallen. War er dann gegangen, so lobten sie ihn, wie man eine Seifenblase preist, die ihren Glanz in wenigen Sekunden aufbraucht, und nach seiner Abreise war er für sie geplatzt.

Den Weihnachtsabend verlebte Seespeck bei dem alten Pessim. Dieser hatte einen Sohn, der ein wildes Genie sein mußte und im Laufe der Zeit auf schlimme Wege gekommen schien. Es hieß, er säße im Gefängnis, aber da der Alte nicht davon sprach, so stellte Seespeck keine Fragen danach, vergönnte sich aber doch, da er den Alten bisweilen über Briefen fand, die er für solche seines Sohnes hielt, gegen Eme und Ador davon wie von geheimnisvollen literarischen Wertstücken großzutun, die einmal den Ruhm Wedels begründen würden. Hier, in diesen Papieren, deutete er an, und schien dabei fahrlässig die Erwartungen Wedels von ihrer beiden Anstalten zu seiner Größe als unwichtig auszuschalten, müsse man den Hebel sehen, der das Städtchen hochheben würde, wozu allem sie die Augenbrauen aufzogen und auf geistreiche Art Stroh zu kauen begannen. Nun, an diesem Abend beim alten Pessim dachte Seespeck bisweilen, wenn er den Glanz der Lampe auf seinem Schädel sah, daß darin wie in einem Tonnengewölbe ein Geist, wie ein Däumling klein, nackt und einsam hocke und lausche auf das Getöse, das von draußen mit Klopfen und Rauschen durch die Wand dröhne. Es gab hier keinen Lichterbaum und keine Bescherung, nur heißes Getränk, und während sich der Alte den ersten Teil des Abends vorgenommen zu haben schien, das angestrengte Lauschen des Däumlings in seinem Schädel nicht zu stören, fiel er im zweiten Teil mit dem Nachdruck einer seewärts gehenden Ebbe in seine eigentümliche Gewohnheit des »Einkochens« und ergoß seine langgestauten Ergründungen, manchmal in Wirbeln, manchmal in Stürzen, meistens aber in gleitender Gelassenheit immer ergiebig im schweren Fließen. Er nannte es »Einkochen«, weil er seinen Gegenstand dabei zur Brühe werden ließ, die man löffelweise schmecken konnte. Von Eme und Ador sagte er, sie kämen ihm vor wie zwei umgekehrte Swedenborgsche Geister. Anstatt wie diese, die man nur von vorne betrachten dürfe, gewissermaßen nur Fronten zu haben, hätten sie nur Hinterseiten. Wie man sie auch zu sehen bekäme, sie kreisten immer umeinander, und einer borge immer den andern um etwas Licht und Leben an, da keiner von beiden dergleichen besäße, jeder aber immer auf den Vorrat des andern Bezug nähme, so müsse es eben bei einem ewigen Rückenweisen bleiben.

Aber meistens blieben seine Vergleiche im Bürgerlichen und waren nicht eigentlich sarkastisch. Er entwarf ein Bild der Leute von innen heraus und schälte ihnen gutmütig wie Pellkartoffeln das Äußere ab, zerschnitt sie und demonstrierte ihr Verhalten während des Verdampfens. Er war ein Rechenmeister und korrigierte die falsch gesetzten Gleichungen und lebte dann wie ein Hellseher in einer erfüllten Zeit und betrachtete seinen Gegenstand wie mit Zirkelaugen zugleich von Anfang und Ende. Er war der Ansicht, daß die meisten Menschen gar nicht auf zwei Beinen gingen, sondern auf vieren, nämlich mit Hilfe unsichtbarer Krücken. Die Dinge lägen eben doch nicht alle so klar am Tage wie das Gesetzbuch, das von sich aus beißen möge, wie es ihm zukomme, ausbelle. Man dürfe, wo einmal jemand die Stützen abhanden gekommen, den Strauchelnden nicht gleich berufen. ›Er denkt an seinen Sohn‹, merkte Seespeck bei sich an.

»Nun wollen wir einmal zusehen«, fuhr der alte Pessim fort, »wo die Menschen ihren Schwerpunkt haben, und da ist gleich zu erkennen, daß niemand im Gleichgewicht ist und überhaupt ein allgemeiner Schwindel besteht. Die meisten recken krampfhaft den Kopf hoch und halten sich mit Mühe grade. Sie sind schlechter daran als lahme Bettler an den Straßenecken, weil ihr Gebein für den allgemeinen Eilmarsch überhaupt nicht eingerichtet ist. Ich kenne einen in der Nachbarschaft, der mir vorgestern sagte, sein Schönstes wäre es, manchmal die Augen zuzumachen und das ekelhafte Denken sein zu lassen. Schlafen wäre überhaupt das Einzige, was er wirklich lieb hätte. Und der Mensch hat eine große Familie und ist gut gestellt. Er ist vielfaches Vereinsmitglied, hat Ehrenämter und ist durchaus ein Elefant von Mensch. Was er treibt und vor sich bringt, hat gar nichts mehr mit ihm selbst zu tun. Heute ist da große Bescherung, und er freut sich vielleicht auch, daß die andern sich freuen, aber was der arme Kerl eigentlich möchte, ist etwas ganz anderes, und er weiß selbst nicht, was es ist. Er steht draußen und ist doch das Fundament eines großen Geweses; ist das ein vernünftiges Gleichgewicht? Nur weiter! Was hat der Bürgermeister nicht für Verdienste, jeder sagt es, und es wird wohl auch so sein. Er ist magenkrank, darf sich aber nicht schonen und muß schon wegen seiner Tochter überall mitmachen. Glauben Sie, daß seine Frau und Tochter es nicht wissen? Bewahre, Dr. Bester hat es ihnen unverblümt gesagt. Er ekelt sich vor jedem Diner, aber – Friedchen muß doch flirten! Liebt sie ihn denn nicht? O doch! Er ist ja ein so guter Pappi! Heute, glaube ich, hat er Eme und Ador zur Bescherung einladen müssen, und die Frauen sorgen dafür, daß das Haus in Glanz und Flor steht. Er freut sich vielleicht darauf, daß er es, ohne zu mucksen, noch einmal durchsetzt, und er steht auch schon draußen und möchte am liebsten die Augen zumachen. Diese Leute leben alle in abgedeckten Häusern. Er ist eine Vogelscheuche von Mensch und läßt sich von seiner Tochter abrichten, wie ein Baas dazustehen.«

»Das sind olle Kamellen«, antwortete Seespeck. »So«, fragte der Alte, »ist das eine Entschuldigung, was wollen Sie damit erklären?« »Ach was – Erklärungen – Entschuldigungen – ich danke«, sagte Seespeck, der an unermeßliche Weltanschauungsgespräche von früher zurückdachte, »kochen Sie ruhig weiter!«

»Also gut«, antwortete der Alte und strich über seinen Schädel, als wollte er die Rebhühner seiner Gedanken zwischen den Stoppelfeldern aufscheuchen – »also gut!« Dann ballte er die Faust auf dem Tisch und machte die Augen zu. »Es ist ja einerlei«, meinte er dann, indem er zum Aufstehen anrückte und die jetzt weit geöffneten Augen auf Seespeck richtete, »wollen Sie ein paar Briefe von ihm lesen?« »Ihm« sagte er in der verhaltenen Erwartung des Einverständnisses, mit der etwa die Jünger vom toten Jesus gesprochen haben mögen; er meinte seinen Sohn, und da Seespeck zustimmte, so holte er sein Kästlein und teilte ihm wie aus einem Fruchtkorbe eine Portion daraus zu.

Seespeck las: »Lieber Vater, sei so gut und sterbe nicht; mir träumte heute nacht, Du wärest tot, und da kam es mir so vor, als müßte ich verrückt werden. Denke dreist von mir: er ist einer der bravsten, und bleibe gesund und gräm Dich nicht. Erstens verdienst Du es nicht, und dann bin ich ja ein verlorener Sohn und muß wissen: es gibt einen Vater, der vergibt und am Ende doch mal ein Kalb schlachtet, ein Fest anstellt im Geiste und seine Liebe über mich breitet wie einen wollenen Schlafrock, um meine Blöße zu entschuldigen. Das ist mein liebster Gedanke: der Alte ist wie ein kluger Hund und hat die Nase für das Echte, und das Echte ist bei mir so gut von Gottes Gnaden und so unverfälscht wie bei ihm selbst –.« Und weiter: »Lieber Gott, mach mich nicht frömmer, als ich bin, ich fürchte nicht wenig, es ist schon zuviel des Guten in mir. Warum? Die Frommen müssen ja faul werden, ihnen geht's ja gut, sie sind ja in ewiger Sicherheit, was kann ihnen passieren! Aber wir andern, wir Sünder, wir merken, was es heißt: auf der Welt sein, an uns hängen Gewichte und zerren und überdehnen uns – sehnen, sehnen tun wir uns, wir sind gespannt bis zum Reißen. Habe ich nicht schon oft gesagt: wie glücklich bin ich, so unglücklich zu sein? Die Frommen merken gar nicht, was in der Welt eigentlich die Welt ausmacht, die armen Frommen! Sollte ein gutes Gewissen wirklich ein sanftes Ruhekissen sein? Meinetwegen, aber ein schlechtes Gewissen schläfert nicht ein, mit einem schlechten Gewissen fangen wir an, Hellhörer und Hellseher zu werden, wir Mäuslein in der Falle hören Farben und sehen Töne, wir Armensünder wenn in unsere Zelle halb vier Uhr die Sonne durch den Baum im Hofe scheint und die Sonnenkringel hin- und herschwingen, glauben leicht: so sieht unsere Seele aus, so ein Lichtschattengemisch ist's in uns. Wenn dann die Sonne verdunstet und der Schatten bleibt, bleibt bis zum nächsten Tage halb vier, dann wissen wir doch, wir sind nur Hälften, und unser Anderes sitzt nicht mit im Loch.« – Und weiter: »Lieber Onkel Vater, da hast Du einen Brief: vier weiße Seiten, mach Dir selbst einen drauf, wie Du ihn möchtest, es ist alles recht, Du weißt es doch besser als ich, was Dir Freude macht – und etwas Anderes wollte ich ja nicht.« Und am Ende der letzten Seite: »Dein alter Junge.« Und weiter: »Lieber Vater, Du bist nun heute auf den Punkt dreiundsiebzig Jahre alt, ein schönes Alter! Und von diesen dreiundsiebzig habe ich Dir zwanzig gründlich versalzen und wundere mich selbst und denke: Du wunderst Dich auch darüber, wo ich noch immer den Mut hernehme, an Dich zu schreiben. Aber lieber Onkel, wenn man so seinen Kummer liebhaben kann, wie ich zuweilen meinen, wie mußt Du Deinen Sohn liebhaben! Denke Dir, ich in meinem Loch, weiß Gott, ich wollte, ich hätte auch so einen Sohn. Denn das ist nun mal einerlei, was man durch seine Söhne lernen kann, muß phänomenal sein. Und wenn wir nun noch weitergehen: was Gottvater alles von seinen lieben Menschenkindern erfährt, muß ihn ja aufblähen! Übrigens denke nicht, Vater, ich maulte mit meinem Geschick, das wäre wohl so ziemlich das Unziemlichste für Brüder wie mich. Der Berthold schrieb mir neulich einen sehr netten Brief, ich sollte nicht glauben, daß ich von ihm vergessen wäre, aber freilich wäre es eben nur eine an einen unvergeßlichen Freund lebengebliebene Erinnerung, die er immer werthalten würde. Mit anderen Worten: er stranguliert mich und legt mich in seinem Gedächtnis in Sauer. Wehe mir, wollte ich ihm dereinst eine Dankvisite abstatten; er würde anfangen zu schreien: es spukt, es spukt!«

So las er weiter, bis es dem Alten genug schien und er die Zeremonie mit dem Kästchen, diesmal in umgekehrter Ordnung der Handlungen, wiederholte. Auch dies, wie er alles tat, mit der nachdrücklichen Umständlichkeit selbst in den Nebendingen, die allem seinem Vornehmen

Wichtigkeit und Würde gab. Darm ließ er für den Rest des Abends den alten Dr. Seespeck zu Worte kommen, der ungefähr in den jetzigen Jahren Seespecks als Vorläufer Dr. Besters in Wedel eine Praxis begonnen hatte. Er hätte im Äußeren diesem Sohn geglichen, übrigens sei er ein forscher und tüchtiger Mann gewesen, gut zu Pferde und unermüdlich zu Fuß. »Wenn der kneipte und anfing, duhn zu werden, sagte er: heute wollen wir dem lieben Gott aber mal fröhlich ins Angesicht sehen! Den Schluck haben Sie auch von ihm«, fügte er hinzu, »er vertrug nur etwas mehr als Sie« – kurz, er machte sich kein Gewissen daraus, am Weihnachtsabend merken zu lassen, wie verwunderlich und außer aller hergebrachten Art ihm dieses noch jungen Menschen Treiben erschien. Freilich, ohne daß Seespeck ihm zum Dank etwas Näheres oder sonst Erklärendes über seine Absichten hätte sagen können. Er nahm die unschmeichelhaften Vergleiche mit seinem Vater hin, indem er an den jungen Pessim dachte. ›So‹, meinte er, ›da ja andre Söhne auch aus der Art schlagen, warum soll ich mich besonders schämen; wenn ich nicht im Gefängnis bin, so komme ich vielleicht noch hinein, und wenn mein Vater lebte, so würde ich ihm auch Briefe schreiben, die er dann in einem Kasten sammeln könnte.‹

Als er gegangen war und vor der Tür einen Augenblick innehielt, dachte er: ›Ich stehe nach der Bürgerregel eigentlich ebenso gut und entschiedener »draußen« als der Bürgermeister, und doch möchte ich meine Augen nicht zumachen. Ich stehe eigentlich vielleicht sogar recht »inmitten« – und das ist die Bescherung für mich, es zu wissen.‹

Als er aber dann die Straße hinaufschlenderte, an den hellen Fenstern vorbei, die alle irgendeine Bescherung hinter sich bargen, wie ein melancholisches Bewußtsein von einem vorüberhuschenden Glück, da wollte ihm doch das Gefühl, inmitten zu sein, nicht recht glücken. Ein Vers fiel ihm ein, den er einmal geschrieben: »Mit Tausenden im gleichen Tritte, doch ohne Mund- und Händegruß, der Erdensehnsucht recht inmitte...« weiter wußte er es nicht. Am Markte, an der Ecke rechter Hand, stand sein Vaterhaus, ein stattliches Gebäude, auch geweiht von diesen hellen Fenstern, und ihm gegenüber als anderes Eckhaus dieser Spuk von Kobabes Laden. Kobabe selbst stand davor, die Hände in den Taschen, den Kopf gesenkt und die Zigarre aus dem Munde hängen lassend. Nun muß zugestanden werden, daß Seespeck mit Meta wohl keine verbotenen Mund- und Handgrüße getauscht hatte, daß zwischen ihnen aber doch im Verlaufe der Monate unvermerkt, wie das so kommt, bei seinen Besuchen im Laden oder bei Begegnungen auf der Straße eine Gewohnheit gewachsen war, die von beiden als angenehm empfunden und weder von ihm noch von ihr vermieden wurde. Was für Geschäfte Meta an seinen Fenstern vorüberführten, wußte Seespeck nicht, aber da er sonst kein besseres hatte, so machte er sich, wenn er zu Hause war, ein Geschäft daraus, ihr nachzusehen. Daß das Backwerk und Obst des Kobabeschen Ladens nichts taugte, war stadtbekannt, aber Seespeck besorgte seinen Bedarf dennoch hier – wie er bei sich annahm, aus Erkenntlichkeit. Dann traf er Meta oder die Mutter, und in beiden Fällen wurden einige muntere Worte gewechselt, und eigentlich, fand Seespeck, war es mit der Mutter am nettesten. Aber wenn die Mutter gescheit war, so vermißte er an Meta die Gescheitheit nicht einmal und ließ das Spiel ihrer Bewegungen wie einen Klingklang für die Augen vor sich abschnurren. Es lockte ihn heute gar nicht, mit Vater Kobabe zu sprechen, und er wollte kurzab in seine Kuhstraße biegen, als er sich angerufen sah. Sie begegneten sich halbwegs. Ob er den Melkknecht Lorenz von Utermöhls nicht gesehen hätte, fragte Kobabe. Dieser Anfang mißfiel Seespeck im höchsten Maße. Den Melkknecht? Den kannte er gar nicht, hatte ihn also auch nicht gesehen, dann wünschte er fröhliches Fest und eilte nach Hause. Er ging spornstreichs zu Bett, immer den Melkknecht wie einen falschen vierten Reim seines Verses im Kopfe. Er stellte sich dabei einen grinsenden Flegel vor, der sein eigenes melancholisches und zauderndes Dichten und Trachten mit einer Stallpfeife überstänkerte. Sollte Meta etwas mit dem Melkknecht zu tun haben? Er drehte sich wütend um und wieder um und stand schließlich wieder auf und ging im kalten Zimmer auf und nieder.

Nein, er fühlte sich wirklich nicht »inmitten«. Es frug ja niemand, was er mit der Meta vorhatte, also brauchte er keine Antwort darauf zu geben, hatte auch selbst gar nicht darüber nachgedacht. Allmählich verlor sich seine Wallung, es ließ sich in Gesellschaft seines stumm hin- und herwandernden Schattens doch recht angenehm leben, der biß nicht mit Fragen auf

ihn ein und schien in seinem herrlichen Schwanken zwischen Riesigkeit und Menschenklein-
heit, in seinem Gleiten längs der Wand, im Auf- und Abdunkeln bei Schwellen und Schwinden
ein zwillingsbrüderlicher Schutzpatron zu sein, ein gutherziger Mephisto, den man nur rufen
durfte, daß er seine Schwarzkünste hergab. ›Ich bin ein Zauberlehrling‹, phantasierte Seespeck,
›ich soll einmal lernen, wie er, im geheimnisvollen Dasein wirklich zu sein: bist du meine Erfüllung? Wie bist du also? Weißt *du*, was *ich* ahne? Du verbreitest dich über alles, lässest dich
von Wand und Decke und jedem Möbel verzerren, lässest jede Farbe durchscheinen, alles ist in
dir und macht dich neu und anders, und dennoch bist du immer derselbe, unveränderlich in
dir selbst, ob du auf der Diele liegst, gegen die Wand dringst, auf den Boden steigst, groß oder
klein, bist du derselbe, nur dein Ursprung ist in mir. Getrost, Seespeck, mit deiner Ziel- und
Zwecklosigkeit wird es auch beschaffen sein wie mit seiner, du wirst sein wie ein Schatten,
mächtig und zart, alldurchdrungen, allempfangend, wie der, mit dem du verbunden bist.‹ Und
er fühlte sich inmitten der Weihnachtsnacht doch nicht mehr »draußen«.

Ob Meta sich an diesem Abend auch mit einem Schatten unterhalten hat, weiß man nicht.

Die Weihnachtsfesttage und einen Teil der Winterdämmerung verbrachte er in der Zurück-
gezogenheit des Murmeltiers, Tag und Nacht wie ein paar gute Pflegemütter um sich raunen
lassend, die Morgengewohnheiten oft dem Abend zuschiebend, die des Abends dem Morgen
überlassend, wie ein Kind bei der einen Tante Schutz vor der andern sucht, je nachdem die eine
oder die andere grade die freundlichere ist. Die Nachmittage des Festes saß er im »Jenseits«
und fühlte sich im Gedränge der Kaffeeschlacht mitten im Gewühl der sonntäglichen Aller-
weltsmenschlichkeit zugleich gerettet und verloren. Ohne Freunde, erlaubte er seinen Augen
im Versteck der Einsamkeit Freundschaft mit aller Dinglichkeit, mit jeder Farbe und Form, und
das Licht der Welt wurde eigentlich erst in diesen trübhellen Wintertagen zum Bruder seiner
Seele. Wenn es durch beschlagene Fenster drang, im Lärm der Gaststube rauchig-stille Wel-
ten spann, auf sprechende Lippen seine Silberstücke legte, als wollte es das Wort schwerwertig
und vollgültig machen, sich auf der Tischplatte mit ihren Gläsern und Tassen in Vielfarbigkeit
schichtete, dann war der stumm blickende Seespeck dankbar und still. Wiesche und die schöne
Anna holten und gaben Blicke durch das Geschmor von Dämmer und Geschäftslärm darein,
und Seespeck dachte dabei nur dies eine: ›Gott sei Dank, sie sind schön und fromm.‹ Vielleicht
dachte er auch: ›Gott erhalte sie mir so fromm und schön.‹ –

Während mehrerer Wochen nach Neujahr wurde der Eisgang so stark, daß das Jenseits vom
Diesseits abgeschnitten blieb. Aber Seespeck wußte sich zu trösten, wenn er seines Murmel-
tierdaseins überdrüssig wurde, dann war ja seine »Wohnstube« zwischen Itzehoe und Winter-
hude groß und luftig genug. Die Lang- und Querteilungen, die er als lebendige Musik über
die Straßen gehen sah, gaben ihm immer neuen Ansporn, keine Winkel dieser Wohnstube zu
vernachlässigen. Doch band er nicht jederzeit alles in mystische Deutungen, und es gab Zeiten, wo er nichts Geringeres als den Abschied seiner Jugend entdeckte und sogar mitten im
Schwindel einer überraschenden Begegnung ein unwirscher Ton so rumorte: ›Aussehen tut sie
ja gut, das muß man ihr lassen, aber sonst – nur vorbei, ohne daß sie erst den Mund aufgemacht hat! Ich würde nicht wissen, was meine Augen für ein paar Burschen sind, daß sie mir
etwas weißmachen, was meine Ohren mir widerlegen.‹ Unterdessen klopfte er einmal bei Frau
Muckenheim auf den Busch und erfuhr, daß der Melkknecht Lorenz seit Oktober frisch vom
Militär in Wedel eingerückt wäre. Er war einer, bei dem, wie Seespeck bald heraus hatte, der
helle Mai der Jugend nachgrade herangerückt war, und der just so aussah, als wolle er diesen
Mai nicht verschlafen. Leute wie Seespeck ihrerseits werden eigentlich niemals so recht wach
aus ihrem Traum, und so waren Seespecks Meta und Lorenzens zwei so verschiedene Personen,
daß sie zu Vergleichen nicht zusammenzubringen waren.

Wie sich nun die Zeit so vorwärtsschob, vom März in den April und dann in den Mai hinein,
ereignete es sich, daß der Posthalter eines Abends im Roland, wo Eme und Ador am Tische
längs angesessen waren, mit zurückgebogenem Kopf und abwechselnd vorgestoßenen Schultern
eintrat, so daß er eigentlich mehr hereinritten als -gegangen kam. Er setzte sich so mastig
nieder, als wären seine Pfunde doppelt geladen. Die eine Faust hämmerte auf der Tafel, die andre

suchte in Taschen und an der Stuhlleiste, in seinen Haaren oder auf den Knien nach irgendeinem unseligen Lebewesen, dem man das Genick umdrehen könne. Als er nun saß, warf der Strom aus seiner Brust wie bei mehrfachem Anprall im Innern an zerklüftete rauhe Wände aus der Tiefe baßpolternd einige Worte hervor, ein paar eilige Brocken Plattdeutsch: »Min Dochter hett en lütt Bebi kregen – hewt Ji hürt? Ja? Na, denn is god, denn wölt wie von wat anners snacken.« Und dann, als wäre dies das Erste und Letzte von der Sache und das Spundloch könne nun geschlossen werden, klemmte er die Zigarre zwischen die Lippen, sog und paffte und war wieder der Alte, und niemand hat jemals in seiner Gegenwart ein Wort über seine Tochter und ihr Kind gesagt. Seespeck erfuhr es von Ador und Eme noch am selben Abend bei einer Begegnung auf der Straße, denn dieser gemeinsame Floh, der von einem zum andern hüpfte, litt sie nicht auf ihren Stammsitzen. Jemand schien sie an den Ohren aus dem Roland gezogen zu haben, denn sie standen weiter von den Köpfen als sonst, und ihre Lippenpaare dehnten sich zu weiten und hohen Brunnenröhren, um die Neuigkeit allerseits zu zerstäuben. Am wildesten trieben es ihre Augenbrauen, denen kein Ort hoch genug war, Flügelpaare ihrer Bedeutsamkeit und Beschwinger ihres Glücks. Denn sie waren glückberauscht und erschüttert von einer Seligkeit als berufene Breittreter und Beschwätzer aller guten Mißhelligkeiten, die andern begegneten. Seespeck sprach ihnen gut zu, nicht blöde zu sein und Honorar zu nehmen, die Neuigkeit wiege gut und gern ein Rhinozeros auf. Dann ließ er sie auf die Stadt los.

Um diese Zeit traf er bei gelegentlichen und schließlich regelmäßigen Bahnfahrten von Blankenese oder Hamburg heimwärts ein Fräulein, das eine Altonaer Dame, die er in einem gottverlassenen Augenblick für das Problem zu interessieren riskierte, kurzweg als »Nähmädchen« aburteilte. Dies »Nähmädchen« war nach seiner eigenen Überzeugung und nach der gutmütig-bereitwilligen Seespecks eine Künstlerin mit dem einzigen Mangel von einigen Pfunden Körpergewichts. Dazu sollte ihr Wedel verhelfen, und schließlich meinten sie beide, das möge werden, wie es wollte, gewonnen oder entbehrt, die Pfunde möchten ihrem Belieben folgen, der Mangel sei am Ende nur eine Bagatelle. Sie unterhielten sich gut und verstanden sich, wie es nur Leute können, die voreinander eigentlich keine Geheimnisse beanspruchen dürfen, weil sie so überein angelegt und ausgebaut sind, daß sie sich gegenseitig nichts vormachen oder im Ernst verbergen können. Selbst beim Streiten waren sie nur schwer in den Harnisch einer wirklichen Gegensätzlichkeit zu bringen, und doch mußte Seespeck mit der Zeit merken, daß ihn die Bekanntschaft dieses »Nähmädchens« zu langweilen anfing. Sie war gescheit und hatte tüchtige Absichten, ihre Pläne hegte sie dabei sozusagen im Stillen und ließ nur zwischendurch einmal große Hoffnungen aufleuchten. Aber Seespecks Art zu leben hatte ihren ganzen Beifall, er war ihr als idealer Zuschauer eben recht, schien frei von Absichten irgendwelcher eigenen Zucht. Sie verpflichtete ihn so frischweg auf eine Schornsteinfegerkameradschaft im Seifensiederidealismus, die dazu unbürgerlich und »künstlerisch« versteift wurde, daß aus der Langenweile an ihr, mit der er selbst unzufrieden war, sich bald ein wahres Entsetzen entpuppte. Warum, das blieb ihm in seiner Betroffenheit zunächst verborgen. Ihre Zaubereien verhalfen ihm zu mancher guten Erinnerung, aber diese Erinnerungen schienen ihm nach und nach wie fades Gebäck, das man sich leider eingestehen mußte, gemeinsam verspeist zu haben, und er spürte ein Unbehagen, wenn er dachte, was für eine Art gemeinsamer Gerichte ihnen eine Gelegenheit machende Stunde einmal auftischen möchte. Es kam ihm eine Ahnung, daß er im Zuge sei, ein leichtes Opfer seiner eigenen Minderwertigkeiten zu werden, wenn er das angenehme und bequem zu leidende Verhängnis walten ließe. Er fing also an, leise zu murren, und hätte bei seiner vorsichtigen Art damit vielleicht nicht viel gegen das berufene Verhängnis ausgerichtet, wenn sich nicht eine Gelegenheit machende Stunde von herrischer Beschaffenheit seiner angenommen und dem Nähmädchen den Gnadenstoß gegeben hätte.

Denn er erlebte mit eigenen Augen den ersten Ausgang der Posthalterstochter, er ging mit ihr Schritt für Schritt im Abstand eines Sklaven von einer Mohrenkönigin den Marterweg von ihrem Hause bis zum Markt hinauf, von wo an er, da sie herüberbog, seinen Augen ihrem wonnevollen Dienst zu obliegen strenge versagte, und er atmete tief und fand sich mit mattem Bedauern aus einer wundhaften Dunstsäule entwichen, als er der gewohnten traurig-freundlichen Trostlosigkeit seiner Heimstatt wieder verfallen war. Es war noch ziemlich zeitig an einem frühlingshaft-sommerlichen Tage, und er war nur ein oder ein paar Male wie rettungsuchend durch seine Zimmer gegangen, in denen sich die Strenge seiner winterlichen Einsamkeit mit einem Hauch von Verlorenheit und Verlassenheit an ihn hängen wollte, als sei es so recht und gewohnheitsmäßig – so langte er auch schon wieder nach Mantel und Hut und zog ruhelos zum andern Tore hinaus. Die Schwalben zogen ihre Kreise um den Kirchturm, und ihr Saugen und Surren war wie feines Sägen in seinem Herzen; es schmerzte nur leicht, aber es ließ ein Schauern ausstrahlen, ein Grausen, das eine neugeborene Wonne in fremder Welt war, sein erstes Regen vollbringen. Er hatte sie ja nur von hinten und halb seitwärts gesehen, aber was machte das, er hatte ihre Scham, ihren Mut, ihr Seufzen vernommen, sie war vor ihm wie sein eignes Gebet aus der Tiefe plötzlich erstanden, seine Augen waren nichts als Bettlerhände eines Blinden gewesen, in die eine Gnade von Zufall einen schweren Überfluß von Güte getan hatte. Er ging durch die Heide nach Norden und fühlte sich selbst zum Gebet geworden. Später fand er diesen Vergleich als den einzigen und wahrsten. Armer, glücklicher Seespeck!

Von der weiten Fläche hinauf, aus dem unermeßlichen Himmel herab schien es durch ihn hinzulohen wie der ungeheure Taktgang eines Herzens, in das die Welt ihre schwere Wonne und Sehnsucht entlud. Er fühlte eine Entrücktheit von sich selbst, sah sich in einer Himmelfahrt, zu der das bißchen Eigen-Ich das bellende Hündchen abgab, das vor dem Unverständlichen seine tierischen Laute nicht unterdrücken konnte. Es hieße ihn verzeichnen, wollte man sein Murren, ein ganz leises, unterdrücktes, vergessen. Ganz so mahnt und lenkt einen Betrunkenen ein bescheidenes Restchen Vernunft, aber Seespeck, das Murren übertäubend, ging weiter und weiter grade in die dämmerige Aussichtslosigkeit wie in ein weiches Glück hinein. Immer weiter, bis ihn Lichter und Formen von Häusern – – Elmshorn, mit unvermeidlichen Menschen einfingen. Hier blieb er, aber er lag die ganze Nacht in einem wirklichen Fieber und quälte sich mit der Doktorfrage: kann man der Mann eines solchen Weibes sein? Dabei wurde jedes Wort dieser Angelegenheit, jeder Ton seiner Antwort zu einer vorgestellten handgreiflichen Figur, die er wie Würfel oder Kreise hin- und herschob. Eine der vielen Bejahungen unter den andern Verneinungen der Frage lautete so: ›Wenn ein Engel vom Himmel stiege, Seespeck, und täte seinen Mund auf, dir Gottvaters Alltäglichkeiten und das Drum und Dran himmlischer, also unirdischer, heiliger Zustände zu zeigen, wie würdest du lauschen, aber zuletzt, wenn er nicht verginge und nicht im blauen Dunst und bei seinen eigenen Worten schmölze, vielleicht käme dir eine Kühnheit, und du fragtest, ob es da oben im Heiligen nicht ein bißchen Sünde, keine verbotenen Freuden gäbe, und er schüttelte sein Haupt und lachte und verriete dir unter dem Siegel des Stillschweigens: Die Sünde und das Verbotene hier unten sei schließlich nur die andere Gestalt von dem Heiligen oben, da ist das Heilige so süß wie das Sündigste hier unten. Sünde sei ja nur ein Bild, ein Zerr- oder Hohlspiegelbild von dem Umgekehrten da oben, und da er, der Engel, nun mal hier unten sei und einstweilen noch keine Eile habe usw.‹ Unter diesem Gesichtspunkt, meinte der fiebernde Seespeck, könnte man wahrhaftig der Mann eines Engels werden. Unter solchen Erbauungen verging die Nacht, und er zog früh am Morgen weiter; während des nächsten Tages wagte er nicht, heimwärts zu gehen, sondern durchstöberte seine »Wohnstube« von einer Ecke bis zur andern. Endlich, da er kein Geld mehr hatte, fand er sich wieder in Wedel ein. Er sah nun die Posthalterstochter öfter und sah sie doch kaum an, denn er empfand seine eigenen spürenden Blicke als Frechheiten, aber er war doch Manns genug, sich dem Roland zu verschreiben und des Posthalters nähere Bekanntschaft zu suchen. Es begann ein regelrechtes Pokulieren, unter dem Eme und Ador immer schattenhafter wurden, bis sie endlich mitsamt ihren Herzen und Mägen vom Roland verdaut waren. Sie hielten sich fortan zu Stätten mit milderen Sitten, dafür bot der Zollamtsassistent, der seit einiger Zeit im Orte angestellt war, seine frische Trinkfestigkeit als Ersatz und ließ seine Unerfahrenheit von den älteren Füchsen des Baues ohne Mucken und Zucken in aller Ehrbarkeit zausen.

Sollte Seespeck heiraten? Er wußte nicht, wie er das anstellen sollte, sondern lebte wie früher von dem Gelde, das ihm sein Bruder schickte; er verlebte es im Jenseits, im Roland, gab es für Bücher und seine bescheidene Kleidung aus und trieb in einem gemächlichen Wirbel von Kommen und Gehen in dieser heimatlichen Landschaft herum. An einem Maiabend fand er das Jenseits von seinen Besitzern verlassen, Grund genug, den armen beiden Waisenmädchen warten zu helfen. Unterm blühenden Kirschbaum saßen sie zu dreien und sahen die Schiffe vorbeigleiten, aber Seespeck verstrich die Zeit zu schnell, und er suchte nach irgendeiner neuen Manier, ihr einige Umwege aufzunötigen oder eine stauende Flut herbeizuführen. Er verlor seine Blicke in dem Zelt des blühenden Baumes und saß droben, ehe er es recht bedacht hatte. Nun sollten die beiden folgen; die schöne Anna sagte schnell nein, aber Wiesche sagte ebenso schnell ja, und es half nicht, Anna mußte sich bücken und ihren Rücken als Schwungbrett hinauf bieten, von wo Seespecks Hände rettend den ihren entgegen kamen und ihr den Weg ins bergende Blütenhaus gipfelwärts wiesen. Wer anders als Anna mußte gehen und Gläser schaffen, damit man in der Höhe anstoßen könnte? Sie saßen gut, und wenn auch vielleicht zu eng für Annas Geschmack, so doch nicht zu eng für ihren; sie saßen, wie der Abend sank, in der weißen Wolke im Düstern, und fleißig wie einer Biene Sammelflug ging ihr Flüstern, ein Honigwörterzug wand sich im engen Kreise. Die schöne Anna ging einige Male ab und zu, brachte immer mehr zu trinken und ließ sich immer mehr zum Sprechen nötigen. Endlich blieb sie ganz aus.

Als Jan und seine Frau nach Hause kamen, lagen die beiden Mädchen lange in ihrem gemeinsamen Bette, Wiesche wandwärts, Anna nach der Stube zu, er fragte, ob alles in Ordnung wäre, und bekam eine bejahende Antwort. Seespeck war schon drüben. Aber er wußte nicht nach Haus zu finden; zum Glück für die Wiesche hatte ihn der Trunk aus Annas Händen mehr in ein Jenseits als Diesseits von Berauschtheit geführt, er war mit dem lieben Mädchen wohl sehr zärtlich gewesen und hatte andächtig ihre zaghaften und ungeübten Vertraulichkeiten angelockt, aber er hatte sich doch nicht verloren und war zufrieden damit. Man kann nicht sagen: wegen der Posthalterstochter, an die er, solange er drüben weilte, überhaupt nicht gedacht hatte. Aber nun kam es um so stärker über ihn, und der Trunk aus Annas Händen wurde ein Türöffner für einen ganzen Himmel von Selbstvergessen. Er ging kreuz und quer, wie erlöst von sich selbst, und fand in der linden Nacht unermeßliche Räume für sternenhafte Wanderungen seiner Empfindungen. Er lag im Gebüsch über dem Strom und ließ die Zeit willig ziehend und saugend verrinnen, er stand auf dem Felde und redete, ungestört von dem Gebell des bewußten Hündchens, zu der Erde unter ihm: ›Du bist die Ewigkeit. Der Holunderstrauch‹, dessen Tellerblüten im Dunkeln schauerten, ›ist die wachsende und begrenzte Zeit, aber ihr‹, und dabei faßte er mit beiden Armen ein halb Dutzend der großen Dolden und trank ihren Duft – ›ihr Mädchen seid die Blüten dieser Zeit‹. Der Duft der Holunderblüten schien ihm, der sonst ein Blumenbarbar war, von jeher ein seltsam verdächtiger Glücksberger zu sein, er sog ihn ein wie ein Gemisch von tröstlichen Versicherungen und rätselhaften Verheißungen, aber auch von Bitterkeit und Glückversagen. Er riß in lächerlicher aber ehrlicher Leidenschaft einen Arm voll der matt glühenden Blüten an sich und ging, das Gesicht darin vergrabend, weit herum in Nacht und Irre. Und als er gegen Morgen durch die leere Straße und am Hause des Posthalters vorbeikam, warf er den ganzen Busch auf ihre Treppenstufen ... Daß in dieser Zeit der Zollamtsassistent alle seine ehrlichen Hoffnungen auf die Posthalterstochter gewendet hatte, wußte er nicht.

Nun kann es wohl nicht schaden zu melden, was für Maler Seespecks Augen waren und was für ein Bild sie ihm von der Posthalterstochter verschafften. Aber das ist sehr schwer, denn ihr Aufbau, ihr Dasein zwischen schmeichelnden oder schirmenden Linien gab ihm schlechterdings unermeßlichen Stoff für seine Deutungen, man könnte sagen: seine Dichtungen. Und er ließ es nicht an tagtäglicher Neuschöpfung einer Welt fehlen, zu der ihm ihr Wesen im Raum den Stoff gab; man könnte einen Band mit seinen plastisch-metaphysischen Träumereien füllen; dabei war aber Seespeck doch soweit wach, daß er dies alles nur als geprägtes Geld ansah, da man nun mal bei Ausmünzung eines Gefühls Worte und Bilder gebrauchen mußte und ohne diese Hilfe in einem quälenden und faulen Sehnen und Grämen steckenbleiben würde. Andre Leute haben andre Praktiken und gehen der quälenden Sehnsucht mit Anträgen und Nachstellungen zu Leibe. Doch Seespeck beliebte es, sich beim Schwärmen wohlzufühlen. Er hatte zu allererst ihren biegsamen Rücken gesehen, der eine Wölbung von Möwenflügeln auf- und abwärts und gleichfalls quer umfangend nach vorn zu verschwingen ließ. Dieser Rücken war ein lieblicher

Stolz, ein verstummter und verschämter Lobredner, ja ein Ableugner und Verschließer von Schönheiten vor ehrerbietigen Fragen. Nichts an ihr überhaupt, wenn er seine Gedanken um sie herum sandte, prahlte oder plauderte aus, nichts verwirrte mit Andeutungen oder verfing sich unversehens in gefällige Auskunft. Sie war vollkommen keusch und stolz, und beides, ihre Keuschheit, die nun einmal berufen wurde, und ihr Stolz, der auf den Knien lag, schienen Seespeck wie zwei Freunde, zwischen denen er den dritten leicht und ohne Zwang stellen könne. Und diese drei würden sich gegenseitig beim Versagen stützen, ihrer Starrheit entsagen müssen. Er dachte sich ein ideales Aushelfen und Wiedergeben, er hoffte, mit ihrer Keuschheit seinem Mangel abzuhelfen und mit seiner Verehrung ihren Stolz zu schmelzen. Man wußte ja, daß sie schmelzen konnte!

Übrigens war sie ein wenig größer, als ihm so ganz bequem war zu denken, um so mehr tröstete er sich ihres biegsamen Rückens. Ihr Gesicht war verschlossen, aber mit einem Ernst versiegelt, von dem Seespeck eine ganz andere Wertung erwartete, als womit ihm das Nähmädchen seine Verkehrtheiten entgalt.

Eine Nacht verbrachte er mit ihrem Vater bei Eröffnung der Entenjagd am jenseitigen Ufer, wo man zu Sonnenaufgang allen andern, die bei der morgendlichen Ebbe nicht an die flachen und sumpfigen Plätze gelangen konnten, die ersten Schüsse in die dichten Schwärme vorwegnehmen wollte. Sie lagen die ersten kurzen Nachtstunden über rauchend und plaudernd unter dem Segel, der Posthalter gab Späße preis, die zum Glück niemand sonst hören konnte, aber als Seespeck das Gespräch auf seine Tochter lenkte, stellte er die Frage auf, ob es nicht geraten schiene, doch noch ein wenig zu schlummern, drehte sich um, nachdem er seine Zigarre wie eine Lunte zu Pulverfässern eines gefährlichen Gesprächs über Bord geschleudert hatte ... und schlief. Bei Hellwerden verschlang der Sumpf ihre Kräfte, und die Flinten hatten das große Wort. Seespeck war es, als ob die mächtigen Spiegelscheiben des Sommermorgens eine nach der andern eingeworfen würden, und er fühlte sich unter der Schlammkruste bei dem blutigen Vergnügen immer verdrießlicher werden. Als hinter dem Röhricht fern und näher andere Schüsse den ihrigen das Wort streitig zu machen anfingen, brachen sie die Unterhaltung ab und segelten zum Frühstück ins Jenseits. Hier war großes Auslüften und Reinmachen angeordnet, Sofas und Betten lagen auf dem Rasen in der Sonne, und die Mädchen und Jan wetteiferten, als ob es gälte, frisch geschlachtete Elefantenlendenstücke und Mammutkeulen mürbe zu schlagen, aus denen der Dampf in goldenen Staubwolken eilig verzog. Sie hatten Tücher um die Haare gewunden, schluckten aber den Staub ohne Beschwerde. Ein Kaffee ward den Jägern unter der Veranda serviert, der von dem allgemeinen Staub seinen gerechten Anteil abbekam. Seespeck verhielt sich still, denn er hatte nicht den Atem für die wilde Jagd von Jägerspäßen, die Jan und der Posthalter alsbald eröffneten, und wenn der Staub und die Arbeit den Mädchen auch den Mund stopften, so schienen sie doch ihre Ohren wohlgeneigt unter dem Winde zu halten. Selbst Anna Schön, geschweige die Wiesche, wußte, obgleich sie ihre Augen im Zaum hielt, das Schütteln ihrer Schultern, wenn sie halbverlegen den Kopf im Lachen niederbog, nicht zu verstecken. ›Sie beißen in den Staub hinein vor Vergnügen‹, dachte Seespeck mißvergnügt, aber da er selbst Staub zu schlucken bekam und niemandem seines Behagens Art verbieten konnte, so tröstete er sich mit der Sonne, die sie alle beschien und die sich über dies alles keineswegs erboste.

Auf die Jagd ging er nicht wieder und mündete überhaupt in einem allgemeinen Abwarten und Aufmerken, einem Einziehen seiner Fahnen und einem Fürsichbleiben, woraus ihn einmal, wie er dachte, ein besseres Zutrauen zu der einen oder andern seiner Unternehmungen hervorlocken würde. Im Grunde fühlte er sich in diesem Zustande sehr wohl, er merkte ganz gut, daß er eigentlich nur »drinnen« war, solange er ein Enden am Ziel hinausschob, und hatte dies Schweben im Unsicheren so lieb wie ein Schattendasein, bei dem er alles in sich faßte, aber selbst in nichts einging und an nichts haftete. Daß der Posthalter bei vorrückendem Sommer oftmals einen fremden Herrn mit sich führte, der auch im Roland Fuß faßte, ließ Seespeck beinahe kühl, obgleich er allgemein als der zukünftige Mann der Tochter eingeschätzt wurde. Er begann eine Baumschulengärtnerei am Platze, aber niemand wußte etwas Rechtes aus ihm zu machen, und schließlich wurde aus dem kometenhaften Auf- und Niedergehen des Mannes am Wedeler Himmel eine zweite Bloßstellung des Mädchens, wenn auch nur in der Meinung der Leute. Er war ein Mensch von guten Umgangsformen und einnehmendem Wesen, dabei stattlich als Erscheinung, aber, wie man später erfuhr, ein Heiratsspekulant, der denn auch, nachdem er alle Glücksmöglichkeiten gewissenhaft von hinten und vorn untersucht hatte, in der Richtung eines auswärtigen Sterns davonging, indem er einen Schwanz von unklaren Verhältnissen zurückließ. Er hatte, wie seine Leute erzählten, tagsüber Romane gelesen und seine Geschäfte in Liebesbriefen erledigt. Seespeck hatte vor der aufleuchtenden Möglichkeit einer Heirat anfänglich gestutzt, dann aber den Mann sozusagen als Prüfstein der Posthalterstochter angesehen und nicht bedacht, daß sein eigenes Dasein einem jungen Mädchen, mit dem er, beiläufig gesagt, nie ein Wort gesprochen, keinesfalls als verläßliche Glückssonne erscheinen konnte. Da war der junge Zöllner ein andrer, er wußte das Mädchen, das gar keinen Verkehr hatte, bei gelegentlichen Besorgungsfahrten nach Hamburg auf dem Bahnhof oder im Zug in elterlicher Begleitung sachte aufmerksam zu machen. Dabei legte er ein angeborenes vornehmes Getue nicht ab, konnte ihr dadurch aber um so bedeutsamer huldigen, indem er ihr den vollen Rang als Dame, den sie und ihre Mutter nur in bescheidenem Maße beanspruchten, vor aller Welt nachdrücklich gab. Seespeck bemerkte es kaum, ihm kam das Hackenzusammenschlagen und die schulmäßige Verbeugung neben all den andern gesellschaftlichen Possierlichkeiten zu kasperhaft für den Ausdruck irgendeiner wahren Achtung vor, sie erschienen ihm vielmehr als verschnörkelte Verwahrung gegen eine wirkliche Annäherung, und er wunderte sich, daß man ihn ernst nahm und dankbar zu sein schien. Er dachte: ›Der junge Mann hat nun mal diese Pas für den Lebenstanz angelernt bekommen und gleicht seinen Mangel an Takt für diese besondere Gelegenheit durch übertriebenes Taktschlagen aus.‹ Des Mädchens Augen überstreiften Seespeck einige Male, und jedesmal glaubte er für gewiß, daß sie alles wisse und gutheiße und daß es zwischen ihnen beiden nichts mehr als einen Plunder von Formalitäten gäbe, den man zu gegebener Zeit wie mit einem Federstrich unter einem vorgedruckten Text beseitigen könne. Indessen war es wohl eine Welt, die zwischen ihnen stand.

Nun kam eine Nacht, wie sie die gewohnten Nächte der Stadt jährlich ein oder ein paar Male in ihrer ruhigen Folge zerreißt. Es gab Feuerlärm, grade zwischen zwei und drei Uhr, zu einer Jahreszeit, wo die dunklen Nachtstunden schon eine kleine Schar ausmachen. Das Feuerhorn, mit seinem ungefügen Laut aus Urtagen, dumpf wie ein Quallaut aus geängsteter Riesenbrust, machte seine Runde, und das wütende Herzklopfen der Feuerglocke riß die Stadt aus ihrem Schlaf. Als Seespeck zur Brandstätte kam, hatten die Sparren des Daches sich schon mit hüpfenden Feuerfähnchen beflaggt, und die schwarzen Dachpfannen wurden Stück für Stück von feurigen Lücken ersetzt, wenn sie ihren Polterfall durch die Sparren durch in die Lohe hinein taten. An einer gesunden Stelle des Daches stand Hannes Kobabe mit der Spritze und hantierte, offenbar entzückt über diese Abwechslung, so gelassen, als fürchte er nur, dem Vergnügen zu schnell den Garaus zu machen. Weiterhin sah man über den Köpfen der Menge die Faustreihe der Pumpenmänner im Stampftakt auftauchen und verschwinden, einige Männer in vorsintflutlichen Feuerhelmen liefen aufgeregt hin und her, eine Signalpfeife stach mit ihrem Ton durch das Getümmel, und eine zweite Spritze hatte mit dem Versuch, durch die Gaffer an ihren Ort zu kommen, schlechten Erfolg. Seespeck bekam dabei einen Rippenstoß, und als er sich umschaute, sah er Meta Kobabe aus der Helle ins Dunkle streichen, ohne entscheiden zu können, ob die Berührung ein Zeichen von ihr oder eine Unachtsamkeit bedeute. Über so etwas soll man keine langen Gedanken aufreihen, denn er wußte, daß sie neben dem niedrigen Geländer zu Dr. Besters Garten stehen mußte, und als er es genau zu nehmen anfing, war ihre Erscheinung ins Dunkle der Hecke hineingeschlagen. Seespeck ließ sich, als jetzt der Stadtpolizist Wollweber die Menge in Wälzen und Rücken brachte, um der Spritze Luft zu schaffen, absichtlich nach dem Garten drängen und hätte es nun, weil er vom Dunkel ganz gedeckt war, leicht gehabt, hinüberzusteigen, wenn er nicht wie eine Gespenstererscheinung seiner eigenen Absichten eine oder sogar zwei graue Gestalten das Wagnis, das er plante, hätte vollführen sehen. Er wußte, daß der Garten mit Gebüschen und Rasenstücken bis nach dem Teich hinunterging, daß eine

Laube sich an die Hinterwand des Doktorhauses lehnte und daß dahinten die Verschwiegenheit selbst jede erwünschte Gastlichkeit anbot. Offenbar war aber dort jetzt an die Bequemlichkeit eines isolierten Pärchens nicht zu denken, und Seespeck hütete sich vor unüberlegten Handlungen, blieb aber doch mit einiger schmerzlicher Neubegier auf seinem Posten, als er zwischen den Gebüschen ein Wetter ausbrechen hörte, als wäre ein Sturm aus dem Boden ausgefahren, einige Äste brachen und einiges Ächzen brach aus, wahrscheinlich aus Protest gegen andere Geräusche, die, obwohl dumpf und gewissermaßen unterdrückt, dennoch die Hauptstimmen in diesem Vielfachen an ungegorenen Geräuschen waren. Dieser Protest schien aber nur verstärkte Widerlegung zu erzielen, und das Katergefauche im Dunkeln war im besten Schwange, als Büsche und knackende Äste sich unter neuem Sturm teilten und die zwei grauen Gestalten aus der Hecke hervor eilig und gewissermaßen in schöner Eintracht gleichen Ziels von einer dritten hervorgetrommelt wurden, über das Geländer hinweg, mit den Köpfen karambolierten und mit den Beinen stelzten. Dabei verbissen sie sich die Proteste, ohne sie doch ganz unterdrücken zu können und ohne darum die Fäuste des dritten gnädiger zu stimmen. Seespeck erkannte Emes und Adors Grundtöne und mußte in dem dritten, der den beiden einige Schritte nachfuhr und im Lichte vom grauen Schatten zum Körper geworden war, den Melkknecht Lorenz sehen. ›Das waren meine Hiebe‹, dachte er, als er sich wieder unter die Menge schob, die diesen Augenblick über von den stürzenden Dachbalken und neuen Löschmanövern in Atem gehalten war. Hannes, der grade so aussah, als ob er mitten im Feuer stände, wurde herunterbeordert und folgte mit offenbarem Ärger, und das Haus, das jetzt im Innern brannte, mußte seinem Schicksal überlassen werden. Dafür wurden die Leitern an das nächste, dessen Dach anfing zu rauchen, gelehnt, und ein frischer Spritzenmann, einer von den tüchtigen, die bei solchen Gelegenheiten spät, aber dafür gestärkt und in voller Ausrüstung antreten, stieg würdevoll und kunstgerecht den Schlauch nachziehend hinauf. Seespeck aber trollte sich nach Haus.

Wedel feierte sein Sedanfest wie andre Städte auch, er sah den Festzug an seinem Laden vorüberschwenken und bewunderte wie alle andern Leute die Blasgewalt und das männliche Strotzen des Negermusikanten, der als Flügelmann seines Korps die Hauptperson des Zuges schien. Seespeck überlegte, ob er den Festplatz aufsuchen sollte, aber er überlegte eigentlich nur, auf welchem Wege er, ohne den Platz gradezu zu meiden, auf seine geliebte Heide kommen sollte. Eme und Ador winkten zu ihm hinein, als er unvorsichtig genug war, ans Licht zu treten, ihm war die Schadenfreude ein wenig vergällt, und er ließ bei der Wahrscheinlichkeit, daß sie ihn dort sehen und ihr niederträchtiges Wohlwollen an ihm auslassen würden, den ganzen Plan mit der Heide fahren. Dafür zog er über die Wiesen und schlenderte zwischen den Hecken entlang, bis er vor des alten Pessim Hause stand. Bei ihm saß er bis zum Abend im Garten, und bei ihm las er den letzten Brief seines verlorenen Sohnes. Er lautete so: »Lieber Vater, jetzt schwimme ich schon, denke Dir, ich bin zwei Monate vor der Zeit entlassen, und der Berthold hat mir das Geld zur Reise gegeben, vorher war ich an einem Regenabend bei Euch, das heißt: auf die Bahn getraute ich mich nicht, aber ich fuhr mit einem Bierfuhrmann von Hamburg aus, stieg mit ihm vor dem alten Krug ab und ging von da zu Fuß im Dunkeln weiter. Vor Eurem Haus war ich die halbe Nacht und habe Dich auch beim Licht der Laterne am Fenster stehen sehen. Ob Du an mich dachtest, weiß ich nicht, aber hinein konnte ich nicht kommen. Das ist aus, das hab ich gemerkt. Ansehen solltest Du mich nicht. Es war das Schönste, was ich bisher erlebt habe, gar nicht traurig, und damit es nicht traurig würde, kam ich nicht hinein. So bin ich denn wie Eure Schildwacht auf- und abspaziert und auch wie ein Dieb eine Zeitlang im Garten herumgeschlichen. Wie lange hattet Ihr Licht im Schlafzimmer! Ich dachte: sie können nicht einschlafen, stand ganz still bei der Laube im Dunkelsten und dachte bloß eins: daß da nichts zu denken war, bloß zu sehen, zu hören, zu sein, zu atmen und leise davonzusteigen. Hättet Ihr nicht doch angefangen, von meiner Zukunft zu sprechen? Hättet Ihr mir nicht doch Vorschläge gemacht? Hättet Euch abgerissen, um mich auszustaffieren? Und ich hätte immer nein gesagt, und wir hätten uns denselben Abend gestritten. Nein, es ist so besser. Oder ich hätte mich bestimmen lassen, und es wäre sicher schiefgegangen. Bürgerlich verloren bin ich nun doch, aber sonst so wohl aufgehoben, wie man nur sein kann, das müßt Ihr schließlich gemerkt haben. Also ich ging im Regen auf und ab und sah im Scheine der Laterne vor Eurem Fenster die Tropfen blitzen und von ihrem Schein die Hinterwand Eurer Wohnstube leuchten, wie oft saßen wir so im Herbst und Winter und ließen den Schein auf der Wand reden! – Später kam der Mann mit der Leiter und löschte das Licht aus. Da ließ ich das Sehen nach und hielt mich ans Hören, ließ den Wind in Euren Büschen rauschen und mit Euren Ziegeln klappern. Ging noch immer hin und her, mal weiter fort, oder blieb an der Ecke stehen. Ja, lieber Vater, Du hast einen Sohn, wenn Du willst, es muß sehr sonderbar sein, so etwas, ganz toll, etwa so: Da ist Gemeinsamkeit im Unterirdischen, die unzerreißbar ist, oben im Sichtbaren kennen wir uns nicht mehr, sind so auseinander, so fremd, so für einander nicht vorhanden, wie man nicht schlimmer sein kann. Was das endlich heißt: wir sind so vereinigt, wie es nicht besser sein kann, wenn Du willst, wenn Du es so ansehen kannst. Denke: ich, Dein Sohn, bin ein Teil von Dir, bin Dein Gedanke, bin Du selbst, im letzten. Aber muß ich nun Deine Hosen und Röcke tragen? Dein gehorsamer filius scheinen, Dein Alter wärmen, Deine Gewohnheiten teilen? Das hat mir nie behagt, das mach ich nicht wieder mit!«

Fräulein Thomsen, eine Hausfreundin seit längst vergessenen Tagen, fand sich ein, sie war die redlichste Seele, aber ihre Zunge ritt immer Trab, wie der Alte einmal zu Seespeck gesagt hatte, und so war es um eine gemeinsame Unterhaltung geschehen, denn sie fing an auszukramen, und Seespeck mußte anerkennen, daß es beileibe nicht langweilig sei, ihr zuzuhören. Sie meisterte einen kuriosen Schnickschnackstil und gab allem so viel Fülle und Ausdruck, daß ihm, wollte man es nicht ganz umstoßen und anders bauen, weiter nichts zuzufügen war. Sie duzte ihren alten Freund, aber sie ließ ihm das »Herr« und den »Doktor«, und mit »Herr Doktor, Du...« zupfte sie seine gelegentlichen Unaufmerksamkeiten am Ohr. Es war eins von diesen alten Mädchen, die Seespeck gerne zu Freunden gewann, denn sie hatte ihre Art in Abhängigkeit und Zurückgesetztheit während eines halben Lebens bewahrt und gesteigert. Wie aber wurde ihm, als sie folgendes hören ließ: »Du kennst doch die alte Ottilie Eixner, Herr Doktor, ein büschen watschelig war sie damals schon. Weißt Du – der Sohn ist so ein Wachtmeister bei der Zeitung, und die Grete ist auch ein himmlischer Hammel, na, Du weißt ja! Sie wohnte jetzt in Hamburg und wurde operiert, kann sich aber gar nicht aufrappeln, Grete muß sie päppeln. Aber denkt nicht, daß sie Lust haben, sich einzurichten, nein, die teuersten Bäder sind ihnen eben recht, die internationale Gesellschaft soll unsere Otti Eixner respektieren lernen! Und nun fragt man bloß nicht, wo das Geld alles herkommen soll!« Seespeck wollte ihr gröblich in die Rede fallen, aber Fräulein Thomsens Suada setzte im Galopp über das Hindernis weg. Sie wußte von einer Schwägerin, die in einem Keller eine Zeitungsagentur hatte und mit den Eixners eine Klageliederfreundschaft unterhielt, daß Grete und ihre Mutter immer noch in ihrem Weltbad weilten, und daß von einer Heimkehr noch gar nicht gesprochen werden dürfe. Sie wüßten nicht, womit sie die Kosten einer solchen Kur bestreiten sollten, und wollten es doch der Kranken an nichts mangeln lassen. Seespeck wollte sich wiederum aufraffen, aber wenn er's recht bedachte, wußte er nicht, was er sagen solle. Er horchte noch, ob er noch irgendeinen persönlichen Zug von Grete erwischen könne, erhob sich aber, als er sah, daß die hamburgische Kundschafterin aus dem verstockten Eixner nicht mehr herausgepreßt hatte, zum Gehen. Als er dem alten Pessim im Vorgarten die Hand gab, sagte der: »Na, sehen Sie, leben nicht die meisten Menschen in ausgebrannten Häusern?« Er ging fort, wie ein geschlagener Mann, aber wie immer, wenn ihn etwas quälte, nicht nach Haus, sondern strich zwischen den nackten Strandhügeln und der buschigen Heide bei Tinsdahl herum. Einmal kam er, unachtsam seines Weges, dem Festplatz hinter Wedel so nahe, daß der bierselige Brummbaß des Tanzzeltes seine Ohren einzuspinnen anfing, da kehrte er hastig um und landete bei Dunkelwerden im Jenseits.

Wiesche hatte den Ziegenpeter und machte trotz ihrer dicken Backe den unglücklichen Versuch zu lächeln, Anna mußte zum Abendbrot Jans Leibgericht, Buchweizenpfannkuchen, backen, und Seespeck, der mit ihnen in der Küche am Herd saß, weil in der Gaststube der Boden frisch geölt war, bestellte für sich desgleichen, nur bedang er sich aus, die Pfannkuchen selbständig in der Pfanne umschwenken zu dürfen. Jan, der am Morgen einen Streit mit seiner Frau gehabt, las in der Zeitung und lenkte seinen Redefluß im Anschluß an ein Ehedrama im Gerichtsteil auf die weiten Fluren der Frauenplage. Seine Frau, die Siegerin am Morgen, mochte denken, daß die Buchweizenpfannkuchen am Abend das ganze Gerede widerlegten, und schwieg. Dann aßen die Männer ihre fetten Fladen, und die Frauen löffelten ehrbar ihre Schwarzbrotbrocken aus dem gemeinsamen Milchgefäß. So verging der Abend für Seespeck ohne Heil. Zwar versuchte er, einigen Trost aus der schönen Anna zu erpressen, indem er ihre Turnübungen an der langstieligen Pfanne nachahmte, aber weil er nicht recht bei der Sache war und seine Neckerei ins Ungehobelte geriet, machte sie seine Bemühungen mit kargem Dank zu einem leutseligen Hohn, und die andern schwiegen still dazu. Er fühlte sich heute als sonderbaren Gast angesehen. Man kannte ihn als Sprößling eines guten Hauses, und nun trieb er hier geschmacklose Späße mit den Mädchen in der Küche. Offenbar gehörte er nicht hierher, und das wäre schon gut gewesen zu bedenken, wenn er nur gewußt hätte, wo er denn überhaupt hingehöre. So nahm er denn zum Boot und dem Fluß seine Zuflucht. ›Ja, man lebt in abgedeckten Häusern‹, gab er zu. Ihn fror in der kalten Nacht, und doch schreckte er vor seiner Behausung zurück, deren Umkreis und deren Heiligkeit heute bis spät in die Nacht von lärmenden Festbesuchern verunehrt wurden.

In den nächsten Tagen ward es bekannt, daß die Posthalterstochter über Hals und Kopf in eine Heilanstalt gebracht worden wäre. Bedenkliche Anfälle von unberechenbaren Launen hatten die Familie erschreckt. So sollte sie behauptet haben, Stimmen zu hören, die ihr zu bestimmten Stunden täglich befahlen, ihr Kind zu töten.

Aber die Ärzte hatten doch völlige Heilung in Aussicht gestellt. Für sie war ihrer jungen Schwester nun hauptsächlich die Pflege des Kindes überlassen, und wenn es auf sie allein angekommen wäre und eine allgemeine märchenhafte Vergeßlichkeit sie begünstigte, hätte sie aus einer anvertrauten Mutterpflicht am liebsten Gewohnheitsrechte als Mutter abgeleitet.

Ein glänzender Herbst beschloß das Jahr, und die Rolandsfigur auf dem Markt stand von der Herbstmajestät der Linden geheiligt als Kristallisation des Menschlichen, als Beispiel von Erhebung zum Überirdischen in prunkender Teilnahmslosigkeit auf ihrem Sockel, den Eme und Ador den »Felsen Petri« nannten, als trüge er die Schlichtung der Händel von vergangenen bis zukünftigen Jahrhunderten auf der Spitze seines Schwertes. Der alte Hagemeister, Nachbar Seespecks, ein Gegenstand seiner besonderen Aufmerksamkeit, weil er wegen schweren Meineidvergehens im Zuchthaus gesessen hatte, brachte Tag für Tag seinen gehäuften Rübenwagen zur Scheune. Eme und Ador, die Allesbewitzelnden, hatten ihm den Titel eines apokalyptischen Reiters bewilligt. Und wirklich war er ein skeletthafter Mensch und saß, die langen Beine fast bis zum Boden hängend, beim Reiten ohne Sattel wie aufgespießt auf den Wirbelspitzen tief im hohlen Rücken einer wahren Knochenmaschine von ausgedörrtem Handpferd. Weil er keine Zähne im Munde hatte, waren Kinn und Nase gleich Mondhörnern vorgebogen, und so grinste auf seinem Gesicht ständig eine Befriedigung, wie es Seespeck schien, darüber, daß er seinem Gott ein Schnippchen geschlagen hatte und ihm die Ernte an seinem Lebensabend doch noch ablisten konnte; Weib und Kind verfluchten ihn wegen seines Geizes.

Wie oft stürmte Seespeck in dieser Zeit im Sonnenschein über die Heide oder trieb steuerlos über die kahlen Felder im rauhen Saus der herbstlichen Atemzüge die Hügelwogen des erdigen Meeres auf und nieder. Er schrieb ein paar Verse mit dem Schluß: »Schön macht das Herbe dieser Herbst, zur fetten Weide macht er die Stoppelfelder rings der mageren Freude.« Und es kam ihm vor, als habe er der Welt mit seinem Meineid ein Schnippchen geschlagen wie der alte Hagemeister auch und ernte die Freude auf den kahlen Feldern der Ausgestoßenheit. Er spottete: »Schlüpf übern Tausendwahn, den Wächterhund der Städte – die Spur verdampft im Feld – und er bellt an der Kette.« Der weiße Rauch des Kartoffelkrauts schien wie ratlose Sehnsucht seine Fragen in alle Fernen zu zerstreuen, und der Vollmond stand als großes gelbes Siegel auf dem verschlossenen Himmel. Und damit war Seespeck zufrieden, denn was müssen das für Geheimnisse sein, die so versiegelt werden!

Der Herbstmarkt unterbrach noch einmal den Winterschlaf, zu dem sich Wedel vorläufig bis Weihnachten angeschickt hatte. Einige Orgelmänner zogen durch die windigen Straßen;

sie schienen Seespeck kostümierte Schicksale, die einen Käfig voll gefangener Könige und Helden mit sich schleppten. Da mußten nun die Geschundenen und Verhungerten, die Kasteiten und Verhärmten ihr Leben vor allem Volk spielen, in Lumpen ihre Herrlichkeit offenbaren, in Gassenschmutz und Rinnsteinfeuchte scheinen, was sie nicht sein konnten. Seespeck spürte das Weh verkommener Herrlichkeit heraus und war in der Verfassung, dieses Weh als die Adelsvollendung, als besseren Glanz, denn der frühere war, anzusehen. Buden! Wieviel läßt sich von den zwei erbärmlichen Budenreihen sagen! Leinen-Obdächer für Süßigkeiten und Nützlichkeiten drängen ihre frierenden Flanken aneinander, als geängstete Nutznießer einer knappen Verdienstgelegenheit, geduldet und mit gnädigem Verlaub freibeuterhaft zugreifend, zeigen sich die Budenleute ein wenig wie ausgestellte Menagerietiere in ihren Zellen. Hin und her wandernd wie futtergierig in den flauen Stunden, in Emsigkeit zu den lebhaften Besuchszeiten, jeder nach seiner Abrichtung jedem Wunsche und Befehl jeder Rotznase gehorsam. Und doch hat die ganze schaumhafte Siedelung den Schimmer des Abenteuerlichen, und gar am Abend drängt sich eine irrlichterhafte Romantik in diesen petroleumdunstenden Schlupfwinkeln zu einem kläglich lustigen Wesen zwischen den windschiefen Mauern einer Buden-Herberge zur Heimat nach Gnaden zweier Kalendertage. Die massiven Häusermauern rundum wissen ihrem steinernen Bürgerstolz keine Teilnahme an solch zaghaftem Pfefferkuchenglück dieses armseligen Leichtsinns abzugewinnen. Ihnen liegt das Gespinst durchscheinender Lichtzellen gar zu plunderhaft luftig im Winde wankend zu Füßen, man könnte denken, es wären die Abfallreste von Glauben und Glück früherer Zeiten zum Abfahren ausgekehrt und als mattschimmerndes Häufchen Winkelseligkeit seinem Sterben und Verderben überlassen... ein phosphoreszierendes Häuflein Aberglaube an harmlose Freude, Kindergemüt, das nicht fragt und prüft, sondern hinnimmt und glaubt überhaupt an die gespensterhafte gute alte Zeit. Ein jämmerliches Karussell mahlte seine Gläubigen durch seine Rauschmühle von Flitterglück unermüdlich hindurch, und Seespeck hörte im Bette noch von weitem die heiseren Versicherungen dieses faden Erdentrostes zu sich dringen. Am zweiten Tage aber war er der Sache überdrüssig und ging ins Jenseits. Es war noch früh am Nachmittage, aber schön Annchen war festlich angetan und wollte dahin, woher er geflohen kam. Jan, der sie hinüberbringen sollte, war froh, als sich Seespeck bereit fand, sie mitzunehmen, und sparte nicht in der Hergabe von weitschweifigen Ratschlägen.

Auf dem Wasser fanden sie sich wie auf einer einsamen Insel allein, aber mit dem süßen Nichtstun wie bei dem abendlichen Schlendrian früherer Tage kamen sie nicht voran. Der Fluß ist breit und verlangt einen ordentlichen Ruderzug, wenn er sich nötigen lassen soll, sein nördliches Ufer unter südliche Füße zu legen. Dennoch wünschte Seespeck ihn doppelt und dreifach so breit. Es machte ihm Freude, in dem Druck der Ruder gegen seine Hände Anna Schöns Last zu spüren, und er nahm Zug um Zug, während er ihr Bild im Auge hatte, ihr bißchen Schwere in seine Arme. Er sagte es auch, und sie wurde langsam rot darüber, antwortete aber nicht. »Man sitzt doch bequemer im Boot als im Kirschbaum«, wagte er sich weiter vor, und sie erwiderte munter: »Ja, man hat mehr Platz, und jeder kann sich auf seiner Bank einrichten, wie er mag.« Daß sie durch diese Antwort selbst einen doppelten Stoß erfuhr, einen vor Schreck, einen vor Vergnügen, merkte er deutlich, und das verhaltene Atmen staute ihr Blut von innen nur mehr nach außen. Mit offenen Lippen, warm und ganz deutlich ein wenig erwartungsbang, saß sie da, und er, dem die Mitfreude angeboren war wie das Mitleid, verführte sie zu einem Lachen, das sie nun gemeinsam – über ihn – wie ein Schnäbeln in Tönen um das Boot herumflattern ließen. Dann versuchte er sie wegen der Rückfahrt. ›Zeit haben wir bei Nacht eine halbe Ewigkeit‹, überschlug er dabei im Stillen, ›und für ein warmes Nest im Boot kann ich inzwischen reichlich sorgen.‹ Aber davon wollte sie nichts wissen, wollte nichts verabreden. Sie sollte ihren Vater, den richtigen, treffen, der mit Ochsen am Markt war. Er hatte es ihr brieflich auf die Seele gebunden, Tag und Stunde nicht zu verpassen. Nun war Seespeck still und frischte in sich die Schilderung auf, die ihm Jan von ihrer Herkunft gemacht hatte. Das war so gewesen: während einer längeren Abwesenheit des Mannes von Frau und Wirtschaft war, gar zu lange nach seinem Abschied, ein Mädchen geboren, und drei oder vier der treuen Hausfreunde, die sich schuldig wußten, beschlossen, die Frage der Vaterschaft vom Schicksal beantworten zu lassen. Sie hoben das Kind auf den Tisch, um den sie im Kreise saßen, und lockten es von rechts und links, von vorn und hinten, ließen ihm auch Zeit, sich zu besinnen und reiflich zu urteilen, wem es in Wahrheit angehöre. Denn so, meinten sie, solle sein Herankriechen an den einen oder andern angesehen werden. Es hatte sich für den größten und dicksten entschlossen, und dieser hatte stolz die Entscheidung anerkannt. So war Anna Schön fortan sein Kind, wenn es auch im Hause der Mutter und unter ihrem Namen großgezogen wurde.

Als Seespeck in einer wunderlichen Aufregung gegen Dunkelwerden über den Markt schlenderte, sah er sie in Begleitung eines wahren Henkers mit einem großen Maul und moosartigem Gestrüpp von Bart. Sie dagegen, zart, fest und spröde, stak in einem Mantel von Zufriedenheit, aber es konnte auch Ergebung sein. Seespeck, dem das Herz klopfte, fragte im Vorbeigehen, ob sie heute abend noch zurückverlange. Sie schien verwundert und mußte sich besinnen wie auf einen vergessenen Namen. Ihr Vater, denn das war der Moosbärtige, legte seine breite Hand auf ihre Schulter und wies das behagliche Lächeln eines Menschenfressers. »Wenn Sie doch hinfahren«, sagte er breit und langsam schmatzend, »sagen Sie Jan man, daß meine Tochter sich anners besonnen hat. Min Fru is nämlich dod, und ick hew säben lütte Kinner to hus. Dor ward se jo woll von sülwst marken, wat se to dohn hett. Wi reist hüt awend all. Kumm, Deern.« Sie gingen, und Seespeck konnte es nicht lassen, noch ein wenig hinterher zu spionieren. Sie traten in ein Tanzhaus, und er sah sie durch die dunstigen Scheiben mit anderen Ochsenhändlern am Tische sitzen. Es ist zu vermuten, daß Seespecks Herz das einzig bange war in diesem Augenblick, denn Anna Schön war sichtlich »aufgekratzt«, aber der unverbesserlich eingebildete Seespeck konnte sich auf keine Formel besinnen, die sie in Harmonie zu diesen bergartigen Schultern und diesen wollpanzerhaften Wettermänteln, dieser breitstirnigen Mastigkeit der cimbrischen Ursöhne bringen konnte. Die Reue über ein Versäumnis, über eine Verschleuderung von guten Dingen, machte ihn hoffärtig, und es beliebte ihm, ihre Preisgabe an die sieben Ochsenhändlerrangen als Kränkung zu empfinden. Dabei kam er sich doch ein wenig albern vor und dachte wehleidig, daß er als horchender Schatten an der Wand seine eigene Schande vorstelle. Er ging nun noch in den Roland, fand ihn aber von wilden Horden erobert, die die Stammtischrechte der Einheimischen mit Füßen traten. Heute gehörte er nicht einmal in den Roland.

Wenn Seespeck hin und wieder dem Melkknecht begegnete, regten sich in ihm leidige Erinnerungen. Als darum der Melkknecht endgültig von dem Negermusikanten ausgestochen wurde, schämte Seespeck sich nicht, darin ein paar Augenblicke eine leise Genugtuung zu sehen. Warum sich aber Lorenz von dem Neger ohne einen Versuch, es zu verhindern, zur Seite schieben ließ, darüber konnten sich die Leute, die zu den Bewunderern des Negers gehörten, gar nicht genug die Köpfe zerstoßen, denn da es sich hier um Delikatessen der Unterhaltung handelte, so beriet man sich im Flüsterton und mit zusammengeschobenen Köpfen über den Tischen. Man watete, um die Grundfische zu finden, in einem Morast, und je heftiger man im schlüpfrigen Boden planschte, desto trüber wurde das Wässerlein. Aber Tatsache ist, daß der Melkknecht, als er Metas hohen Ehrgeiz auf den Neger gerichtet sah, kein Wort an sie verlor und auch keins wieder an sie richtete. Es war bekannt geworden, daß der schwarze Jüngling zunächst allen »Damen« der Stadt abgesagt hatte. Dafür aber, daß seine endliche Herablassung Metas Werk war, mußte man ihr am Ende den Triumphzug gönnen, zu dem sie sich eines Mittags im Sonnenschein eines klaren Tages draußen an den ersten Häusern mit der fürstlich stolzierenden Schwarzhaut vereinigte. Ihr Auftritt gab seinem Hahnentritt nichts nach. Die Leute kamen von den Arbeitsstätten und gingen zum Mittagessen, wer weiß, was sie dachten. Im Volk nennt man die Geliebte eines Menschen »sin Brut«. Das geht so hin. Ob die Leute, wenn sie Meta nun unter sich die »Negerbraut« nannten, nicht doch ein geheimes Weh, einem beginnenden leisen Zahnweh vergleichbar, fühlten? Seespeck war kein Zeuge dieses Einzugs und machte erst hinterher seine Glossen. Aber Vater Kobabe kam des Wegs, der dienstbare Vater Kobabe, der in allem, worin sich seine Kinder vergingen, einen verzeihlichen Grund sah. Die Leute, die ihn kannten, zweifelten einen Augenblick, ob er geschmeichelt den vornehmen Gruß des Negers empfangen oder gar beschämt und linkisch dankend seiner Herrlichkeit durch Anrede obendrein Molest machen würde. »Freie Liebe« ist ein so nobles Wort geworden wie »Braut«. Aber Vater Kobabe sah sich plötzlich vor einer Zeitwende wie ein Igel vor einem Fuchs; er machte ein fatales Gesicht, es rollte sich ihm eine stachelige Rückständigkeit im Leibe zusammen und kehrte ihre Spitzen gegen jeden Fortschritt, der so aussah. Vielleicht mochten seine für die Zukunft plötzlich geschärften Ohren das Geschrei von unehelichen Bastardkindern unter seinem Dache voraushören, bei dem ihm dann das Wohnen im Hause ferner nicht zu ermäckern deuchte, einerlei, er ging hin und schlug seiner Tochter brutal ins Gesicht. Er zitterte und schwankte auf den Füßen, aber er hätte sie weitergeschlagen, so lange sie noch als seine Tochter kenntlich gewesen wäre, wenn nicht Leute dazwischengesprungen wären. Er rührte auch keinen Finger dagegen, daß sie ihm davonging, und ließ die Kaution verfallen. Übrigens hatte er mit diesem Faustschlage den schwarzen Klecks in der Bleistiftzeichnung der Stadt zugleich ausgelöscht. Der Neger zog seine Reisehandschuhe an und überführte seine vielbegehrte Männlichkeit in Städte ohne rabiate Väter.

Dies alles ging ja wohl Seespeck wenig an, aber doch so viel, daß er ein paarmal aus seinem Abwarten in ein Verwundern verfiel, wobei er auf seinem Stuhl sitzend die Augbrauen hochzog und mit weit offenen Augen wie erblindet in ein Nichts hineinsah. Wo sollte er abbleiben, wenn Neger, Melkknechte, Ochsenhändler, Zollamtsassistenten und noch andere Menschen, die nicht beschrieben sind, ihm ungestraft so über den Weg laufen durften? Daß der Zöllner zu den andern gehörte, war geräuschlos offenbar geworden. Kein Vorfall hatte seine Stimme anstrengen müssen, keine Kanonen hatten geknallt. Nur der Zollamtskandidat selbst, dessen eigene Meinung Seespeck so lange seiner täuschenden Belanglosigkeit überlassen, hatte von dem Fräulein Posthalter gesprochen, wie man mit der Uhr in der Hand beiläufig vom Mondaufgang redet. Sie stand für ihn im Kalender, das war sein Geheimnis, sie war ihm eine Naturnotwendigkeit, und das schlug durch seine Korrektheit für Seespecks Augen hindurch, ohne daß er es wußte oder verbergen konnte, er war, ohne etwas zu verraten, durchlässig. Und da der Kalender gewöhnlich recht behält, so ließ er das Erlebnis wie ein kleines Erdbeben auf sein Gemüt einwirken, ganz für sich allein, denn für die andern war es nur ein Mondaufgang. Etwas mußte zwar nicht ganz in Ordnung sein, entweder war er oder die Frauen mißraten, soviel erkannte er, ohne darin zu einer Entscheidung zu kommen, wenn er auch einsah, daß er zu diesen Frauen nun einmal nicht zu gehören schien.

Am Geburtstage des Kaisers fiel die Entscheidung. Seespeck holte sich im Schnee der Heide nasse Füße, während die Teilnehmer des Kaiserdiners im Roland tafelten und toasteten. Der Zusammenstoß Dr. Besters mit seinem Herrn Kollegen hatte die Stimmung blank und scharf gemacht. Man wußte, daß ein ausgiebiger Kugelwechsel dem Wortwechsel folgen würde. Wagen und Riskieren lag fühlbar in der Luft, und so schien es gar nicht so ausfällig, wenn der Posthalter auf des Zollamtskandidaten Frage nach dem Befinden des Fräulein Tochter seine Antwort zur Frage machte: ob er sie etwa *auch* heiraten wolle. Der Jüngling antwortete prompt: Ja, gewiß wolle er das, worauf der Posthalter ihm auf die Reserve-Uniform-Epaulette tippte und seinen Baß aus einer tieferen Höhle aufholte. Ob er den Frack bei der Hochzeit anbehalten wollte, fragte der Baß, und der frischgebackene Leutnant schoß mit einer tüchtigen Tabakswolke die Antwort wie aus der Kanone: daß die Kleiderfrage eine Frage zweiten Ranges wäre, er wäre zufrieden, wenn sie sich hiermit über die Hauptsache einig wären – und wiederholte seine frühere Frage. Darauf wendete der Posthalter seinen Stuhl in der Tischfront halb rechts, ließ wie meistens das wedelnde braune Schwänzlein vom Wortgemenge umschwanken, machte Kätzchenspiel mit den Händen, wobei die Ellbogen auf Tischtuch und Stuhllehne stauchten, und sagte verwunderlich flink und helltönig: er, der Herr Zollamtskandidat, könne sich ja mal eigenhändig erkundigen, er hätte nichts dagegen, wenn er ihm, dem Posthalter, die Mühe ersparte. Und seine Augen machten offenbar mit Blicken seiner Tochter den frischen, gesunden Burschen dingfest, der so frei war, das Herz auf dem rechten Fleck zu tragen.

Bei Tagesanbruch schossen sich die Herren Doktoren mit ihren Herren Stellvertretern oder Assistenten als Sekundanten in der Heide. Aber der alte, schwerverwundete Beleidiger überlebte den jungen Beleidigten doch noch um ein gutes Dutzend Jahre. Eine Butterfrau vom Lande aber, die einen Arzt rufen sollte, lief an diesem Morgen von Pontius zu Pilatus und stellte schließlich Frau Dr. Bester darüber zur Rede, daß in der ganzen Welt kein einziger Arzt zu finden sei. Aber der Zollamtskandidat schrieb sein Brieflein an die Posthalterstochter und erklärte ihr darin, daß er Uniform und Leutnantsrang, wenn die Frage vielleicht einmal beantwortet werden müsse, geringer achte als den Rang als ihr Ehemann, worauf sie ihn umgehend avancieren ließ. Niemand war glücklicher als der Leutnant, der, wie er später spaßte, zugleich Hauptmann geworden und dennoch Leutnant geblieben sei, der erste aktiv, der zweite in der Reserve.

Was Seespeck in dieser und der folgenden Zeit trieb, steht mit andern Eigennamen und Jahreszeiten zu scheinbar neuen Erlebnissen durcheinandergerührt auf den vorangegangenen Seiten. Er durchschwärmte fernerhin seine Zeit und durchwanderte seine Wohnstube in Diagonalen, Achten und anderen Schwüngen von seiner Erfindung. Er hörte nicht auf, die Sonne im Osten für ein anderes Wesen als die im Westen zu halten und die des verflossenen Jahres für eine mythische Vorstellung seiner gläubigen Seele. Er war froh und dankbar, trotz düsterer Zeiten. Das Jenseits wurde ihm zum historischen Ort und der Strom zum Symbol. Wobei er immer im Auge behielt, daß man eben mit Worten seine Gefühle ausmünzt, und bereit war, alle Symbole fahren zu lassen, wenn er etwas Besseres als Worte finden sollte, um Empfangenes zum Eigentum zu machen. Oft dachte er: Musik müsse dies Bessere sein, aber er verwechselte so hartnäckig Neigung mit Absicht, ließ sich vom Stecken des Zufalls so gerne weiden, daß er, später wie es für seine Jahre war, allzu selten zum Genuß guter Musik gelangte. ›Vielleicht‹, dachte er manchmal, ›bin ich nur mir selbst, ist mir nur mein Ich beschieden, aber dann wäre es doch vonnöten, daß ich jemand anderm zu Handen käme, sonst könnte ich es auf die Dauer nicht vertragen.‹ Als ihm sein Bruder eröffnete, daß sein Geld mit nächstem verbraucht wäre, war er fast froh und sah sich nach einer passenden Beschäftigung um. Das war im dritten Jahr seines Wedeler Aufenthalts.

Kapitel 5

Dem Fischer Seespeck war das Liegen auf der Bärenhaut einer allgemeinen Getrostheit lieb und wert. Die Wedeler Geschäfte seines Bruders hatten aber die Eigenheit, ihm diese Bärenhaut zu verleiden. Er bekam schlaflose Nächte und ließ es sich sehr verdrießen, daß eine Jugend wie die ihre so schön gemeinsam, die zunehmenden Jahre aber so einsam und unersprießlich für den einzig-geliebten Bruder werden sollten. Indessen scheuchten ihn solche Gedanken nur zuweilen auf; als aber das redlich gepflegte Vermögen endlich doch verzehrt war, ließ er die Zeit für einen tüchtigen Schritt zugunsten seines Bruders sich erfüllen und erging sich mit seinem Nachbarn, dem alten Zimmermann, in einer halbstündigen Unterhaltung über alte und neue Dinge in dessen Leben. Nach kurzer und ausschöpfender Tätigkeit an diesem wahren Brunnen von Erfahrungen wußte er genug und berief seinen Bruder zu einer Zusammenkunft in Hamburg, zu einem tüchtigen Zungen- und Magenwerk, das sie bis tief in die Nacht wach erhielt und sie – wie üblich bei den Seespecks – wieder tief in die äußersten Jugendjahre heimlockte. Eigentlich hatte Fischer Seespeck dabei das Gefühl, daß etwas Wichtiges versäumt würde, aber schließlich meinte er, zu Anfang der Unterhaltung das Menschenmögliche an der Schmiedung neuer und vernünftiger Lebenspläne seines Bruders beigebracht zu haben. Sie gingen in vollem Sturm der Herzen und Lippen zu Bett, aber als Fischer Seespeck, wie befohlen, zu früher Bahnstunde geweckt wurde, fand er sich in so mißlicher Verfassung, daß er vorzog, ohne seinen Bruder zu wecken, leise das Zimmer zu verlassen. Er bezahlte die Kosten der Nacht und überraschte den Kellner mit einem außergewöhnlich hohen Trinkgeld, mit dessen Darreichung er als Erklärung die Bitte verband, man möge seinem »kleinen Bruder«, dem einmal etwas Menschliches geschehen sei und den er zum Ausschlafen ins trockene Bett gelegt hätte, ganz gewiß nichts merken lassen. So entzog er sich in diesem Hause, wo er bekannt war, einem geringen Übel von Nachrede und besorgte seinem Bruder, der nie wieder herkommen würde, als er zu später Stunde aufstand, einen etwas vertrackten Abgang, da er sich über die fatale Dienstzudringlichkeit des Personals nicht genug wundern konnte. ›Wie einen Heiligen bei Weggang aus einem Bordell, so verspotten sie mich mit ihren Komplimenten‹, dachte er. Und dann stand er auf der Straße.

Er folgte dem Rat seines Bruders und trat mit einer Gewehrfabrik in Verbindung, für die er im Lande hin und her Holz aufkaufte. Daneben machte er andre Geschäfte auf eigene Faust. Bei diesen Geschäften war er freilich meistens nicht derjenige, der sich ins Fäustchen lachen durfte, und ließ sich nicht selten durch das Drum und Dran der Dinge zu schlecht überlegten Händeln bestimmen. Wenn er sich aber zu Dingen hergab, so wußte er auch, wenn er wollte, eine gewisse Tüchtigkeit aufzubringen, und darum schlängelte er sich so leidlich durch einige Jahre hindurch, kaufte sein Eschenholz für die Gewehrkolben und diesen oder jenen kleinen Föhrenbestand für Kistenfabriken, manchen Schlag Nutzholz für Möbeltischler und Sägewerke. Seine Wohnung hatte er in einem Berliner Vorort, zwei Zimmer, dunkel und lang wie ein paar Särge, aber in diesem Doppelgrab fühlte er sich an manchen Tagen, wenn er verschnaufte, wohl bestattet, abgeschlossen wie vormals in dem Wedeler Maschinenladen. Hätte er ein Grabkreuz über sich gewußt – so war ihm oft zu Sinne –, wollte er darauf gemalt wissen: »Hier ruht in Frieden Seespecks Doppelgänger.« Und in der Tat kam ihm sein ganzes Dasein oftmals wie ein einziges Doppelgehen seines unbekannt wo weilenden Selbst vor. Aber das waren nun schon keine Grübeleien mehr, sondern wie ein Wiegen und Schaukeln seines Herzens und Gefühls in zwei prüfenden Händen, die es vorsichtig von einer zur andern gleiten ließen, leise wogen und wendeten und in Sachtheit wieder bargen. ›Klug werden langweilt‹, dachte er, ›dumm bleiben ist auch eine Kunst, wenn es richtig gemacht sein soll.‹ Verse zu schreiben hatte er ganz verworfen, dafür fanden sich in seinen Notizbüchern neben Raum- und Festmeterrechnungen zuweilen einige Seiten mit Versuchen, die »Ersparnisse seiner Augen« zu sichern, wie er Erinnerungen an irgendwelche fast beiläufigen Dinge nannte; aber es waren weder Handlungen noch Gedanken. Ihm schien, es wären Schatten von ihm selbst, dem eigentlichen Seespeck, und doch waren es nichts als Stücke dieser Erde, als Teile eines Weltwinkels, ein Stück Sein, vom Sein des Ganzen, das er so besaß, als ob er es selbst wäre.

An einem Herbstabend fand er sich allein im Eisenbahnwagen auf der Fahrt durchs Mecklen-
burgische, als ein Herr einstieg und, bevor er sich niederließ, eine Anzahl Papiere aus der Tasche
zog und in den Gepäcknetzen verteilte. Seespeck sah ihm zu und dachte grade, daß ein Staats-
stürzer bei Verbreitung revolutionärer Aufrufe vielleicht genau so bürgerbieder dreinschauen
möchte wie sein Reisegefährte, denn, wollte er weiterspinnen – das ist ja grade das Prickelnde
an der Natur, daß sie in den Erscheinungen keineswegs Plakate ihrer Veranstaltungen gibt, sogar
oft Verhüllungen und Irreführungen –, als er schon eins der dünnen Hefte in seinen Händen
fühlte. Es waren Geschäftsanzeigen des Herrn Schneidermeister Lampe aus Rostock, hübsch
mit Abbildungen und mit allerlei Verheißungen ausgestattet. Herr Lampe war ein gutes Haus,
das konnte man aus seinem Prospekt entnehmen, daß er aber darüber hinaus etwas war, fiel Seespeck während der abendlichen Unterhaltung gewissermaßen in Intervallen der Überraschung
auf. Von Stück zu Stück ließen sich die Strecken zwischen den einzelnen Stationen die Räder
über den Rücken rollen; schienen bald schiebend zu fördern, bald wölbend zu hindern, und
von einer Station eines angenehmen Aufhorchens kam Seespeck zur andern einer Befriedigung
über die ergiebige Langsamkeit der Fahrt. Herr Lampe kannte Seespeck. Nicht etwa mit Namen oder von Angesicht, sondern aus einem Wissen, das sich beliebig belehrt aus zuverlässigen
Nachschlagebüchern irgendwo im Kontor seines Geistes. Da war über Menschen wie Seespeck
Material in Hülle und Fülle, er wußte natürlich, daß Seespeck reiste, aber er wußte auch, daß
er auf seiner Landstraße nach eigener Art vorwärtskam und auf der allgemeinen Heerstraße ein
Fremdling war. Seine Fragen waren alle so gestellt, daß Seespeck nicht nötig hatte – wie sonst
wohl oft bei gelegentlichen Gesprächen – eine Lüge zu sagen, um nur mit keiner Wahrheit
Verwirrung zu erregen. Nein, Herr Lampe langte mit gelassenem Griff nach seinem Puls und
informierte sich über die Zustände seines Patienten, wie man sich im leichten Geplauder über
gemeinsame Bekannte auf dem Laufenden hält. Er selbst reiste in Geschäften auf die Güter und
in die kleinen Städte des Landes, seine Kunden wußte er zu erwischen, wenn er schon halbwegs
erwartet war, und mit Pferd und Wagen erweiterte er die Maschen seines Netzes über dasjeni-
ge der Eisenbahn hinaus. Während sie über viele Dinge redeten, mußte Seespeck sich fragen,
warum sich die Unterhaltung überhaupt lohne, denn was sie sich zu sagen hatten, war von
geringer Wichtigkeit. Schließlich fand er, sein Gefallen an Lampe entspränge aus dem sonderbaren Gemisch von Fremd- und Bekanntsein, aus dem gelinden lächerlichen Ärger über diesen
gutmütigen Spott einer Schicksalslaune, die von ungefähr zwei Menschen entdecken läßt, daß
sie, ohne verwandt zu sein, doch fatale und intime Familienerinnerungen gemeinsam haben. Es
schien, als wären sie, ohne grade Freunde zu sein, durch langjährigen Umgang aneinander ab-
geschliffen oder ineinander eingespielt. Über Holz wußte Herr Lampe viel zu sagen. Er konnte
darin für beschlagener gelten als Seespeck selbst und zählte ihm an den Fingern Hofbesitzer
und Erbpächter her, die es verlohnte zu besuchen. Ja, er lud ihn ein, diesen selben Abend mit
ihm auf die Klus zu fahren, wo er erwartet würde und wo Seespeck gleichfalls willkommen sein
müsse. Seespeck willigte ein. Hinter Doberan stiegen sie, angehaucht von aufgeregt rauschender
Kühle aus der doppelt finsteren Nacht hoher Baumwipfel, aus. Ein Mann stand bei seinen Pferden und gab auf eine Anrede Antwort in einem Ton, als sei Lampe eines von seinen guten und
klugen Tieren, mit dem es sich auf dem kameradschaftlichen Fuße umgehen ließe. Laternen
brannten und machten für Seespecks Augen die Dunkelheit umher raumlos und wesenslos, aber
der Nachtwind strömte von seiner Seite gleichmäßig auf sie ein und machte ihnen die Fahrt,
wie er in das Hufeklappern und Räderrollen drang, zu einer langgezogenen Bahn eines immer
gleichen Rhythmus durchs schweigende und hohle Unbekannte. Von einer Anhöhe aber sahen
sie, während vorher die Welt fürs Auge verschwunden schien, nun doch ihren Schleier wie
aus mattem Grau zwischen Himmel und Erde gehängt. Das war das Meer und ein Zipfelchen
davon das Haff. Zwischen beide hindurch senkte sich die Brücke des Dunkels, wurde schmal
und ergraute leicht und immer mehr wie überspült vom Grau des schleierhaften Neuen, das von
sich ein Raunen ausgehen ließ und einen Rhythmus absonderte, der sie mit ihrem eigenen in
einer bahnlosen Unendlichkeit aufsog. Im tiefen Sand entspannte sich der Trieb des Vorwärts-
kommens, und so versanken sie immer mehr im Breiten und Leichten. Nach einer für Seespeck

ebenso kurzen wie langen Weile hielten sie an und kamen zu Fuß von hinten an ein Haus, das sie in großer Entfernung von einem Dorfe auf dem steilen Ufer liegen sahen. Das war die Klus.

Es schien verlassen, Herr Lampe pochte vergebens, doch war die äußere Tür unverschlossen, und sie drangen ein und fanden rechter Hand vom Flur die dunkle Küche. Glücklicherweise hatten sie Streichhölzer in den Taschen und konnten die Stätte belichten, so brannten sie fleißig ein Hölzchen nach dem andern an, schachteten sich auch in den Keller hinein und fanden, wie Herr Lampe klagte: »Alles ausgeraubt!«

Aber ganz so schlimm war es ja nicht. Eine langstielige Bratpfanne war zurückgeblieben, und so fand sich auch eine Flasche Brennsprit. Seespeck, den das Abenteuer warm machte, ließ in der Bratpfanne einen Spritsee seine samtblauen Feuergewächse aufsprießen und seine gelben Glutzungen durstig in die Luft recken und lecken. Mit beiden Armen hielt er ihn sich weit vom Leibe und klomm auf Lampes Rat eine äußere überdachte Treppe zu den oberen Häuslichkeiten hinan, aber auch hier kam er nicht weiter als bis auf eine Art Vordiele, erhellte aber ein paar Wände mit einer Art von Phantasiemalerei, einem Gedankensalat in Kohle und Tusche, ohne Ehrfurcht vor der Gestalt und den Bedingungen des Raumes wie von einem Besessenen hingeschleudert, der, wie es durch Seespecks Kopf blitzte, in sich eine Glut in ein Gefäß bergen mochte, ähnlich wie die Bratpfanne mit dem Flammengewoge in seinen Händen. Er stieß mit dem Stiefel gegen die innere Tür und überließ es Herrn Lampe, vom Fuß der Treppe die dazu notwendige Aufforderung zur Übergabe der Festung an den unsichtbaren Verteidiger zu richten, denn die Treppe war für ihn in ihrer Steile und Dunkelheit ein verschlossenes Tor und aufgezogene Zugbrücke zu gleicher Zeit. Es war umsonst, und Seespeck wurde von siegreichem Schweigen zurückgeschlagen. So machte er mit seinem Brandpanier kehrt und stieg in aller Feierlichkeit der Vorsicht zu Herrn Lampe nieder.

Während sie nun im Dunkeln vor dem Hause hin- und hertraten, ward Seespeck das Geheimnis des Hauses enthüllt. Die Klus gehörte dem ›Doktor‹, vernahm er, der hier auszuruhen pflegte. Gewisse Tage der Woche seien unverbindlich für ihn und einige Freunde – wie Herr Lampe schlichtweg sagte – festgelegt, zum Beispiel der Sonnabend Abend wie heute, und so könne er sich wohl darüber beruhigen, daß niemand gekommen wäre, nicht aber darüber, daß Vorräte offenbar beiseite geschafft wären. Der Hausschlüssel fehlte, sowohl im Schloß wie an seinem Versteckplatz unterm Stein am Flaggenmast. Herr Lampe wußte dieser Gestaltung der Dinge gar keinen Sinn abzugewinnen. Er war hungrig und müde geworden, verwarf aber Seespecks Vorschlag, im Dorf Unterkunft zu suchen, mit einer wehleidigen Bestimmtheit. Der Doktor wünsche das nicht, erklärte er, ohne daß es Seespeck klar wurde, warum. So schlug er denn gradezu vor, einzubrechen und – ob der Doktor hierüber auch bestimmte Wünsche geäußert habe?

Aber bevor Herr Lampe sich auf eine Antwort besonnen hatte, bog die wahre, schwarze Mächtigkeit einer männlichen Gestalt um die Ecke und verharrte im Banne einer offenbaren Überraschtheit, ja, es bannte ihn sogar ein wenig rückwärts, und es schien Seespeck, wenn hier der schweigende Feind von vorher erschienen wäre, daß es ein Schattenfeind sein müsse, dem mit brennender Bratpfanne mit Erfolg begegnet werden könne. Aber als ob die schwarze Herrschaftlichkeit von hinten her Rückenstärkung gefunden, trat er plötzlich imponierend vor und fragte in gediegener aber völlig frei beherrschter Weltmännlichkeit nach dem Begehr der beiden andern. »Wir wollen zum Doktor«, antwortete Herr Lampe, »es ist doch der Tag und…« »Bitte folgen Sie mir, meine Herren« – damit und mit Gnädigkeit und Dienstfertigkeit zugleich lud der Fremde sie ein, ihm ins Haus zu folgen. Dem Klang seiner Sprache nach mußte es ein Österreicher sein, aber dabei war ein Posaunen-Erz in seiner Stimme, das Seespeck jede Versuchung zu solchen Bestimmungen überflüssig scheinen ließ.

Er stieg mit Entschuldigung vor ihnen die Treppe hinauf, oder vielmehr schien er sie mit seiner schweren Last unter sich hinabzustampfen. Er schloß die innere Tür auf und zündete eine Lampe an. Dann bog er die Schultern, die das Stübchen sprengen zu wollen schienen, mitsamt dem hängenden Haargestrüpp des Kopfes zu seinen Gästen nieder und erklärte, daß er seit einigen Tagen hier oben »arbeite« und – nun ja – es täte ihm leid, daß unten alles ausgeräumt worden, sie möchten es sich nur bequem machen, und forderte sie zum Sitzen auf. Es war Däubler, den Seespeck hier zum erstenmal sah. Er bemerkte nicht die greuliche Unordnung der Stube, er sah nur dies mondmilde Gesicht aus seiner Haarwolke scheinen, er bemerkte kaum die Schicksalsanklage einer lächerlichen Kleidung am Leibe eines Hünen, der im Katechismus über Hosen und Jacken ganz Ignorant schien – er spürte die Majestät dieses mächtigen Leibes wie aus Lumpen hervorscheinen, und wieder machte ihn eine Grandezza betroffen und belustigte ihn zugleich, weil sie ihm plötzlich von Unbehilflichkeit überschauert schien. Er fand nach wenig Worten, die Däubler über sein Leben in der Klus sagte, daß er sich unten zu wohnen gefürchtet und sich hier oben mitsamt Schreibpapieren, Trinkgeräten und allerlei Eßwaren und Rauchmitteln gradezu verkrochen hätte – heute abend hatte ihn ein Bedürfnis ins Dorf getrieben, und so waren die neuen Gäste des Doktors von Ungastlichkeit begrüßt worden.

Es war offenbar, daß Däubler in Herrn Lampes Vorstellung in nächster Nähe der Tanzbären stand; und gewiß: Däublers Augen bargen die Verschmitztheit eines Tieres, wenn er im Gespräch zuweilen Herrn Lampes Blicke kreuzte. So blickten Wildaugen, die dazu im Dschungel großer Städte geworden waren. Da waren die Flucht- und Furchtschnelle des Rehs, das Mißtrauen des Bibers, die Lichtlosigkeit im Auge der Ratte, die ihren Hunger im unterirdischen Nagen unsichtbar und unsagbar stillen muß.

Er nahm Herrn Lampes Auseinandersetzungen entgegen mit gesenktem Kopf, horchte mit höflich empfangender Miene, als spräche er: »Sie können sagen, was sie wollen, ich respektiere alles«, schien trinkgelddurstig auf jeden dieser Wortgroschen. Aber dann – ergriff er selbst das Wort wie ein Panier von Gottes Gnaden. Das steckte er zum weithin sichtbaren Wallen irgendwo auf eine Hügelkrone, weil er selbst, da es ihm diesen selben Abend danach war, Burgen aufführte, Mauern aushob und Altäre unterbaute. Alles vor den Augen der erstaunten beiden, die keineswegs auf ein solches Schauspiel gefaßt waren. Dazu legte er eine Anzahl unterirdische und überhimmlische Gänge an. Er schmiß seine Faust, die zart und klein war, und hämmerte einen Zauberschlag in die Luft, – und siehe, die Welt erstarrte, schrumpfte und gestaltete sich zum geometrischen Bilde, das balancierte er nun auf der flachen Hand, und weil es noch glühte vom Schrumpfprozeß, ließ er es zur Abkühlung zwischen Daumen und Zeigefinger seiner Rechten in der Luft stehen, und daran hinderten ihn nicht seine dunkelsäumigen Hemdwülste als völlig zeitwidrige Ausläufer aus den Ärmeln, noch seine zerrüttete Kragenzier. Er handhabte das Weltkristall zwischen seinen Fingerspitzen wie ein rohes Ei. Es ward leer geblasen und wieder voll gedeutet, und so ließ er sie die neue Welt seines Geistes mit Händen greifen.

Dies alles hatte aber Herrn Lampes Hunger nicht aus der Welt geschafft, wie sie nun einstweilen war, und Däubler war auf die mindeste Anregung zu jedem Nachgeben bereit. Er hatte den Schlüssel für die unteren Räume zur Hand und wandte nichts gegen die Plünderung seiner Klause ein, ja, er hätte selbst Hand angelegt, wenn ihm alles dieses nicht so unnützlich zu Gesicht gestanden hätte, daß Seespeck, in dem das Haushältertemperament gespornt war, aus einer Art Mitleid, aber auch, um ihn in irgendeiner Form für das Weltkristallexperiment zu entschädigen, alle solche Wagnisse zu unterlassen bat. Er fühlte, daß Däubler herzlich gern abstand. Unten wurde die Hängelampe angezündet und ein Feuer im Ofen entfacht, Kartoffeln überm Sprit gekocht und Speck und Schinken mit Eiern in der Bratpfanne zu einem Gericht zusammen zerschmolzen. Es dampfte gewaltig in dem feuchtkalten Hause, und der Weltanschauungs-Dichter und Prophet Däubler tafelte mit dem Schneider und dem Doppelgänger, der sein wahres Selbst nicht finden konnte, wie ein Gott im Inkognito mit Fuhrleuten eines Wirtshauses auf der allgemeinen Heerstraße des Lebens.

Und wie gern tafelte er! Wie er mit Fleisch umsprang, als gälte es das gelungene Experiment seiner Inkarnation vor der gesamten zweifelnden Wissenschaft! Wie behende er zur Schüssel griff und rechts und links nagte, knusperte, teilte und gebratene Materie durch den Zauber der Zähne zu Geist umschuf, denn Nehmen und Geben verstand sein Mund gleich gut. Wie sein Appetit löwenähnlich auf der Lauer lag, wie er die Tatzen dirigierte zum Empfangen und Erlangen! ›Er bereitet seinen Selbstmord durch Platzen vor‹, dachte Seespeck, mitten in Däublers

Sprüche hinein – ›aber er ist sorglos und schuldunbewußt, er schmaust sich durch die Zeit wie durch einen Schlaraffenbrei und steht doch bei allem hoch darüber, er befaßt sich mit dem Essen bloß aus Schicksal, aus Langerweile und Überdruß an der Zeit – ‹ denn Däubler gab etwas Großes über die Zeit aus seinem Munde, als Umwertung eines letzten fetten Happens – seine Zeit zu mindern und sie sich zu verekeln.

Und da er gesättigt war, senkte er sich rückwärts gegen die Lehne, faltete seine Hände überm Bauch und erklärte zum Schluß laut und deutlich, daß die Welt eine nicht zu billigende Veranstaltung wäre. Das sei nun schließlich so zu verstehen … und war drauf und dran, derweil Seespeck das Geschirr in die Küche trug, Herrn Lampe seine Offenbarungen zu entsiegeln, als draußen die Tür aufging und das Rauschen des Meeres verstärkt von dem Schnaufen aus der Brust eines hastig atmenden Menschen als der Doppelodem eines Sturmes hereindrang. Sie begrüßten den Doktor, und Seespeck sah einen bäurisch-kantigen, lutherhaften Kopf auf einem nicht eigentlich fetten, sondern mehr wie mit der Axt aus einem kurzen Klotz zugehauenen Körper. Er war prall und fest wie ein schmales Eichenfaß gebaut, und er erwirkte sich neben der knochenlosen Majestät Däublers beim ersten Anblick die Achtung vor einem Pulverfaß, ohne daß man freilich mit absoluter Gewißheit aussagen konnte, ob es grade gefüllt oder leer war. Und doch war seiner Erscheinung wie der Däublers eine Lächerlichkeit gesellt, als ob ein Affe hinter ihm stände und seine Grimassen zöge. Als er Seespeck die Hand gab, hatte dieser das Gefühl, eine tote, fette Kröte ergriffen zu haben, und ließ sie erschreckt fallen. Aber der Blick des Doktors machte ihn freudig bestürzt, das war hinter den Gläsern eines Kneifers hervor keine Prüfung, sondern eine beinahe einfältige Dankäußerung über sein Dasein gewesen, und er fühlte augenblicklich, daß er sich hier, ohne den Mund aufgemacht zu haben, ein Zutrauen zu einem Wert erzwungen hatte, über den er sich keine Gedanken machte. Herr Lampe, das sah er ebenso schnell, galt hier als subalterner Vertrauensmann. Man genierte sich gar nicht vor ihm, und doch saß er eigentlich am Musikantentisch. Er durfte fragen und sagen, was er wollte, aber man überging ihn dabei nach Laune gnadenlos, ohne ihn dadurch aus einer stillfrommen Zufriedenheit aufzustören. Seespeck mußte sich im Laufe des Abends oft darüber ärgern, daß er alles verschluckte, was ihm an Demütigungen geboten wurde, gleich als ob seine Gegenwart etwa der eines stubenreinen Hündchens gleichzuachten war.

Verhandelt ward zwischen Däubler und Doktor die ewige Frage von der Welt, wie sie wäre und wie sie sein müßte, aber wie sehr sie dabei ins Zeug gingen, so fuhren sie doch beide, wenn auch auf wilder See, gemeinsam in einem Boot mit schwerem Ballast und behüteten es beim Kreuzen auf der Stelle vor jeder Gefährdung. Vorwärts kamen sie dabei nicht, gingen aber auch nicht unter. Nach und nach aber entschwand die Frage über das Ziel, und eine andere über die Kommandogewalt an Bord tat sich auf. Der Doktor gehörte der revolutionären Partei an und hatte in Däubler einen zukünftigen Parteisekretär zu sehen geglaubt. Ihre Bekanntschaft war ziemlich frisch, und so war er über der Freude an der glänzenden Redekraft Däublers wie an seinem Prophetenzorn und seiner Umgestaltergeste allen weiteren Bedenken ausgewichen. Diese Bedenken überfielen ihn aber nun zu einer Zeit, wo er sie nicht mehr wirken lassen mochte. »Was wollen Sie eigentlich in der Welt?« rief er jetzt zornig, »Sie haben eine Schwungbrettnatur, statt sich ans Feste zu halten, nehmen Sie es zum Anlaß, ins Bodenlose zu stürzen, Verehrter! Es ist grade, als ob man Sie in der See baden sieht, Sie ersäufen Ihren fetten Leib im salzigen Überall, all Ihr Beschwören und Prophezeien ist das Erbrechen Ihres Individuums im Absoluten. Was reden Sie ewig von Inkarnation des Geistes – exkarnieren sollten Sie sich, das ist der wahre Sinn Ihres Lebens. Ihr Predigen ist ja Liturgie!« »Wollen Sie leugnen«, fuhr Däubler dagegen auf, »daß ich als Parteisekretär, wie er sein soll, nicht alle meine Knochen beiseite legen müßte?« In dem Doktor fing es an überzukochen. Er ging zum Klavier und winkte Herrn Lampe heran. Und Lampe spielte. Er spielte, während Däubler an den Nägeln nagte und der Doktor seinen Ärger durch die Nüstern abließ und durch die Ohren Beruhigung einsog. Seespeck wußte nicht, was er zu dem Spiel sagen sollte.

›Damit läßt sich nun ein Strudel im Kopfe eines solchen Menschen beschwören‹, dachte er etwas verwundert, augenscheinlich war der Doktor ins höhere Reich gehoben, ihn ergriff, was nicht zu verderben war, als Rhythmus, das, was sich von der Empfängnis des Stückes her über alle Zeiten erhalten hatte, wie Offenbarung selbst am Gassenhauer noch heute. Bald aber glaubte Seespeck zu merken, daß Lampe ein besserer Musiker war, als der er sich gab. Sicherlich bequemte er sich dem niedrigen musikalischen Niveau des Doktors an und ließ ihn sich nach Vermögen am billigsten Kram erlaben. Seespeck mußte an seine Vorstellungen denken, mit denen er Lampe bei Verteilung seiner Drucksachen im Bahnwagen zugeschaut hatte. Daß ihm der Vergleich mit einem politischen Wühler und Schürer überhaupt gekommen war, schien anzudeuten, daß ein Inneres seines Wesens doch wohl aus irgendeinem Fenster in dieser hausbackenen Schneiderfassade herausschaue. Nach und nach schien nun aber Lampe des Doktors überdrüssig zu werden, wie eben ein Erwachsener wohl eine Zeitlang mit einem Kinde spielt, dann aber seinen wichtigeren Geschäften nachgeht. So ward sein Spiel zum Ernst, und Seespeck argwöhnte – fast zum Spott. Er machte seine Türen auf, lüftete allerlei Vorhänge und ließ wie ganz nebenbei polierte Ecken und noble Stücke seines musikalischen Hausrats hervorscheinen, aber mit einer Miene, als wollte er sagen: »Ihr Schafsköpfe wißt ja nicht einmal, was das bedeutet.« – Seespeck, in seinen Zweifeln, ob er recht höre, suchte mit den Augen Däublers Bestätigung, aber Däubler kaute noch immer an seinen Nägeln und war damit vollauf in Anspruch genommen.

»Nun hören Sie lieber auf«, sagte schließlich der Doktor, »nun wird das Wasser trübe«, und Lampe brach mitten im Spiele ab, zufrieden auch mit diesem Peitschenhieb. Er gestand dem Doktor, daß Seespeck eigentlich zu Geschäften mitgekommen sei – und der Doktor fiel in ein ausdauerndes Lachen über diesen Streich, denn seine paar Bäume, belehrte er Seespeck, müsse er stehlen, wenn er sie haben wollte, zu handeln gäbe es nichts, worauf Lampe den Namen eines Herrn Magnus Wiedewald aufwarf, den man morgen früh besuchen könne, mit ihm werde es sich handeln lassen. Wie Seespeck weiter erfuhr, war der junge Wiedewald der Schöpfer der Malereien im Oberstock, eine von des Doktors Kreaturen. So hatte nämlich der alte Vater Magnus geurteilt und damit den unheilvollen Einfluß des Doktors auf seinen Sohn bitter getadelt. Jetzt war der Junge längst, wie er meinte, so weit auf der abschüssigen Bahn gekommen, daß an kein Halten und Retten zu denken sei, ein Mischmasch von Maler, Bildhauer und Schriftsteller – nichts Rechtes und nichts Ganzes. Däubler kaute immer noch an seinen Nägeln, aber es schien doch, als ob sein Verdruß mehr durch die Bitterkeit der Nägel als von früheren Kränkungen gespeist würde.

Dann begann er plötzlich, sehr schön über Malerei zu reden, und dabei beobachtete Seespeck sein Gesicht, dem bei aller Milde wie dem Mond Krater und Klüfte nicht erspart waren. Über den Augen herrschte eine wahrhaft felsige Stirn, und den weichen Mund unterbaute ein bartbewucherter Quaderblock von Kinn. Das Merkwürdigste an ihm war aber der Stern, der ihm mitten im Gesicht stand, wie ein schwer erkennbarer Schlüssel zu dem Geheimnis dieser Natur. Die oberen Zacken dieses Sterns zogen in schrägen Schwüngen der Augbrauen und kreuzten sich über dem Nasenrücken unter der Stirn und verliefen zu unteren Zacken als Falten zwischen Nase und Backen im umgekehrten Sinn des oberen Schwunges am Bart. Und der Bart im Verein mit dem Haargewüst schien nur dies bedeutende Menschengesicht mit dem Stempel des Himmlischen von der Umwelt durch einen mächtigen Raum feierlich scheiden zu sollen.

»Sie müssen aber doch«, sagte der Doktor, nachdem Däubler geendet hatte, »Sie müssen aber doch einen Broterwerb haben!« »Ich?« fragte Däubler zurück, Lampe aber, halb hergewandt, tupfte mit dem Zeigefinger der Rechten ein paar Noten her, die klangen durch den kleinen Raum wie hoffnungslose Herztöne. »Ja, natürlich«, bestand der Doktor, »Sie wollen doch leben – und irgend etwas muß man dazu schon tun.« Däubler ließ seinen Kopf auf den sehr schrägen Abhang seiner Brust sinken, wie es Seespeck schien, hätte er ihn am liebsten auf die Wölbung des Bauches rollen lassen. Sein rechter Arm hängte sich über den Sattel der Sofalehne, und sein ganzer Oberleib schien sich in der Kluft und Geborgenheit dieses Sitzes für ewig zu verstauen. Er schwieg mit Würde. »Nicht?« fragte der Doktor hart. »Womit erwerben? Was soll man tun?« verstand sich endlich Däubler gegenzufragen, und als der Doktor gesagt hatte: »Nun, ich habe Ihnen doch Anträge gemacht«, tat er den wahrhaft monumentalen Vorschlag, er wolle ihm sein Epos, soweit es fertiggestellt, beiläufig erst fünfzehntausend Verse, vorlesen. »Das würde Ihnen nichts einbringen und mir zu viel Zeit kosten«, wehrte der Doktor ab, rückte dann näher und wollte derselben Angelegenheit von andrer Seite einen Anstoß geben. Aber Däubler wehrte ab. »Wollen Sie es verantworten, wenn es überhaupt nicht beendet wird?« Er meinte das Epos. Und fuhr auf des Doktors erstauntes »Wieso? – warum?« fort: »Ich habe geglaubt, Sie hätten mir diese Stätte«, er stieß die Locken in der Richtung des oberen Zimmers in die Luft – »zum Schaffen angeboten, denn vor allem – das stelle ich hiermit vor sämtlichen Anwesenden fest, hat das Werk zu gedeihen. Von allem andern will ich nichts wissen.« Nun entstand eine Pause. Lampes Finger irrten immer noch über die Tasten. In drei Tönen, in immer dem gleichen Schritt humpelte ein Mensch über Steine, über immer die gleichen Steine, die niemals ein Ende nehmen würden. »Ich –« sagte Däubler, brach ab und sah streng in die leere Sofaecke zur Linken. Seespecks Herz klopfte, denn er ahnte den verzweifelten Sinn der unterdrückten Sätze. Man hörte aber nur als leises Getröpfel auf den Erguß eines Fasses voll Anklagen ins Leere – die Worte: »kann nicht mehr.« »Aber was hat das alles mit dem Zimmer oben zu tun«, fing nach einiger Zeit der Doktor wieder an. »Arbeiten Sie nur, aber essen Sie nicht zu viel, Sie sollen sich ja nicht gerade in die Form eines schönen Jünglings werfen, das steht Ihnen doch nicht. Kommen Sie morgen mal in die Stadt, ich muß Sie untersuchen, Sie werden krank, hier oben allein.« Er sah seinen Gast von der Seite an und bemerkte zu seiner Zufriedenheit, daß er ein wenig gerückt war, um einen lockeren Sitz zu gewinnen, als hätte er es nun nicht mehr nötig, diesen Zufluchtsort zur Barrikade zu machen. Hier fiel Seespeck etwas ein, das er etwa so in Worten ausgedrückt haben würde: »Wir sollten ihn nicht ganz wie unseresgleichen behandeln, nicht mit seinen Unerträglichkeiten rechten, die klaffen, wo überall seine Hoheit und Niedrigkeit nicht schließt, wo seine Verkleidung seiner Prinzlichkeit eine Blöße gibt oder sein Geist seinen Leib zur Unform verzerrt.« Der Doktor klarte in seiner Seele sichtlich auf. Es war nicht zu verwundern, daß beide, er und Seespeck, beim höhnischen Lampenlicht ihre Gedanken über Däublers Äußeres hatten. »So wie Sie tun«, fing er an, halb zu strafen, halb zu preisen, »wie Sie sich in Fett vertun, in Muskeln verwahrlosen, machen Sie Ihre Verkleidung als Mensch lächerlich. Er ist wahrhaftig nicht von hier«, wandte er sich an Seespeck, »zu Hause hängen die herrlichsten Röcke und warten, daß er ihnen zuruft: macht mich zur Gestalt in Ehren, umwandelt mich mit dem Glanz meiner Natürlichkeit, laßt mich scheinen, was ich bin. Dann schnippst er mit dem Finger, und sein Leib wird zum Aas, schnippst abermals – und umflügelt sich mit dem Gesaus von Strahl-Falten, gestaltet sich zum Turm in Winden und schüttelt sein Haupt, daß die Locken wie Glocken schallen.«

Lampe war inzwischen im stillen vom Klavier an die Herstellung eines heißen Getränks gegangen, wozu er die trockenen und festen Notwendigkeiten aus allen möglichen Verstecken zusammenklaubte.

»Wissen Sie noch, Däubler«, fuhr der Doktor fort, »wie Sie in unserer letzten Kneipnacht in Wismar im Sturm vor dem Georgsturm standen und ihn anbrüllten: ›Du sollst den Hochturm in den Nordsturm recken...‹ und so weiter?« Däubler verbesserte: »Ich soll den Großturm in den Vollsturm recken. Es hat der Geist sein Gleichnis in der Form erkoren, nicht umsonst sind hohe Türme unsere Ideale, nicht umsonst gestalten wir ragende Schönheit, kantige Aufbäumung zu Ewigkeitssymbolen. ›Der Georgsturm‹, sagten Sie damals, ›sollte der Däublerturm heißen, der mit den breiten Schultern und dem kurzen Hals.‹ Das ist schon die Verklärung meiner Diesseitsgestalt, meine Vertürmung, möchte man sagen. Nicht umsonst gibt es Türme, die wie der von Pisa bei aller Schwere und Wucht wie niedergeschwebt, wie Erscheinungen wirken, die leise knirschend mit steinernen Zehen den Erdboden berühren und heiligen.«

»Schließlich wird dann der Däublerturm zum Däubler?« setzte der Doktor in Spaß oder Spott um, was Däublers heiliger Ernst gewesen.

›Ach Gott‹, dachte Seespeck, ›hier ist also der Ausrichter einer letzten Erhöhung ein Verspotteter. Aufrichter, Aufrecker, Hochstrecker, Turmweiser, – ein nicht ernst genommenes Ungetüm.‹ – »Hören Sie«, sagte der Doktor nach dem ersten Punsch zu Lampe, »das Getränk ist gut, aber nehmen Sie morgen Maß zu einem Anzug für Däubler, verstehen Sie, einen, worin er

Platz hat. Daß Sie Ihre Freunde so aussuchen, weil Ihnen ihre abgelegten Anzüge passen werden, kann Ihnen niemand nachsagen«, sagte er zu Däubler, »bei mir stimmt es gewiß nicht.«
Und so mußte Däubler den neuen Anzug mit Stillschweigen zu einer Phantasie des Doktors
bezahlen, in der sein langer Leib in des Doktors kurzer Kleidung von einer Leidensstation der
Lächerlichkeit zur andern geführt wurde, bis er am Ende gekreuzigt ward.

Es wehte stärker, und die See machte ihnen allen dreien Ohrensausen, ein Ohrensausen mit
spürbaren Pulsschlägen von brechenden Wellen. Däubler wollte vorm Schlafengehen einen Augenblick ans Ufer und fragte Seespeck, ob es ihm auch beliebe. So gingen sie beide hinaus, aber
der Wind stopfte ihnen die Worte, die sie zu sprechen gedachten, in die Kehlen zurück, aber
er stürzte sich auf Däublers Haupthaar und spielte es zur Flamme empor, so sah er einem Zau-
bermeister gleich, auf dessen Haupt der schwarze Geist als Phantom sichtbarlich spukte. Als sie
zurückkamen, waren die Gläser schon abgeräumt, der Doktor in seiner Kammer, Lampe barg
sich aufs Sofa und riet Seespeck, die Matratze, die er ihm verschafft hatte, vor den Ofen zu legen.
Däubler wandelte über ihnen hin und her, und Seespeck legte von Zeit zu Zeit eine Kohle ins
Feuer. So durchwachte er den größten Teil der Nacht, nicht ohne im geheimen recht herzhaft zu
lachen, denn das stürmische Schnarchen des Doktors nebenan schien mit Lampes Schlaflauten
im Duett einen gravitätischen Ernst ohne Sinn und Verstand zu verhandeln; sie parlamentierten
friedlich miteinander und durcheinander in Schnarch- und Knurr-, Japp- und Schmatzlauten
und schienen höchst zufrieden, jeder mit seiner und des andern unergründlicher Geistlosigkeit
eine so schöne Unterhaltung in eine gedankenlose Ewigkeit hinein spinnen zu wollen. Aus der
Doktorkammer klang von Zeit zu Zeit wie Ausströmen tiefer Selbstbewunderung ein weicher,
sanfter Fragelaut, nicht lauter als das bequeme Vorbeischwirren einer Fliege am Ohr, und aus
Lampes Brust sog sich die Antwort voll zu einer harzigen, verstandlosen Unverständlichkeit, die
ihren Ausweg aus Mund oder Nase nach unentschiedenen Versuchen an beiden Toren glücklich
vollführte. Wenn Seespeck die Ohren der Ofentüre näherbrachte, zog durch die schmalen Luft-
löcher ein scharfes Sausen, laut genug, um im Schwirren geschliffener Stahlflügel die Geräusche
seiner Schlafkameraden wie fliegende, wollige Säcke zu zerfetzen. Aber in die Höhlen der Pausen
hinein füllte sich immer wieder der Dröhnbaß des Meeres, und Seespeck dachte zufrieden: ›Da
habe ich endlich ein Stück oder mehr von meinem Doppelgänger gefunden‹ und dabei schien
ihm Däubler und das Meer ein Einziges zu sein.

Kapitel 6

Herr Wiedewald, den er mit Lampe am andern Tag besuchte, war erst am gleichen Morgen mit dem Dampfer aus der Stadt angelangt, und das Geschäft, das Herr Lampe ihm nahelegte, wickelte sich, weil es eben ein Geschäft war, in einem bequemen Schritt ab. Wenn man einmal Geschäfte macht, so geht man an manchen Ort und steht zu mancher Stunde gelassen herum, wo man sich sonst einer verdrießlichen Aufregung an Nichts bloß aus mangelnder Gelegenheit an beruhigender Annehmlichkeit überlassen hätte. So ging es Herrn Wiedewald mit seinem Wäldchen, in dem es einen ziemlich großen Posten Festmeter Weißeschen gab, die er Seespeck ohne viel Handeln verkaufte. Sie standen an der kühlen Luft und besprachen die verschiedenen Selbstverständlichkeiten mit einem Behagen, für das sie keinen Grund wußten. Herr Wiedewald ließ seinen grauen Bart zu seinen gewöhnlichen Worten wedeln und wackeln und gab ihnen damit einen Anflug von Leidenschaft. Das Beben dieses dünnhaarigen Geflockes schien von den Lippen niedergegeifert, und dieses Lippenzittern mußte wohl oder übel Worte von zelotischer Art erregt haben. So machte er den Eindruck eines Menschen voll von einer Verhaltenheit, die unter einem verborgenen Sporn zuckt. Sie gingen vor dem Wäldchen, während die Villa zur Linken am Abfall des Ufers liegen blieb, hin und her und sahen ziemlich hoch hinab aufs Haff. Es war nun alles so lang und breit gekaut, daß das Geschäftliche als verdaut gelten konnte, und doch hatte Herr Wiedewald ein Bedürfnis, das Narkotikum einer von eigener Unbeschäftigtheit ablenkenden Unterhaltung weiterzukosten. Ehe seine Besucher sich also verabschieden konnten, lud er sie ein, seinen Garten und seine Wasseranlage zu besehen, welche letztere in der Tat unter so überlegener Meisterung kleinster Vorteile einem ungünstigen Quellgebiet abgewonnen war, daß sie schon als ein Kunststück gelten konnte. Dieses Werk war Herrn Wiedewalds ganzer Stolz. Aber es kam noch besser, sie mußten auch ins Haus und dessen wohldurchdachten Plan bewundern. Besonders die Lage einer gewissen Örtlichkeit war ein Triumph, denn hier konnte man eines Weges kommen und des andern gehen, ohne je Gefahr zu laufen, dieses Ziels verdächtig zu werden oder sich seines Herkommens schämen zu müssen. Und so reihte sich ein Sieg der Vernunft an den andern, lauter Siege über die Natur und Natürlichkeit. Seespeck fielen beim Anblick der wertlosen Wandbilder die Malereien des jungen Wiedewald in der Klus ein. Hier war alles ausgewählt mit der Rücksicht auf den Winter, wo man sie an ihren Plätzen lassen konnte ohne Sorge um ihren Verlust bei Einbruch oder Feuer. So konnte man in die Winterwohnung übersiedeln und hatte sich doch keine lästigen Umstände aufzuladen. Die Familie des Herrn Wiedewald war übrigens schon abgängig, die Dienstboten dazu, und nur der Gärtner, der Wächter des Ganzen im Winter, stand dem Herrn bei seinen Abschiedssorgen zur Seite. Die Klus aber ward von niemandem erwähnt, denn sie und Villa Wiedewald waren sich gegenseitig Luft. Seespeck galt hier nur als Berliner Herr.

Es gibt Leute, die sich gewissermaßen selbst nicht ähnlich sehen, so einer schien Herr Wiedewald zu sein, und Seespeck mußte wiederholt an das Klavierspiel Lampes vom vorigen Abend denken, an dem sich anfänglich wenigstens irgendein Charakter nicht hatte spüren lassen. Er wartete also getrost auf eine Entpuppung auch seines Gastgebers, die mit der Lampes am Klavier wetteifern konnte. Aber kein Wolf wollte sich bequemen, aus diesem weiten, öden Wald herauszubellen, kein Fuchs ging um, kein Eichhorn äffte den Blick, kein Häherlachen kitzelte das Ohr, dieser Wiedewald war vor lauter Bäumen gar kein Wald. Er ging im eigenen Hause hin und her wie ein Jäger nach Bequemlichkeit und Abschätzer praktischer Rekorde, er spionierte bei sich selbst nach Wohlgelungenheiten eigener Mache, und Seespeck meinte sich in seinen zwei Särgen von Friedenau häuslicher fühlen zu dürfen als Herr Wiedewald in Villa Wiedewald. Konnte das ein Floß des Behagens sein, konnte man darauf als Alternder ans Ende seiner Zeit schwimmen und sichs wohlsein lassen? Das Geschäft war ihm auch bei Einrichtung des Hauses zielgebend gewesen, es sollte nach seinem Tode bequem verkauft werden; irgendein jedermann, jeder sozusagen mußte ein williger Käufer werden, dem der Kauf angeboten wurde, der aufdringliche Geschmack der faustdicken Bequemlichkeit war Architekt gewesen, der Bauherr Unternehmer einer Spekulation, für die er selbst und sein zukünftiges Nichtmehrsein den Grund und

Boden hergab. ›Was er wohl für eine Frau hat, und – was mag das für ein Maler- Schriftsteller von Sohn sein? dachte Seespeck.‹

Man war grade wieder im Umschreiten einer neuen Merkwürdigkeit der Villa, nämlich ihrer Turmseite und der anschließenden Grotten-Romantik begriffen, als der Gärtner Däubler heranführte, recht eigentlich einen neuen Däubler, einen, der im Zuge war, einmal Ernst mit etwas zu machen, einen Empörten auf der Flucht. Sein Köfferchen trug er in der Hand, ein Ding, dem man einen Plunder von Inhalt von weitem anzusehen glaubte, ein Ding wie nichts als Einbildung von Wert und Gewicht. Es konnte kaum fünfundzwanzig Pfund wiegen, und doch verkeuchte sein Träger fast daran, seine Kraftlosigkeit übergoß ihn mit Schweiß und Zittern, und zwei zierliche Hände, Hände, die das kristallisierte Weltall zwischen den Fingern drehten, wenn sie wollten, krampften sich mit Verzweiflungskraft und Glauben an dieses einzige Bündel Eigentum, dieses Stückchen Wert, das ihm die Welt von allen ihren Schätzen zugestanden hatte. Er zog, indem er Herrn Wiedewald respektvoll begrüßte, Seespeck beiseite. Dieser hatte das Gefühl, daß er nun zu einer Art von Koffer geworden, das einzige Menschenwesen, dem Däubler im Augenblick noch Treu und Glauben entgegenbringen konnte. »Seespeck«, flüsterte er, so außer Atem er war, doch im Besitz einer wahren Urkundlichkeit von Aussprache, »Seespeck, Kind Gottes, was soll man tun, was kann man machen?« Doch war *sein* Flüstern wie das scharfe Betonen eines andern, nur gelindert durch die Scheidewand einer Stubentür. So verstanden Herr Wiedewald und Lampe jedes Wort. Der Stern in Däublers Angesicht zitterte gleich Flammen und Zucken des Sirius. »Ich muß fort«, deutete er mit einer schwerfälligen Wendung des Koffers in der Richtung nach der Klus an. »Aber was ist geschehen?« fragte Seespeck, weil Däubler offenbar eine indiskrete Frage brauchte, um vor sich selbst keiner Indiskretion schuldig zu werden. Er machte aber zunächst allerhand Pfötchen und Mäulchen, als merke er bei sich selbst an, was für ein taktloser Mensch doch der Seespeck sei, um so direkt zu fragen – und Seespeck half seinem Drange weiter zu Luft und Sprache, indem er riet: »Ist etwas mit dem Doktor vorgefallen?« Das konnte Däubler nicht leugnen – »Ja« – er zog die gewaltigen Schultern noch höher und ließ den Koffer in beiden Händen vor seinem Bauch hängen – »ja«. Und dann, weil es einmal gesagt war, setzte er seine Last zu Boden und nahm die andere, die kosmisch-schwere Last, die Verschuldung des Doktors, in beide Hände, krallte sich daran fest und schüttelte sie vor Seespecks Augen unbarmherzig hin und her. Was war geschehen? Der Doktor hatte weiblichen Besuch aus der Stadt bekommen, mit demselben Dampfer, der auch Herrn Wiedewald gebracht. Diese Person hatte sich alsbald in Däublers Stübchen eingenistet, und der Doktor hatte das ganz in Ordnung gefunden, sich auch darum gar keine Gedanken darüber gemacht, weil Däubler, als er seine beiseite geschobenen Papiere sammelte, all seinen Aufbegehr hinter der gefälligsten Miene verschlossen hatte. Fräulein Gundel schien ihm wohlgesinnt zu sein, etwa wie man einem allerliebsten, langlockigen Pudel wohlwill. Seine Täppischkeit hatte sie entzückt, seine ironisch entgegenkommende Weitläufigkeit war ihr als Huldigung vor einer einflußreichen Beschützerin erschienen, sie hatte gemeint, was bei ihm Selbstverständlichkeit und Kinderstube eines guten Hauses war, müsse bei einem solchen Tanzbären aus Beflissenheit geschehen. Und so hatten sie sich beide verhängnisvoll mißverstanden. Daß er seine Siebensachen zusammenkramte, war ihr nicht aufgefallen, denn natürlich mußte er sich in ein anderes Örtchen des Hauses bequemen – und so war er, da der Doktor sich mit bloßen Füßen und in einem Philosophengewand am Meer erging, aus dem Hause entwichen, ohne andere als die betulichsten Gebärden zu zeigen oder seine Flucht überhaupt bemerken zu lassen, viel weniger sie zu begründen. »Die Gundel«, höhnte Däubler, und, im Erbarmen über solch einen Versager des Schöpfers erseufzend, goß er das Wort aus der hohen Stimmlage wie gebrauchtes Handwasser noch einmal aus. Seespeck war arg betreten, denn Däublers Furor schien kein Genüge daran finden zu wollen, die Schöne an den Haaren zu schleifen. Nein, auch der Doktor sollte seine Ohren in Däublers Fäusten lassen. Indem er also ansetzte, etwas Trennendes zwischen Däubler und sein Opfer zu schieben, war schon Herr Wiedewald herangetreten und lebhaft und verbindlich auf eine Beteiligung an dem Gespräch hingelenkt. Seespeck fühlte sogleich, daß Däubler von ihm losließ und sich an Herrn Wiedewald wie an einen neuen und besseren

Koffer anklammerte. Er lobte die Wandbilder seines Sohnes und sagte darüber viel Gescheites, tat einen ernsthaften Schmeichel an ein gut mundendes Gericht schöner Erklärungen, malte ein Däublersches Konterfei des Jungen, daß dem Alten zum ersten Male so etwas wie Abglanz vom Ruhme seines Namens widerfuhr. Er entdeckte einen ganz neuen Schein im Leben, den Geruch von einer fremden Pflanze. Als es sich herausstellte, daß Däubler demnächst in Berlin Aufenthalt nehmen würde, wenn auch auf der Fahrt nach Italien nur vorübergehend, bat er ihn dringend, doch seinen Sohn aufzusuchen, und erklärte, in seiner Einwirkung den besten Einfluß auf ein noch verworrenes Wollen vorauszusehen. »Er muß mit nach Italien gehen, und Sie müssen ihm die Winke zu seinem Nutzen nicht vorenthalten«, rief er aus, und Seespeck konnte die besänftigende Wirkung der neuen Würde auf Däublers Erregung leicht erkennen. Die Gundel hatte ihn zum Wallen gebracht, aber Herr Wiedewald goß Öl auf die Wogen. Er war in ein gestreicheltes, schnurrendes Riesenkätzchen verwandelt. Er hielt sich im Verfolg des Gesprächs ganz fern von allen Übersteigerungen und jedem Überschäumen, er schien, nein, er war ein Mensch wie ein anderer, besonders wie Herr Wiedewald. Der Priesterrock und die Prophetenseele schienen ins Köfferchen verschlossen, und alles bei ihm lehnte sich zufrieden und glücklich an diese Zeitgenossenschaft wie an eine Grundmauer für Zeit und Ewigkeit an. Kein Wort von fünfzehntausend Versen, keine Kristallisierung des Weltalls, kein Niederstampfen der Treppen im Wiedewaldschen Hause!

Im großen Zimmer mit dem Blick aufs Haff standen sie in ihren Mänteln bei offenen Türen zum Garten ungeniert am Büfett und nippten aus den kleinen Gläsern an dem Getränk, das Herr Wiedewald ihnen eingoß. Das Wasser war schaudergrau, und des Himmels feuchte Hadern hingen in allerlei Unformen hernieder, Däubler und Seespeck schauten hinaus und fingen eine gelinde Beschwörung aller grau-nordischen Stimmungsherrlichkeit miteinander an. Darüber nun schien der Däubler in Däubler wieder auferstanden, wenigstens begann er mit der Linken gewaltig teilend des Raumes phantastische Plastik in Schwüngen und Schnitten durch die Luft nachzuschöpfen. Mit gebogener Handkelle backte er grade oben und unten Himmelsweiten aneinander, als Herr Wiedewald mit der Flasche herantrat, da er wohl glauben mochte, daß jemand, der so hart arbeite, auch tüchtig trinken müsse. Im Einschenken lenkte er Däublers Aufmerksamkeit auf einen Farbendruck an der Wand und begehrte seinerseits von demselben Lob und Schmeichel, der ihm vorhin so gut mundete, ein Weiteres. Er schien zu glauben, daß alles Wiedewaldsche, ob Sohnes Kunst oder Vaters Wandbild, in Däublers Seele gleichmäßig widerhallen müßte. Es war ein Bild, so sauber wie es nur je aus einer Druckerei hervorgegangen war, hübsch sanft in der Farbe, aber saftig in einer verhehlten Lüsternheit und blühend vor Schmachten und Geziertheit, voll von der Begeisterung der Unreife für »Glück und Glanz«, eine großartige Wichtigtuerei mit halbflüggen Gemütszuständen schien sein Hauptgeschäft. Däubler wandte seine Augen darauf und schnitt eine Sichelfalte zwischen den Brauen ein, seine Nasenflügel begannen zu zittern, und die Fliege unter der Lippe sträubte sich. Er netzte die Lippen mit Likör und lugte von rechts und links um ein unsichtbares Hindernis, trat dann zurück, bog den Kopf nach hinten und ließ ausgereckten Armes das Bild im Raum auf der Außenfläche seiner linken Hand stehen. Als das alles den Schund nicht besserte, ließ er es unter ihr hängen, dann zielte er mit dem einen, dann mit dem andern Auge und schüttelte schließlich die Locken. »Das Licht ist nicht das rechte«, sagte er. »So?« fragte Herr Wiedewald, »es ist doch der beste Platz im Hause!« »Gewiß«, fiel Däubler ein, »aber der Raum verlangt kein Bild. Der Raum hat den ganzen Himmel in sich« – und dabei schob er einen Armvoll des Himmels ins Zimmer, »wer möchte hier noch ein Bild sehen!« »Na, na«, sagte Herr Wiedewald, »ich freue mich jedesmal darüber, wenn ich es sehe, muß ich sagen. Ist das Bild nicht sehr hübsch, so wie es ist?« Nun trat Seespeck ein wenig vor und wandte sich an Herrn Wiedewald: »Wissen Sie, was ich finde?« Er hatte eigentlich nur die Absicht, Däublern eine Pause zum Luftschöpfen zu verschaffen, aber ganz ungeboten sprang ihm ein schalkischer Kamerad im Geiste zu Hilfe. »Nun?« fragte Herr Wiedewald. »Ich hörte Herrn Däubler gestern abend äußern«, sagte Seespeck, »daß jedes Bild auf irgendeine Weise als ein Porträt des Hausherrn angesehen werden könne – stimmt das nicht?« wandte er sich an Däubler. »Ja, das stimmt«, schwor Lampe eifrig,

»das ist das Einzige, was ich von seinem ganzen Vortrag behalten habe.« Däubler kaute an seinem Bart und gestand ungnädig: »Eine billige Weisheit – sowas soll man über Nacht verschlafen.« »Einerlei«, fuhr Seespeck fort, »es stimmt und trifft zu: so geben die Wandbilder des jungen Herrn Wiedewald zwar nichts vom Porträtkopf, aber wohl vom Geiste des Dr. Welt, und so ist das mit dem Porträt ja wohl zu verstehen. Wo wären nun die Züge des Herrn Wiedewald in diesem Bild zu finden? Wenn ich so sagen dürfte, schiene es mir eher eine Karikatur auf Sie zu sein, Herr Wiedewald, oder noch besser: es ist ihr Abbild aus den – sagen wir: Knabenjahren. Sie waren einmal in gewissen Zeiten« – er wies auf das Bild – »in einem solchen Zustand. Das wahre Abbild von Ihnen aber ist Ihr Haus; so steckt nun eins im andern, das Bild im Haus wie das verpuppte Stück Pubertätszeit in Ihrer heutigen Persönlichkeit.« Herr Wiedewald war klug genug mitzulachen und Lampe beteuerte, daß er in seinen kritischen Jahren nicht viel anders gewesen sein könnte, überdies gefiele ihm das Bild auch noch. Däubler aber, der jetzt seinen Bart aus den Zähnen ließ, trat heran und fegte mit dem Nachdruck eines wirklichen Ernstes die Wirkung von Seespecks Worten weg. Er umgrenzte mit Armen und Händen ein kleines Bild in dem großen und sagte bestimmt: »Dazwischen liegen die Elemente eines großen Bildes. Ihr Sohn, Herr Wiedewald, hätte das gesehen und gestaltet. Der Maler dieses Bildes aber hat sich verführen lassen, statt des Einfachen, das er fühlte, aber nicht faßte, etwas Buntes zu schaffen. Das Bild ist nicht gut – aber es hätte etwas Gutes werden können – wie gesagt: Ihr Sohn…« Seespeck war überrascht von der Richtigkeit dieser Belehrung, zugleich aber verdrossen über Däublers Diplomatie – der mit einem Fingerwink auf die Aussicht unter dem Fenster hinzufügte: »Dann – wäre das Bild ein Stück Welt von draußen – dann wäre es hier am rechten Ort, – so nicht, vermutlich sind Sie von diesem Bruchstück impressioniert, ich gratuliere.« Es war großartig und beschämend, denn er hatte aus einem miserablen Wandschmuck Nahrung für den Wiedewaldschen Größenwahn gewonnen, und Herr Wiedewald selbst war entzückt. ›Es scheint wahrhaftig‹, spottete Seespeck im stillen, ›als ob die abgelegten Anzüge des Herrn Wiedewald Däubler passen, denn der neue Anzug vom Doktor ist natürlich verfallen.‹ Übrigens hatte er schon ziemlich lange ein Mißbehagen bekämpft und fühlte sich jetzt wie durch Zwang zum Abschiednehmen bewogen. Herr Wiedewald war auch mit seiner Hand so erbötig, als ob es ihn gejuckt habe, sie berührten, wie ihre Finger sich voneinander lösten, noch einmal das bewußte Geschäft, gleichsam als ob man sich beiderseits darauf besonnen, daß dieses und keinerlei Menschliches sonst sie mit einem ebenso flüchtigen wie oberflächlichen Kennen verbunden hätte. Nun wandte sich Seespeck zu Däubler und deutete die Möglichkeit an, gemeinsam den Dampfer zu benutzen. Er hatte schon am Morgen die Zeit gewählt und fand in diesem Augenblick noch eine gute Stunde in der Rechnung zu seinen Gunsten, in der einem Abschied beim Doktor ein gemächliches Schlendern zur Brücke folgen sollte. »Ich gehe jetzt zur Klus, um dem Doktor Adieu zu sagen«, bemerkte er, als er Däubler schwanken sah – »wenn Sie aber direkt zum Dampfer gehen, sehen wir uns also dort.« »Nein, ich will mit zur Klus«, entschied Däubler tapfer, »es ist schon das Beste.« Aber Lampe hängte sich an sie mit einer Hindeutung auf Stoffproben und Maßnehmen, womit er aber seine Finger an einen Hahn einer Pistole rühren ließ, die nun mit jähem Krach abschoß. Mochte Däubler in der Erinnerung an den neuen Anzug eine Bloßstellung vor Herrn Wiedewald erblickt haben, der ja aber wohl nicht wissen konnte, daß der Doktor der Besteller des Däublerschen Kleidungsstückes war, oder sah er darin eine ungebührliche Anspielung auf den Notschrei seiner Garderobe, Seespeck ahnte noch etwas anderes, was ihm ein fast sentimentales Mitleid erregte. Der Grund, der Däubler zu seinem scharfen Verweis an Lampe, zu einer explosiven Abkanzlung erregte, schien ihm in seiner wirklich dringlichen Bedürftigkeit zu liegen, und am Ende war es das Bedauern, daß nun nichts aus dem Anzug werden konnte. »Ich bestelle meine Kleidung bei meinem eigenen Lieferanten, merken Sie sich das«, schloß er seinen Text, eine Rakete prasselnder Worte. Herr Wiedewald schaute aufmerksam zu und begleitete dann das ratlose Häuflein der Klusgenossen bis an die Grenze seines Reiches. Hier nahm Däubler, würdevoll und überlegen jede Weiterung unterdrückend, seinen Abschied und wandte sich, schon wieder mehr an seinem Koffer hängend als der Koffer an ihm, mit vorgebeugtem Haupt und Schultern gradeswegs zum Sturm gegen die Klus. »Jesus, Herr Seespeck«, rief Herr Wiedewald zurück, als sie sich schon den Rücken gewandt hatten – »Sie müssen einen Augenblick umkehren, Ihr Schirm steht noch da, kommen Sie schnell.« Er machte dazu eine so vorbedachte Miene, daß Seespeck sogleich gehorchte, obgleich er gar keinen Schirm getragen hatte. Sie gingen ein paar Schritte zusammen, und nun verlangte Herr Wiedewald in leisem Ton eine Aufklärung: »Was ist der Herr eigentlich«, fragte er, »wovon lebt er – und wie kommt es, daß –« und was so ein Wiedewald für Fragemittel braucht, um sich das Unerklärliche durch Betasten mit dicken Fingern zu verwiedewaldschen. »Ein Dichter? Fünfzehntausend Verse? Ein Epos? Sicher ist er ein großer Geist! Aber wissen Sie, der Doktor ist nicht der Richtige für ihn, er braucht einen verständigen Menschen zum Freund. Sie als Geschäftsmann werden da schon eine Form ausfindig machen – überlegen Sie sichs mal und schreiben mir darüber, es soll ganz unter uns bleiben, ich kann es mir leisten, einem Dichter den Weg zum Erfolg zu ebnen. Es muß nur praktisch angefaßt werden, sehen Sie.« Als Antwort hierauf wollte in Seespeck eine Flut von Vorschlägen anheben, doch fühlte er wie ein Brummen aus der Tiefe seine eigne Nüchternheit ihm den Versuch verweisen, dem Schicksal ein Lenker sein zu wollen, indem er weder Däubler noch Herrn Wiedewald genug kannte, um ohne Gefahr der Verwirrung die Fäden, die sich zwischen ihnen anspinnen sollten, freihändig ziehen zu können. ›Das will ausgespürt sein‹, rief er sich zu, dankte als Geschäftsmann dem Geschäftsfreund für das gute Zutrauen, versprach, sich die heikle Sache durch den Kopf gehen zu lassen, und folgte den beiden andern, die inzwischen die Klus erreicht hatten. Als Seespeck eintrat, hatte das Duell zwischen Doktor und Däubler schon begonnen. Wie er später vernahm, waren persönliche Fragen kaum berührt worden, und mit einigen knappen Erklärungen hatte der Doktor Däubler von aller Gekränktheit kuriert, dennoch war er bei seinem Vorhaben abzureisen geblieben, und nun standen sie beide einander gegenüber am Tisch und wußten von nichts, als dem Heil und der Zukunft der Welt zu reden, wobei die Gundel und Lampe, jedes von seiner Sofaecke, zuschauten. Sie gingen wie kluge Elefanten gegeneinander vor, mit leisen, langsamen Tritten, die ganze Masse ihrer Lebensgewichtigkeiten heranführend. Sie brachten sie in Feierlichkeit getragen und boten in Höflichkeit die geballten Kräfte einander zur Erprobung. Seespeck wäre nicht imstande gewesen, in Worten Rechenschaft über die kosmischen Vorgänge im Austausch der beiden Grundstürzer und Grundgründer zu geben, ja, er wußte ihren Worten oft gar nicht zu folgen, oder vielmehr ihm wurden die Augenerlebnisse zu so viel größeren Wichtigkeiten, daß er dem Vorrücken oder dem Weichen der Handlung durch die verschiedensten Räume des Geistes keine Aufmerksamkeit gönnen konnte. Ihm deuchte, es hallte und echote an den Wänden und Gewölben aller Zeiten, Vergangenheit und Zukunft quirlten und keuchten durcheinander, und doch war es am Ende Seespecks alter Freund, das trübe Licht des Herbstnachmittags, das ihm des Doktors oder Däublers Übermenschenhaftigkeit zur freundlichen Brüderlichkeit umfärbte. Er war nicht geringer als sie, fühlte er, ihr Handwerk war nur ein anderes als seins, oder vielmehr, sie hatten ein Handwerk, er hatte aber keins. Es durchfuhr ihn zu wünschen, seinerseits etwas zu können, das in diesem Ausströmen jener beiden gleichkäme, ja, es schwellte ihn einen Augenblick von Hochmut bei der Überzeugtheit, daß sein Tun als Zeugnis von seiner inneren Welt einmal größer werden würde, wohl stärker in der Beschränktheit, einfacher im Ergebnis, aber unbezweifelbarer an Wert. Ganz wenig, ganz bescheiden, aber für immer gültig, etwas Ganzes, wie es von allen neuen Zeiten niemals überboten werden könne. ›Nichts als Ich, aber das ohne Sprung und Fehler, das Ich, das alles in sich birgt,‹ so leuchtete es einen Augenblick in ihm auf.

Aus dem Licht des Nachmittags wurde Abendlicht, und die beiden Retter standen ohne Ermüden an ihren Plätzen. Zuweilen bog Däubler unter aufgestemmten Armen seine Obermasse wie ein Gebirge über den Tisch, dann krachten die Fugen, als spränge etwas im Gebälk der Welt – dann holte sein Mund die dumpfe Gewalt der Stimme aus Kratertiefen, und dann schien sein Bauch eine metallene Grundflut von Überzeugung zu bergen. Dann schöpfte er aus unerschöpflichen, glühend flüssigen Notwendigkeiten und ergoß ein neues All über das alte. Die Welt war, darin mußte Seespeck dem Doktor beistimmen, nur das Gleichnis, der Abspiegel, die minderwertige Verrätselung einer andern, seiner eigenen Däublerischen, deren Sendling er vielleicht war, aus der er aber nur verirrt, entsprungen und verbannt schien. Wie seine Sprache war seine Welt unmenschlich, ihre Sitten waren Seespecks Fühlen unverwandt, ihre Gesetze ihm unmaßgeblich. Er wußte mit den Treppen und Zimmern dieses jetzigen Daseins nichts anderes anzufangen als sie unter sich niederzustampfen und zu sprengen. Sein Vaterhaus, das ihn verstoßen hatte, war zum Symbol aus Tempeln und Domen zusammengestrahlt, und die Erinnerung an sie wollte ihn in der Ameisensiedlung seiner Erniedrigung nicht verlassen.

Der Doktor aber überließ Symbol und Überwelt den Orten, die er nicht kannte. Da mochten sie sein oder nicht sein, schmachten oder prunken, er streckte keinen Finger nach ihnen aus. Er führte nur ein Symbol mit sich, das war die Faust, sie ließ er wie eine Bombe an einem Seil in alle Untiefen und Überhöhlen niedergleiten und zersprengte sie fingerspreizend nacheinander. Bald lag sie ihm auf der Brust und schien sich mit aller Seelenstärke und allem Menschenstolz vollzusaugen, bald fuhr sie wie ein wilder Trabant seines Kopfes, wie eine kompakte Erdenwelt, freudetanzend, glückbebend vor seinem Gesicht wie vor einer Sonne hin und wider. Er war mit seinem Gott zufrieden, und eine feste Burg war ihm sein Gott. ›Ob sein Gott auch ein Doktor ist?‹ mußte Seespeck flüchtig denken, und doch sah er tieffroh einen Lebenden seines Lebens froh sein.

Aus dem Licht des Abends wurde Finsternis, und die Welt war chaotischer als am Nachmittag, aber die beiden Ordner am Tisch blieben am Werk; sie waren nun gelinde warm geworden und fühlten sich jeder von der Allmacht umwittert, aus der sein Wesen ausgeströmt war, sie umkreisten sich atmosphärenumrauscht, lichtumwoben wie zwei Doppelsterne, einer den andern zu bannen bestrebt. Der Gundel schien so etwas ganz genehm, sie horchte und schaute unverwandt und hätte dermaßen gehorcht und geschaut, wenn statt Doktor und Däubler zwei Nashörner miteinander zu tun gehabt hätten. Da sie aber im Laufe der Stunden keine Entwicklung des Streites zu Sieg oder Niederlage wahrnahm, wozu ihre hübschen Augen auch nicht vorgebildet waren, so meldete sich bei ihr ein Bedürfnis zu eigener Tätigkeit. Sie begann also Lampe, der fröhlich eingeschlafen war, den Kopf zu kraulen, denn sie waren alte Freunde, und diese Handreichung war ihm stets eine starke Versüßung des Daseins.

Seespeck hatte längst beschlossen, den Dampfer fahren zu lassen und die Stunden nicht aufzuhalten. Däubler hatte den Dampfer und seinen Verzicht auf Gastrecht der Klus völlig vergessen, und der Doktor ritt auf seinem gesunden Optimismus durch die Welträume, ohne der Umkehr und dem heimischen Stall des Schimmels eine Rücksicht zu schenken. So kannte ihn die Gundel, und darum suchte sie ihn durch Beifall oder mahnende Tricks keineswegs abzulenken. Sie ergab sich dem Wahrscheinlichen in stiller Fürsorge um Lampe, und nachdem sie an ihm ihre Samariterhandlung ohne Kargheit vollzogen, wußte sie unauffällig Shawls oder Decken zu erlangen, unter denen sie, an den grauköpfigen Schneidermeister geschmiegt, alsbald einschlief. Die Welt und ihre Herkunft und Zukunft war durch den Zusammenprall zweier Polargeister zur baren Wüstenei geworden, als diese Pole sich tief in der Nacht, verschnaufend wie in Selbstbesinnung aus Gelähmtheit und Verranntheit, umschauten. Der Doktor nahm die Lampe und beleuchtete das Sofanest, wie ein Vater das Lager seiner unschuldigen Kinder überschaut. »Sie können nicht besser liegen, als sie tun«, sagte er beinah zärtlich, »sie wärmen sich gegenseitig.« Dann leuchtete er Däubler die Treppe hinauf und wies ihm sein früheres, jetzt Gundels Bett zum Lager an, Seespeck aber bekam ein Eckchen auf einer Pritsche in einem Raum neben dem Wohnzimmer, wo er den Rest der Nacht erbärmlich fror; der Doktor aber ging als sein eigener Nachtwächter rauchend um, bald draußen, bald drinnen, Seespeck hörte ihn einmal in der Küche mit Gläsern und Tellern hantieren, wobei er aus Selbstgesprächen leise lachte.

Am Montagmorgen nahmen sie alle zusammen den Dampfer. Seespeck geriet dabei an die Gundel und mußte ihr wohl oder übel Rede und Antwort stehen. Er fand ihre Blümchen so langweilig wie nur ein Ziergärtchen sein kann. Alles, was sie sagte, war brav »bürgerlich« zurechtgezupft und aufgereiht, ja, von Kindfreudigkeit, einer schon mattfarbigen, angewelkten, war ein Blütenhauch zu spüren. Im ganzen war er ihr gram, als sie ausstiegen, es war das Musikniveau, was der Doktor in der Gundel bewies, und also war er wohl ihm gram. Aber der bewußte Schimmel hatte ja starke Knochen, und sein Trott mußte wohl einmal durch öde Strecken gehen, die den Reiter selbst als Abwechslung statt trostlos traulich grüßten, wer konnte das wissen, wie das zusammen stimmte. Also ließ Seespeck in seiner Aufrechnung die Gundel beim Doktor gut und grade sein.

Er hatte Däubler den Wunsch äußern hören, Doberan zu sehen, und machte ihm den Vorschlag, den Nachmittag dort zusammen zu verbringen. Er verstand aber sogleich, daß Däubler, den das Schicksal zum Gast auf dieser Erde gemacht, nichts anderes als eine Einladung auf Tisch und Eisenbahn angenommen hatte. Und Seespeck, obgleich er mit Schrecken seine schmalen Mittel überschlug, fand mit Stolz seine überraschend neue Würde als Gönner eines Propheten ganz kleidsam. Auch bedachte er die günstige Gelegenheit, das Wiedewaldsche Anerbieten auf alle Möglichkeiten hin abzuwägen und einzuschätzen.

Sie verzehrten also Doberan, übernachteten in Rostock, verschlangen Rostock und reisten mit Wolfshunger nach Stralsund weiter. In den Gasthäusern ward Däubler etwa wie ein fahrender Fürst, manchmal fast als der Hölle entfahrener, angesehen, der in Begleitung seines zahlenden Sekretärs reiste. Exotisch und also sonderlich. Sie sahen erstaunt, wie herrisch er ging, mit Ungestüm niedersaß, wie ein Sklavenhalter Gehorsam gewöhnt, nach Bedienung rief und alles verzehrte, was aufgetragen ward. In Ermangelung eines Taschentuchs wischte er seine Lippen am Tischtuch, zwar verstohlen, wie er meinte, aber so offenkundig für die Kellner, daß sie sich zuzwinkerten, aber nicht zu lachen wagten. Und seine Reden waren atemraubend, selbst für die Kellner, die springfertig in der Nähe standen. Seespeck meinte zu Zeiten, daß sie etwas Hochstaplerisches hätten. Manchmal griff er mit den Armen an das himmlische Reck und machte den Bauchaufschwung, sah von oben aus der Fülle auf die Armut unter ihm herab. Er möchte aber, man merkte nicht, daß da oben eine Turnstange war, und sollte denken, es wäre Schweben und Entrücktsein gewesen. Er winkte dann anmutig mit den Brauen: ›es geht, man schwebt!‹ Und winkte hochwärts, als wollte er eine Hand in den Wolken schütteln. Er machte Seespeck ein geistiges Abenteuer vor, auch wenn er auf einem Heuwagen saß, wie Jovis in den Wolken, dann leugnete er sogar die Pferde und den Kutscher und schwebte vorüber. Nachher war er wieder da und machte die Mitteilung, daß er nur ein wenig gehext hätte. Er wüßte selbst nicht, wieso und wozu.

Inmitten der Kirchen himmelstürmender Pfeiler und Mauern verbissen sie sich die Menschlichkeit, aber wenn sie zu Tisch stürmten, ließen sie sie wieder zu Atem kommen. Wieso fühlten sie sich zu Hause im Wirtshaus, wo sie sich doch so wohl im Hause Gottes befunden? Nun ja, wenn es schon nach oben ging, konnte man da die Mägen einstweilen fahren lassen? Und wenn es zu Tisch ging, etwa tief abwärts in den Stralsunder Ratskeller, was taten sie da mit der Höhenluft, die noch an ihnen hing? Sie machte ihnen Appetit, das war es, sie hatte ihr Unteres mürbe, müde und durstig gemacht, und da man sich nun einmal nicht auseinanderreißen kann, so mußte ihr Oberes gefälligst freundliche Miene machen wie ein Pastor beim bäuerlichen Taufschmaus.

Aber doch – die Turmvorkirche St. Marien in Stralsund, das Turminnere als Vor- und Sonderkirche eines übergöttlichen Gottes, erbaute sie am höchsten. Da schien bloß Gefühl der Gewalt, der Höhe, des Ungeheuerseins. Da war kein Mensch mehr ins Verhältnis gedacht wie drinnen mit Chor, Schiff und dem ganzen Herkommen. Hier vorne war nur ein Bekenntnis des Unbegreiflichen, nicht des Menschengottes, sondern des Unmenschlichen, das doch selbst der Mensch noch ahnt, das er aber nicht verehrt, mit dessen Dienst er kein sonntägliches Ausruhen vereinen kann.

Bisher war nun Seespeck Däublers wegen nicht zur Besinnung gekommen, hier in Stralsund, wo sie in der windumtosten Veranda des Hafenhotels von den Sitzungen im Ratskeller oder den Forschungen an der Stadt ausruhten, gab ihm sein guter Geist ein, daß die ganze Menschenfresserei seines neuen Freundes eitel sei, maskenhaft vor dem einfachen, artechten Menschenstände. Nein, im Tingeltangel war der Doppelmensch einfach, die monumentale Rüstung wird zum Requisit in der Polterkammer. Und im Tingeltangel saß Däubler gerne, so gerne, daß er selbst fürchtete, darum kein Religionsstifter zu werden, weil man ihn zu oft an ähnlichen Orten gesehen hätte. Und wenn mans recht bedachte, so ward ihm der ganze Tag, den er nicht allein war, zum Tingeltangel, vom morgendlichen Kaffeetrinken bis zur letzten Einkehr und allerletztem Austrunk. Ein freundliches Geschick gewährte ihm Ausruhen, Schauen, farbiges Spiel der Welt in seinen Augen, Lossein von sich selbst. Dann war er gütig, gefällig, herzlich, freund-brüderlich. Aber nur in Gesellschaft, davon ihm so ziemlich jede recht war, denn jede erfüllte ihren Zweck als Ableiter von der Qual seines eigenen Ichs. Aber alle Welt wurde in seinen Augen krank, wenn er auf sich selbst angewiesen war und nicht arbeitete, die Welt krank und die Dinge tot, – und wer kann mit Lust tote Dinge anschauen? Dagegen wurde plötzlich bei ihm der Dichter-Alarm geblasen, dann strotzten die Dinge, dann wurden sie zu Trauben der Mystik, dann witterte seine Seele himmlischen Vorrat, und der glänzende Sanft des Geschauten spritzte ihm in die Augen. Seespeck fing entschlossen an, sich an den Menschen Däubler zu halten, und darüber konnte ihm das andere mit seiner Gewalt, seinen Spruchstürmen, seinem Inkognito als Gesandter eines mythischen Kaisers, wo nicht Kaiser aus Welt- und Zeitfernen selbst, als Berufswesen vorkommen, als Heldendarsteller, als Mime, der im Donnerwettern zu Hause scheint und sich doch erst am Familientisch zu Hause fühlt. So unrecht Seespeck mit solcher Anordnung von Däublerschen Bestandteilen hatte, so notwendig wurde sie ihm in diesen Tagen ihrer Bekanntschaft. Er sprach frischweg von Herrn Wiedewalds Absichten, und Däubler überließ ihm, dieses Geschäft ganz nach seinem Gutdünken zu regeln. »Das Leben ist nicht leicht«, sagte er mit einem Anflug von Selbstverspottung, die ihn sonst nicht leicht ankam, »man muß viel einstecken.« Tatsächlich konnte Seespeck sehen, daß er in Abwesenheit von seinen gewesenen oder werdenden Wohltätern leichter atmete und seine Armut wie eine Haubenlerche trug. ›Er ist ein Spiegel‹, dachte er wohl, (die ganze Welt läuft ihm in Farbengewittern und Bildergüssen über die blanke Seele, und natürlich wird diese Welt in diesem Spiegel eine däublerisch gedeutete und bewertete.)

Sie hatten übrigens ziemlich viel zu leiden. Wenn sie die Augen zu den Türmen aufhoben, dann wollten die Leute in Däubler einen Wundermenschen sehen, der sich zum Auffliegen rüstet und sein Ziel ins Auge faßt, um loszubrechen, oder wenn sie auf den Plätzen standen, umschauten und sich weiteten, um die Eindrücke einfahren zu lassen, dann schienen sie Besucher aus dem siebten Himmel, Leute mit unliebsamen Freudenerwartungen; tanzbärartig stand dann Däubler in der Unterhaltung, mit Handgriffen demonstrierend wie ein Jongleur mit Glasbällen, und mehrere Male fühlte Seespeck sich in Däubler gekränkt, erwiderte Bemerkungen Vorübergehender mit Glossen und übertrumpfte Anstaunen mit Anstieren. Beim Wandern durch die Gassen stutzte das Volk über Däublers gnadenloses Herabschauen, und allerdings lag in seiner Miene bei aller Milde und Versöhnlichkeit so gar wenig Verbrüderungsanerbieten, er ging wie ein Li Tai Pe als ungetümlicher Wanderpoet durch die Gassen, bestaunt, empörend und leise bespottet. Er selbst ließ sich aber über keiner Empfindlichkeit betreten. So ging es bei den Stralsundern und später bei den Neubrandenburgianern. Bei allem aber, nicht nur bei solchen Unbequemlichkeiten, fühlte sich Seespeck immer mehr zum Däubler werden. Er litt im Schatten eines Riesen, der wohl in Stunden und Tagen zum Normalmenschen zusammenschrumpfte. Er fühlte sich ausgekältet und entleert und dachte bald mit Sehnsucht an sein verborgen eigenes Treiben zurück. Er wollte wieder in seine Welt zurück, die ihm Däubler in diesen Tagen gewaltsam entzogen hatte. So trennten sie sich mit der Abrede, in Berlin wieder zusammenzutreffen.

Kapitel 7

Der Löw ist los

Vor dem Glevinertor in Güstrow hatte die Zirkusmenagerie Holzmüller ihre Tiere heimisch gemacht. Wie gut oder wie schlecht sie es da haben mochten, Löwengebrüll, anzuhören wie Erbrechen und bängliches Auswerfen der eigenen widerstrebenden Ungetümlichkeit aus dem Leibe eines Riesen, bestrich die grünen Weideflächen hin bis zum Pfingstberg. Die Bäuche zweier großer Zelte schienen knapp weit genug, um die Gewalt solcher Töne hervorzudrücken, und Seespeck, der den Berliner Abendzug abwarten mußte, betrat, als er vorbeigeschlendert kam, das Tierschauzelt, die eigentliche Wohnstube dieser Majestäten im Elend, das durch einen Gang mit dem Zirkus verbunden war, wo sie allabendlich für das bißchen lebensnotwendige Pferdefleisch in schwitzender Würdelosigkeit ihre Faxen machen mußten. In engen Zellen drängten sie sich proletarierhaft durcheinander, ein Gewühl struppiger Löwen mit Ziegenbärten und so dünnwandigen Kinnladen, daß sie einer greisenhaften Zahnlosigkeit verdächtigt wurden, mit pomphaft aufgestrubelten Mottenmähnen an die Leiber ihrer Mätressen als Wärmekissen gebettet, sich über sie lagernd oder sie unter sich drängend – Wand an Wand in trauriger Luderkameradschaft mit einer wahren Schlafratze von Tiger, einem blinden Eisbären, einem schwindsüchtigen Braunbären, einem Sohlentrampler, der seit Jahren unermüdlich gegen die Kälte auf der Stelle marschiert zu haben schien, einem Zebra, einem hustenden Pavian und einem Kehrichthäuflein von Federn in einer Käfigecke, das sich als ein Kondor erwies, der den Kopf schaurig hartnäckig in den aufgeplusterten Federn vergrub. Er war so heruntergekommen, daß er nicht einmal einen Ast oder Pfahl hatte, um darauf, wenn nicht in Chimborassohöhe, so doch einen einzigen Lumpenmeter hoch überm Erdboden zu hocken. Durch den aufgeklappten Leinendeckel des Zeltdaches stieg eine zarte Säule Dämmerlichts in diesen Tierdunst hinein, aber es schien, als fräße die Hungerbrunst das bißchen Lichtkörper von unten weg und verdaue ihn zu feuchkaltem Qualm.

Der nasse Herbstwind heizte den Zirkustieren zum Erbarmen schlecht ein, und Seespeck gab es bald auf, beim Anblick eines Jammers in Tiergestalt eine Erheiterung zu suchen, dem er in Menschengestalt nur widerwillig genaht wäre. Er sah ins hoffnungslos gefühlsrohe Publikum und bedachte ein paar Rüpel, die dem hustenden Pavian so lange zusetzten, bis er einen Tobsuchtsanfall erlitt, mit Peitschenhieben auf die entblößten Rücken. Wohlgemerkt, es waren Peitschenhiebe der Mißachtung nach gewünschter Entblößung, und den Rüpeln selbst erwuchs keine Beeinträchtigung ihrer Hochstimmung. Sie hatten gebellt, als der Pavian die Zigarre gefressen, die sie ihm anboten. Jetzt wieherten sie, als er, gereizt durch Vorhalten und schnelles Entziehen guter Bissen, an Treu und Glauben in der Welt verzweifelte und die Wildnisunbändigkeit ihn schüttelte. Seespeck entwich.

Es wollte sich in ihm allerlei Galliges zusammenrotten, als vom Zelt anstatt eines majestätisch wüstenhaften Gebrülls ein wüstes Gröhlen auszugehen anhub. Aber als er ein paar Sekunden lauschend gestanden hatte, schätzte er, anfangs erschrocken, die Ursache dieses unflätigen Getöses leichter ein. Es schien im ganzen Lustkreischen zu sein, wenn auch unverkennbar Schreck oder wenigstens Erschrecken dazwischenschrillte. Ich wollte doch, der Löwe brächte sie einmal auf die Beine‹, dachte er. Als er weitergehen wollte, sah er ein hübsches Kindermädchen, halb noch Schulkind, halb Dämchen mit einem frech aufgerissenen Munde vor sich stehen, das einen Kinderwagen geschoben hatte und nun, den Kopf über die Schulter zurückgeworfen, an Seespeck vorbeisah und in die Richtung der Holzmüllerschen Herrlichkeit horchte, was sie anscheinend mehr mit den großen Augen als den kleinen Ohren vollbrachte. In diesem Augenblick ward bei einem Hausabbruch an der Stelle, wo sie standen, ein tüchtiges Mauerstück ziemlich hoch oben umgelegt, brach durch einen oder mehrere Fußböden hindurch nieder und wühlte eine weißliche Schuttwolke wie einen kleinen Berg auf, der sich, vom Wind seitwärts geführt, langsam auf die Straße niedersenkte. Seespeck und das Kindermädchen standen im stickigen Staub, und das kleine Kind bekam erst Augen und Nase und, als es darob in Geschrei fiel, auch den Mund voll Kalkstaub. »Fahren Sie doch zu, Sie dummes Ding!« sagte Seespeck. Das Ding, das sich nicht für dumm hielt, spaltete ihre Lippe noch dreister auseinander, und Seespeck durfte sich einer frechen Erwiderung versehen, als er, halb wütend, halb mit dem Wunsche, das Ganze ins Scherzhafte zu wenden, mit den Händen nach den Zelten wies und sagte: »Flink, flink, sehen Sie zu, daß Sie nach Hause kommen, haben Sie nicht gehört, daß der Löwe ausgebrochen ist?«

Und alsobald hatte er dies gesagt, als der Racker von einem Kindermädchen, nicht ohne ihm in aller Geschwindigkeit die Zunge zu zeigen, fortlief und ihn bei dem Kinderwagen und dem schreienden Kinde stehen ließ. Nun hatte sich aber der Lärm aus den Zelten herausgemacht. Er schlug sich in unbestimmter Richtung hin und galt, das war nicht zu unterscheiden, einer Flucht oder einer Jagd oder einem Gewimmel, in dem sich das Gruseln und die Aufregung von beiden verband. Schon kamen ein paar pantoffelklappernde Rangen von der oberen Straße daher, wo das Kindermädchen sich aus dem Staube gemacht, freudebeschwingt wie zu einer Lustbarkeit ersten Ranges herab. Sie schrien nach dem Löwen, als wäre er herausspaziert mit keiner anderen Absicht, als sich ihnen außerhalb seiner vier Wände zu zeigen und ihnen durch dies Entgegenkommen das teure Eintrittsgeld zu sparen. Zwei, drei Haustüren wurden aufgerissen und hastig wieder zugeworfen, und ein des Weges fahrender Schlachter mit einem nüchternen Kalbe im Wagenkäfig hatte kaum ein bißchen in den Tumult hineingehorcht, als er seine Pferde in den Weg, der von der Plauerstraße am Krankenhaus vorüber längs der Schanze läuft, links hineinpeitschte und sie, das Kalb und sich selbst an dem Grab im Löwenmagen vorüberlenkte. Die Leute auf dem Bau lungerten und lugten durch den immer noch aufsteigenden Staub nach vorn und hinten herab, und ein weißbärtiger Mann, der ›der‹ Maurerpolier oder der Meister selbst zu sein schien, trat langsam an Seespeck heran, indem er rechts und links umschaute. Obgleich er vielleicht wegen des Löwen, von dem das Geschrei ging, nicht unbesorgt war, schien er Seespecks Verhalten neben dem Kinderwagen mit herzlicher Heiterkeit zu betrachten. Er lachte beim Herumstöbern mit den Blicken, schalt auf die »verdammte Deern« und fragte schließlich, was denn überhaupt los sei. »Ja«, sagte Seespeck, »ich weiß auch nichts Genaues, das Mädchen ist vor dem Löwen ausgerissen.« – »Dat arme Diert«, antwortete der Mann mitleidig, indem er an den Löwen dachte, »dat möt sick jo bi so’n nattkollen Wäder ’n Snöw weghalen.« Indem kam ein kleiner Mann mit langem weißem Theater- und Heldenbart, der weniger an dem weinfarbigen Säufergesicht als an dem spitzigen Filzhut selbst zu hangen schien, einen blanken Orden oder doch Medaille auf dem schwarzen Rock preisbietend und seinen Stock gewissenhaft wie ein drittes Bein taktmäßig setzend, unbekümmert um Lärm und Gewühl, das sich nach den Wiesen zu verzogen hatte, von der Stadt heran und ward von dem Mann, der bei Seespeck stand, begrüßt, worauf er mit einfältiger Wichtigkeit seinen Hut abzog und stehenblieb. Vom entsprungenen Löwen habe er auch nichts gesehen, antwortete er auf die weiteren Fragen, und seine blöden Augen, seine hilflosen Mienen sagten aus, daß er wohl kaum im dicken Nebel seines Geistes einen bestimmten Begriff von diesen oder anderen untrinkbaren Dingen zusammenraffen konnte. Aber als Seespeck mit der flachen Hand in Höhe eines Löwenrückens eine Linie durch diesen Nebel zog und die Vermutung wie einen Schlagbaum niederließ, er habe doch wohl so ein Tier irgendwo laufen sehen, war er schnell erbötig, sich zu erinnern, daß er über einen großen gelben Hund gestaunt, der nicht weit von ihm über den Graben gesprungen. Wo denn der Hund abgeblieben wäre, verlangte jetzt der andre zu wissen, und nun ließ der Dekorierte seine Blicke hin und her irren, als folgten sie irgendeinem schwer erkennbaren Flüchtling beim Schlüpfen und Fliehen durch vielerlei Verstecke. »Ja«, sagte er endlich, »he kann god von achterher up Se Ehr Grundstück lopen sin, Holk. Kiken Se man to!« Soweit waren die Verhandlungen zu Seespecks geheimem Vergnügen gediehen, als derjenige, von dem hierbei am meisten die Rede war, als wolle er gegen den Mißbrauch seines Namens Verwahrung einlegen, selbst seine Stimme erhob, und weil das Donnergrollen seines Wüstenhungers über den Trubel gewaltig herfuhr, der jetzt im Wege hinter den Häusern, unter den Alleebäumen oder zwischen den Gesträuchen längs des Mühlbaches laut wurde, Wind und Blätterrauschen aus Höhe und Ferne sich einmischten und dies Gemengsei über die Gegend hin verbreiteten, konnte man in Zweifel sein, ob ein drohendes Löwenbrüllen mehr oder ein mißtönendes Kreischen und Gellen von Menschenstimmen weniger hinter den Häusern hervorscholl. Holk ward bedenklich und fand es geraten, die Straße zu räumen. Dabei schlug er Seespeck vor, das Kind einstweilen bei ihm in Sicherheit zu bringen, und legte selbst Hand an den Wagen, der durch einen schmalen Gang zwischen zwei Hausmauern hindurchgeschoben wurde und bald in einem düstern und weiten Räume stand, einer seit längerem unbenutzten Töpferwerkstatt, deren Brennofen in die Mitte hineingebaut war und mit verschiedenen Zulassen zum Heizraum, höhlenartigen Löchern, abgestuften Eintiefungen, vollgestopft mit Gerätschaften und lagernden Materialien für den benachbarten Bau, eher nach einem Burgverließ als einem Ort nüchterner Tätigkeit aussah. Schneider Wandschneider schloß sich an, denn Holk hatte ihm geraten, sich weiteren Begegnungen mit Löwen nicht auszusetzen.

Nun war dieses vernachlässigte Gebäude, das wie das benachbarte zum Abbruch verurteilt schien, gewiß ein rechter Ort für ein von der Menge gescheuchtes Wüstentier. Da gähnte aus dem Boden die schwarze Kellerluke, und niemand konnte wissen, ob das Tier nicht schon darin saß oder vielleicht den gewölbten Zugang zum Brennraum vorgezogen hatte. Obendrein war, um einige Balken und Bretter zu lagern, vom Hofe ein Loch durch die Mauer gestoßen. Der Aus- und Eingänge zu dem käfigartigen, dickgemauerten, fensterlosen Feuerraum waren also genug, und genügend verborgen waren sie auch. Das alles überschlugen sie in der ersten Minute, nur konnte Holk wie eine Art fixer Idee die Vorstellung nicht loswerden, daß der Löwe sich in der Kalkgrube versenkt hätte, die hinterm Hause im. Hof gegraben war, ging also hinaus, um einen Blick dahinein zu tun.

Es fing an, entschieden dämmrig zu werden, im Raum dunkelte es, und das zarte Kind, erschreckt von zudringenden hörbaren und sichtbaren Unheimlichkeiten, säumte nicht, den Kampf dagegen zu eröffnen, es schrie. In Seespeck erglimmte ein schlechtes Gewissen, er ahnte unbehaglich etwas von Mutterangst und machte, um sich abzulenken, dem Schneider, der ratlos, als erwarte er irgendeine Anregung, zwischen den Sprossen einer Leiter am Boden hin- und hertrat, eine Hindeutung auf die Kellerluke und möglicher Nähe einer darin lauernden Gefahr, und der Schneider tappte und stolperte durch seinen Nebel von Willenlosigkeit auf die Luke zu, kletterte auf der schlüpfrigen Treppe einige Stufen abwärts, war auch richtig mit halbem Leibe untergetaucht, als er anhielt und mit spürbarer Widerhaarigkeit, immerhin noch trottelhaft genug, fragte, warum denn Seespeck selbst sich nicht die Mühe mache nachzusehen. Seespeck antwortete, er wolle sich hüten – außerdem habe er ihm ja gar nichts befohlen. Aus dieser Antwort wußte nun der Schneider, offenbar nicht, weil er sich fürchtete, sondern weil er sich wieder im Leeren, Nebligen fühlte, nichts zu machen, und begnügte sich, Augen und Mund erwartungsvoll aufzureißen. Da gab es draußen schnell aufeinander ein paar Schläge, wie wenn Bretter übereinander gelegt würden, und zugleich schlug ein hitziger Kläffer an, ein paar unbestimmte Geräusche drangen zu, und durch die offene Tür huschte eine Katze, verfolgt von einem Hunde, herein und stürzte sich, den Schneider streifend, kopfüber ins Kellerloch, während der Hund aus der blinden Wut über den halben Menschen vor ihm in wahren Zorn verfiel und dem Schneider, der in kläglicher Haltung, wobei ihm der Hut über die Augen klappte, einbrecherhaft genug aussah, mit den Zähnen näherrückte, die Rückenhaare sträubte und seine ganze Hundeseele mit Knurren verbrauchte. Das Kind, dem ein neuer Schreck widerfuhr, zog ein frisches Schreiregister auf und brachte im Ringkampf der Töne ohne viel Mühe die Kraft auf, wo nicht zu siegen so doch sich nicht unterkriegen zu lassen. Und wie nun der angegriffene Schneider schwerfällig die erste Bewegung der Abwehr tat, glitten seine Füße aus, und er versackte ziemlich sanft in den nicht gar tiefen Keller, wo von dem Töpferbetrieb her ein Berg von nassem Ton, belebt und bewohnt von einer Unzahl von Fröschen, lagerte. Dem Hunde verschlug vor Überraschung das Knurren, und er schwankte, ob er dem geflohenen Gegner ins Dunkel folgen solle oder lieber als Sieger zum Triumphe übergehen; da gewahrte er in Seespeck einen frischen Feind, der ihm mit einem schnell errafften Stocke zu Leibe ging, nach ihm schlug, aber fehlte und den Schritt für Schritt weichenden aber unerschreckten Köter zwischen die Beine einer Gruppe einiger hoher Gerüstböcke drängte. Der Lärm war ganz der eines Ganges auf Tod und Leben.

Seespeck wollte ein Spaß, bei dem er fast in Schweiß geriet, gereuen, aber der Hund verbellte die Reue, ihm war die ganze Sache ohne allen Spaß, er zackerlotete in seligster Hingenommenheit und fühlte bis ins hinterste Schwanzende die Verantwortungsfreudigkeit seiner Parteinahme gegen zwei freche und fremde Eindringlinge; er achtete nicht Kopf und Kragen, die sein Draufgehen kosten konnte, und allmählich ward Seespeck im scharfen Gegenüber mit einem unverfälschten Löwenmut ganz warm und wohl. Es war nur gut, fiel ihm ein, daß des Löwen Rolle für diesmal seine eigene war und die des Seespeck, falls es eine Löwenbegegnung für ihn gegeben, von dem braven Köter so gut vertreten wurde. Wäre er wohl so brav gewesen gegen den Löwen, wie der Hund gegen ihn? Einerlei, er fühlte ein lebhaftes Vergnügen, es zu wünschen, es sich vorzustellen. ›Ich wollte, ich wäre so tapfer wie dies kleine Vieh, und so hätte mich ein Löwe gern zerreißen können, es wäre nichts Schlimmes gewesen‹, dachte er bei sich, warf den Stock fort und fing an, dem Hund schön zu tun und ihn, selbst weichend, zu locken. Inzwischen hatte sich auch Schneider Wandschneider mit der froschreichen und tongepolsterten Finsternis auseinandergesetzt, und diese Auseinandersetzung war nicht als Verbesserung seiner Dekoration ausgefallen. Er gewann das Licht, aber das Licht empfing ihn nicht mit Lob und bewies jedermanns Augen, daß Ton und Frösche so lange nicht ungestört bleiben, ohne in Schimmel und Moder mit Kellerasseln und tausendfüßigem Gewürm eine regelrechte freie Wildnis auszubilden. Da unten im Dunkeln herrschte ein schlüpfriges, bitterböses, schwieriges, grausames Elend, aber immerhin eine Freiheit. Kurz: die Welt wird frei, groß, kühn, wenn sie in Brand, in Not, in Wut gerät.

»Oh, oh«, sagte der alte Holk, als er mit einigen Maurern vom Bau hastig eingetreten war, »oh, oh, Snider, wat ward de Großherzog to den schönen Orden seggen, den he Se schickt hart.« Und in seinen flink drehenden Augen funkelte eine tüchtige Bosheit, als er sich nicht entbrechen konnte, Seespeck in aller Eile, indem er mit dem Zeigefinger nach dem beschmutzten Orden pickte, zu erzählen, der sei für fünfundzwanzigjährige Zugehörigkeit zum Verein – Holk sagte: »allgemeiner Unnützlichkeit« – verliehen worden. Der arme Schneider, dessen persönliche Würde längst vom Fusel hinausgestänkert worden war und der seine Dekoration für sich sprechen lassen mußte, da er selbst längst nichts mehr zu sagen hatte, was die jüngste Rotznase in der Freischule anerkannt hätte, Wandschneider fühlte sich offenbar selbst ausgetilgt, nachdem die bunten Streifen und das Metallglitzern durch reichlichen Auftrag von Schmutz unscheinbar geworden waren. Vielleicht hatten auch die Schrecken der Tiefe ihn noch in den Krallen. Wenigstens als Seespeck ein wenig unbarmherzig spottend sagte: »Man sieht, er hat sich im Keller mit dem Löwen herumgeschlagen«, ließ er sich im Aufbügeln seiner schäbigen Gewandung nicht stören, sondern warf nur einen seiner hilflosen Blicke in die Runde, aus denen nichts andres zu erkennen war als der Bankerott des Willens und die nichts enthielten als eine kümmerliche Verwunderung. Es schien sogar zweifelhaft, ob er sich klar darüber wäre, wie viel oder wie wenig Seespeck gelogen. Holk aber klappte, ohne den Abenteuern des Schneiders genauer nachzufragen, im Umsehen den Deckel über das schwarze Loch, und seine Gesellen, die ihm auch ohne ausdrückliche Verständigung gehorchten, beschwerten den Verschluß in derselben geräuschlosen Schnelle mit einem halben Dutzend Zementsäcken. Ihr Meister verabschiedete sie mit einem unmerklichen Zucken des Kopfes nach der Tür und sagte zufrieden: »So, nu kann de Vadder von dat Kind em sülwst wedder afhalen, wenn he binnen is.« Dann besann er sich einen Augenblick und äußerte seine Zweifel, nörgelte und quetschte Wandschneider so lange, bis er die Wahrscheinlichkeit hervortropfte, daß eine Katze, aber kein Löwe unter ihnen stecke. Die glühenden Augen hätte er deutlich gesehen, und der Hund habe sie hineingejagt. Holk, obgleich Seespeck das letztere bestätigte, übernahm sich dennoch nicht an Vertrauen in Wandschneiders Aussagen. Der gelbe Hund von vorhin war ihm noch nicht entfallen – erst Hund, dann Katze, das ließ sich schlecht vereinen.

Er ließ also geruhig Katz und Löw einerlei sein und wandte sich dem Kinderwagen zu, nachdem er den Hund, der sich mit Seespecks und Wandschneiders Gegenwart nicht abfinden wollte, verscheucht hatte, und es war merkwürdig, wie leicht sich seine Stimme zum Schmeicheln niederbog, wie sie sich zum Behüten und Beschwichten dem Kind ins Ohr schmiegte, als sprechende Musik, als sanftselige Lautlieblichkeit in Güte und Wohlgeneigtheit dort zu wohnen. Und des Kindes Seele erwiderte der andern guten, obgleich sie in einem fremden Manne war, mit Augenvertraulichkeit und Herzensauftulichkeit, und so befanden sich die beiden in gegenseitiger Leichterkanntheit wie in einem zweisamen Lichtkämmerchen, das Besitz und Wissen aller Dinge miteinander gab und aus dem Seespeck sich ausgeschlossen wußte. Das Kind fühlte sich nicht mehr von finstern Schrecken umwölkt, vergaß sein Weinen und Wehren und ergriff mit den Händchen das Lichtbild der andern guten Seele, das sich weich und lind wie die liebe Luft selbst anfühlte, da es den harten Körper selbst keineswegs erreichen konnte. Der Donner eines Löwengebrülls unter seinen Füßen wäre in diesem Augenblick eine geringe Überraschung gewesen gegen die, welche Seespeck empfand, als er sah, daß die Wesen durch Menschsein mehr voneinander geschieden als zueinander geführt werden. Das Kind und der alte Mann waren sich wildfremd, aber trotz diesem Menschentum fanden sich Türen und Gänge, die sie hinüber und herüber brachten. ›Wir sind ja alle Menagerietiere‹, dachte er, ›aus unserer freien Wildnis sind wir in den Käfig des Menschentums gebracht – und hier‹ – er sah auf den Schneider, der seinen Orden putzte – ›im Menschsein werden wir schlimmer zugerichtet als Eisbären, Kondore, Affen und Löwen, die ja bloß blind und mottig werden. Aber wo sollen wir hin? Wenn wir ausbrechen, gehts uns wie den Bestien, wir werden doch wieder eingefangen.‹ Was er aber in diesem Augenblick ganz genau unter Ausbrechen verstand, wußte er selbst nicht.

»De Lütten sind beter as de Groten«, sagte Holk, indem er sich vom Kinderwagen zu Seespeck wandte, »wenn se irst klok warden, freten se ehr Oellern up.« Seespeck fragte nicht, welche Erfahrungen der Alte mit seinen Kindern gemacht hatte.

In dem Maße, wie die Dämmerung zunahm, verzog sich das Rufen und Rennen jenseits des Mühlbaches, der etwa zwanzig Schritte hinter den Häusern seicht und kraus über die Steine des Grundes hinhastete. Hätte es einer Jagd gegolten, so hatte das Wild verstanden, sich der Verfolgung zu entziehen und seine Hetzer zu verwirren. Eine Flucht war so weit gelungen, daß die Fährtensucher sich auf verschiedenen Spuren sahen und niemand eine ordentliche Verfolgung aufnehmen konnte. Die Maurer und Zimmerleute machten offenbar Feierabend, denn hinter der Wand der Töpferei regten sich allerlei friedliche Geräusche, ein bißchen karges Grüßen ward lauter, Pantoffelscharren, Stiefelstampfen, Klappern mit blechernem Geschirr und ein ständiges Signalpfeifen von den Angeln der auf- und zugehenden Tür der Baubude. Holk schien geneigt, dem Beispiel seiner Leute zu folgen, die den Löwen, falls es keine Katze wäre, bis auf weiteres in Nummer Sicher wußten, aber natürlich, das Kind mußte an seinen Ort geschafft werden, das verstand sich von selbst, und wenn dann der Menageriebesitzer für heute abend, wo die Leute einmal fort waren, keine Bergungsversuche machen wollte, so konnte man ja getrost zum Abendbrot heimgehen.

Man hörte Holpern leichter Räder über Pflastersteine, und das Bild einer rotbäckigen, mit Zeug wohl ausgepolsterten Frau verdunkelte das niedrige Fenster zu dem seitlichen Gang, und gleich darauf hielt sie mit ihrem Kinderwagen, in dem sich aber kein Kind sondern leere Fischkörbe bargen, unter der offenen Tür. Der Hund, denn es war der ihrige, mit dem Seespeck gefochten, umtänzelte sie und schien gespannt darauf, was sie denn zu den abscheulichen beiden Fremden sagen würde. Sie bog sich von draußen, beide Fäuste auf dem Griff liegenlassend, herein und schrie munter: »Holk, weten Se all dat Nigste? Se hemm' een Kind stahlen.« »Wat Se seggen!« gab Holk zurück, indem er den Wagen zwischen dem Gerümpel am Boden dem Lichte entgegenlotste. »Ick hew'n Kind stahlen?« »Nee,« schrie die Frau zurück, »Se meen ick nich, de Lüd, ick weet nich, wat för Lüd –«

Hier aber tauchte der noble Kinderwagen mit dem gestohlenen Kinde aus dem Dämmer, gezogen von dem Mietsherrn der erstaunten, fettkiemigen Frau Paap und geleitet von zwei ganz und gar unräuberisch auftretenden Helfern, von denen der eine wenigstens von stadtkundiger Harmlosigkeit, um nichts Schlimmeres zu sagen, war. Die ehrbare Fischfrau war nicht nur gut ausgepolstert, sondern auch an Fleisch und Bein war sie nicht bedürftig, und so konnte sie als wind- und wetterbeständig genug gelten. Ihr Kopf aber war offenbar weniger widerstandsfähig, und so hatte sie ein romantisch rumorendes Gerücht nur zu gutgläubig aufgenommen, und die Autorität des Geraunes galt ihr für stark genug, um doch Seespeck mit dem Atem geräuschvoll tätiger Nüstern wie in Mißtrauen einzuhüllen. Sie schien aus den Erklärungen, die ihr Holk über das Bergen des Wagens auf seinem Grundstück gab, verdächtige Umstände zu folgern. »Maken Se doch keen Malhür ut so'n beten Unglück«, sagte Holk lachend. »Ick hew doch von dor ut«, er wies nach dem kleinen Straßenfenster, »all mit ankeken, de Dirn is för den Löwen uträten un hett den Wagen för min Hus stahn laten.« »Löwen, Löwen«, sagte Frau Paap, »wat för Löwen, Se maken sick jo lächerlich mit Ehr Löwen un sünd doch all Grotvadder, Holk.« »Na«, sagte Holk gefaßt und sah sich nach Wandschneider um, »irst wir dat jo'n gelen Hund, denn 'ne Katt, denn is toletzt doch woll öwerhaupt keen Löw wegkamen – äwer, Fru Paap, de Dirn is uträten, dat hew ick sehn, man worüm se uträten is, weet ick denn nich.« Er sah dabei Seespeck an, der also wohl oder übel zur Verantwortung gedrängt war. Es war dabei ersichtlich, daß der Hund sich schon zu neuen Angriffen bereit hielt, da ihm längst klar geworden, wie gut sein eigener mit dem Geruch seiner Herrin übereinstimmte; Seespecks Sache war bei beiden als übel ausgewittert. Er ließ also beifällig seine Zähne blinken und fing langsam an, das Wehr des Zornes in seiner Brust aufzuziehen. Seespecks Löwenmut ward vor dem Geschnauf der Fischfrau klein, mit dem Hunde, ja, mit vielen Hunden hätte er sich seine Sache schon auszumachen getraut. Die Frau Paap aber hatte zu oft gegen mancherlei Leute ihres Hundes Partei führen müssen, als daß sie nicht ein bißchen in Abhängigkeit von dem Befund seiner Nase gekommen wäre, sie war, da sie sehr zankfreudig schien, durch ihn stets mit Anlässen zu Zungenboxerei versorgt, brauchte also keine Besorgnis zu hegen, daß ein kleines Feuerchen durch allzuviel kühle menschliche Vernunft auszubrechen gehindert werden könnte.

Seespeck zog instinktiv die Auseinandersetzung mit dem Tier der mit der Fischfrau vor. »Wenn der Hund noch näher kommt, hau ich«, sagte er, und Frau Paap, die wie viele Hundebesitzer der Meinung war, daß man erst gebissen sein muß, ehe man schlagen darf, antwortete so draufgängerisch, daß der Hund blank zog und die gute Gelegenheit an Seespecks Beinen ersah. Er schnappte tüchtig zu, aber ein Fußtritt Holks schleuderte ihn um einige Meter in den Hof zurück, wo er gekränkt wütendes Anklagebellen und schmerzliches Theaterheulen anhub. Es ward offenbar, daß Holk mit dieser Mieterin schon längst unzufrieden war. Die andern kleinen Leute im Hofe lägen ihm ewig wegen des Hundes in den Ohren, sagte er, und sie solle nur in Gottes Namen zum nächsten Termin ausziehen, worauf sie nicht faul war, dem Beispiel des Hundes zu folgen, und ihnen beiden einen Ohrenschmaus zum besten gab, bei dem nicht die schmälsten Brocken für Seespeck abfielen und wozu das Kind und der Hund die Musik machten. Ein wahres Staubecken des Zorns war gebrochen, und Seespeck wunderte sich nur immer, welche Schleuderkraft es sein mußte, die so viel Ungetümlichkeit und Unziemlichkeiten durch ein schmallippiges Mündchen zwischen einem so rosigen Backenpaar aus einem so fettigen Halspaß flink und flinker hervorpolterte. Eigenartig war Holks Verhalten; er sah auf seine Uhr, und als fiele ihm plötzlich ein Versäumnis ein, lief er, wie in entschuldigender Eilfertigkeit, und ohne Mißachtung der ihm zugedachten Gaben zu zeigen, an die Hausecke, um nur einen Blick nach dem Abbruch zu tun, kehrte aber sogleich mit leicht zerstreuter Miene zurück, als hindere ihn irgendein zukünftiges Geschäft, seine ungeteilte Aufmerksamkeit diesen Paapschen Bemühungen zu erhalten, die ja soweit – schien er zuzugeben – im Augenblick recht willkommen und nichts weniger als unbehaglich für ihn seien. Der enge Gang und der Hof mit kleinen Hinterhäusern hallten wieder, und Seespeck wünschte seinen Ohren zur Übertäubung solcher menschlichen Mißtöne einen Felsenton aus dem Vulkan des Löwenrachens herübergeworfen, um diesen Unrat an widersinnigen Beschuldigungen, diese Anhäufung von verdorbenen, mißbrauchten Zungenlauten zu begraben.

Nun wäre ja der ganze üble Schwall, da die beiden Männer nichts erwiderten, der Schneider aber sich langsam trottend straßenwärts salvierte, wohl von selbst verebbt, wenn nicht Seespeck unversehens an Holk ein paar Worte verloren hätte, als Laut- oder Halblautwerden dieser seiner Empfindungen, die aber, unverstanden, wie sie blieben, darum nicht sanfter, ja noch vergiftender trafen. Frau Paap mäßigte ihre Stimme, dagegen schwollen aber die Verse ihrer Kapitel in wuchernder Wüstheit ins Apokalyptische. Als sie einen Augenblick verschnaufen mußte, machte ihr Holk sanfte Vorhaltungen. »Fru Paap«, sagte er bedauernd, »Sei räden sick um Ehren Hals, – Sei stahn doch nich in Seepacht mit de Stadt, dat Sei so väl Fisch verköpen können, as dat Geld kost«, – womit er freilich selbst wohl kaum ernstlich ihren Lästermut zu dämpfen dachte. Er fügte noch schlicht hinzu: »Sei versupen jo in Ehr eegen Supp.«

Aber Frau Paap dachte nicht an Ersaufen, die Luft war ein Rohstoff, den sie verschwenden durfte, und so lange sie bei Leibe war, konnte sie jede Mahnung zur Sparsamkeit in ihrem eigenen Winde ersticken. Es war ihr aber nicht vergönnt, das Ende zu wählen, es ward ihr gesetzt, denn als ein junger Geselle oder Lehrling, zum Heimweg fertig, von der Abbruchsteile her um die Ecke bog und mit undurchdringlichem Ernst meldete, der Löwe sei dahinten, wohin er mit dem Daumen wies, auf dem Hofe gesehen worden, und der Meister möchte doch ungesäumt einmal hinschauen, wenn er – mit einem Blick auf Frau Paap – von seiner Unterhaltung abkommen könne, fuhrs ihr doch wie ein Stein in den Schlund und preßte den Rohstoff der Luft zur Ohnmacht in ihrer Brust zusammen. Nun war Holk über die verschiedenen narrenden Spiegelungen, unter denen die Wüstenmajestät sich seinem Bewußtsein dargestellt hatte, entweder der Glaube an die Möglichkeit seines endlichen körperlichen und nüchternen Nahens selbst entschwunden, oder er durchschaute die anscheinende Undurchdringlichkeit seines Jungen zu gut, um nicht irgendeine Eulenspiegelei dahinter zu ahnen, er handelte jedenfalls absichtlich selbst eulenspiegelhaft, indem er der verstummten Frau aufgab, den Gang an der Straßenseite zu sichern und den Löwen, den er mit seinen Leuten, soweit sie noch erreichbar wären, vom Hof durch die Tür in die Werkstatt, vor der sie noch immer standen, scheuchen wollte, auf keine Weise durchzulassen; er gab ihr die weitgeöffnete Tür, die den Gang fest verbarrikadierte und vor der der Leu abprallen und seitwärts flüchten solle, in die willenlosen Hände und rief ihr zu, nur immer brav festzuhalten, unverzagt gegenzudrücken und, wenn er brüllte, auch zu brüllen, dann würde er schon durch die dunkle Türöffnung ins Verließ hineinschlüpfen, oder, wenn er sich nach links wende, in ihre, Frau Paaps Wohnung, die erste des Hofes, wo er ja ebenfalls bestens aufgehoben sei. Während er dies sagte, drang vom Hofe Johlen und Pfeifen heran. »Nu stah fast, Fru Paap«, herrschte er noch einmal mit Schrecken einjagender Verhärtung des Tons, »glik kikt he üm de Eck!«

Der Hund bellte schon so heldenhaft im Hintergrunde, daß Frau Paap ihn im Geiste mit dem Löwen balgen sah. Ihr unerschöpflicher Rohstoff war auch wieder mächtig geworden, ihr fetter Hals würgte, ihre roten Backen blähten sich, und ihr Mund, durch den einige Augenblicke vorher so viel Unrat gedrungen, weitete sich zu einem unnatürlichen großen O und entband sich einer Schlange von öligen O-Lauten als ununterbrochenes »Ogott – Ooogottogottooogottooogottooo!« – »Snider!« rief Holk nun dem backsteinroten Kopf zu, der wie ein Mauerteil mit einem Mausloch von offenem Munde an der sicheren Ecke überhing, »Snider, faten Sei den Kinnerwagen un fohren em ganz sacht nah Nummer söß, dor wahnt de Mudder to dat Kind, heet Fru Krahnatz, un bringen ehr dat wedder trüg. Grötens ehr veelmals von mi un seggen ehr, ick harr dat Lütt so lang an mi nahmen hatt, hüren S'?« Aber ehe er noch ausgeredet, warf sich Frau Paap hinter der Tür wie eine Robbe herum, patschte ihre roten Hände in den Wagen und riß so das Rettungswerk mit einem Ungestüm an sich, das den Schneider mitsamt seinem Orden, mit dem sich seine lahme Menschenwürde selbst in der Dämmerung als Krücke behalf, an die Wand drückte, als er ihr entgegenstockerte, weil er glaubte, sie wolle das Geschäft einfädeln helfen. Er griff, gegen die Mauer gedrängt, blindlings an den Wagen, er wußte noch nicht, sollte er ihn fassen oder lassen, als sie ihm schon so derb auf die Finger schlug, daß er sich dünnmachte und sie vorüberwuchten ließ.

Inzwischen hatten sich aber Holk und Seespeck nach dem Hof gewandt, der sich hinter dem Abbruch in einen verwüsteten Garten verwandelte. Hier waren ein paar Bäume gefällt, eine Kalkgrube angelegt und Baugerümpel, das in der Werkstatt gesammelt lag, war hier verstreut. Der Hund bellte irgendwo im Schatten eines Baumes, und ein Teil der Arbeiter sowie ein paar Halbflügge, die mit Zigarren zwischen den Lippen, abstehenden Ohren und unersättlicher Lust am Erleben irgendwo immer aus irgendeinem Grunde müßig sind, ließen sich die Beobachtung desselben Baumes angelegen sein, ja, einer von ihnen, dessen Zigarre schon im Blattdunkel glühte, hatte sich zum Angriff nach oben bäuchlings auf die unteren Äste gehängt und ließ seine Beine aussichtslose Anstalten in der Luft machen, dieselben Äste zu gewinnen, als plötzlich das Lichtpünktlein im Laube wie ein Leuchttierchen im Bogen zur Erde sprang, zugleich aber ein komischer Laut, wie aus dem gepreßten Bauch, der nach oben und unten auseinandergesprengt ist, herausfuhr und das Schattenbild aus den Ästen entsprang. Ein Affe wäre ausgebrochen, hieß es, als sie fragten, und Seespeck erinnerte sich sogleich des Pavians. Er säße im Apfelbaum und fräße sich dick, erfuhren sie weiter, und wirklich, als sie nähertraten, sahen sie durchs herbstliche Laub gegen grauen Himmel wie Dämmerspuk eine finstere Gestalt von da unten, wo sie soeben die angreifende Zigarre abgeführt, den oberen Zonen des Baumes zustreben. Der Abgeschlagene hatte zwar seine Zigarre wiedergefunden, aber nicht seinen Hut, und die Courage war vollends verloren. »Dat Dirt ritt Eenen jo de Uhren aw«, erläuterte er lakonisch, da ja so vielfacher Verlust einer Erklärung bedurfte, und tatsächlich mußte der Zustand seines Schopfes einen Skalpierungsversuch von Affenhänden nur bestätigen. Niemand unter der unternehmenden Jugend zeigte weiter Lust, Ohren und Zigarre zu riskieren, dagegen suchte der eine und andre nach Steinen, und bald hörte man die Würfe durch Laub und Äste schlagen; dagegen ereiferte sich nun Holk, aber gegen seine Warnung ereiferte sich eine Stimme aus der Menge, und es schien wirklich eine Meinung Anhang zu haben, daß man eben nichts Besseres tun könne, als den Pavian totzuschlagen, ja, ein Radikaler rief nach einer Stange, um den schattigen Alb, der selbst vom Baum aus aufs Herz zu drücken schien, zu eigener Erleichterung herabzustoßen. Wogegen Holk, ohne seine Stimme noch einmal vorzuschicken, leise diejenigen seiner Leute, die das Ende der Begebenheit erwarten zu wollen schienen, anrief und ihnen auftrug, alles, was an längerem Gestänge herumstand, zusammenzusuchen, ja, er selbst nahm dem Forschen eine Latte aus den Händen, indem er sich dabei leichthin ausbat, sie einmal »ankiken« zu dürfen.

Niemand hatte sonderlich auf zwei oder drei Leute geachtet, die ohne Eile und Lärmen hin- und hergetreten waren, jetzt nahte der eine von ihnen mit einem kurzen Stock, wie es schien, dem Baum und zog dabei ein dünnes Tau, das in den Blättern schurrte, hinterdrein, ein andrer verschwand, und sogleich schien sich der Stock zu versteifen und in den Händen seines Trägers zu sträuben, er hustete ein paarmal kurz hintereinander wie ein auftauchender und Luft ausblasender Seehund, ein silbernes Schlänglein schlüpfte im Bogen zur Erde nieder, erstarkte aber schnell im Rückgrat und ward im nächsten Augenblick zum Wasserstrahl, der wie eine Stange gegen den Baum stieß, oben zersplitterte er wie knisterndes Glas – im tausendfältigen Getröpfel. Die Halbreifen jenseits wichen vor dem Sprühregen zurück, nicht ohne in derben Worten, die noch derber belacht wurden, den Affen zu seinem neuen Trutzverfahren zu beglückwünschen, als ginge die Nässe von oben aus. Die dunkle Gestalt im Baum aber schmolz zusehends mehr und mehr, und als gar von der Gestalt mit dem kalten Strahl die wohlbekannte Stimme seines Dompteurs oder Besitzers Schimpfworte von echt sächsischem Schrot und Korn wie »Lauseviech« oder »Bäschtje« oder »wiehschter Limmel« die Erinnerung an Schläge und Hungerstrafe aufpeitschten und zum Herabkommen ermunterten, fügte sich ein de- und wehmütiges Häuflein Jammer von neuem ins Elend. Der Wasserstrahl ward eingezogen, das Schlänglein schlüpfte in die Spritze zurück, und den reuigen Ausbrecher erwarteten am Stamm des Baumes eine Schiebkarre und ein Sack. Der Hund mochte denken, daß »Schäsar«, wie der Dompteur sein Tier beim langsamen Abrutschen zur Erleichterung des letzten Schrittes mit betrüglicher Vertraulichkeit empfing, ein Wildpret sei, das er niedergebellt hätte und das seiner Siegerlaune füglich zum beliebigen Zausen gegönnt sei, aber er erfuhr, als er sich unverschämt heranmachte, zum zweiten Male dieses Abends eine Abfuhr durch einen Fußtritt, diesmal von dem Dompteur selbst, der ihm, als er, zwischen die Zähne getroffen, seine Enttäuschung mit Gesang heimführte, einen Hornissenschwarm sächsischer Sticheleien nachschickte, die aber über den Köter und seinen Jammer hinweg in die abstehenden Ohren der Anrichter dieses ganzen Unglücks eindrangen. Er sprach hochgemut wie ein Pharisäer, der Gott für sein

Hochdeutsch dankt, von »bladdeitschen Biffelgebben«, und man muß gestehen, er spritzte es mehr als er sprach.

Als er aber seinen Affen im Sack und aufgeladen hatte und mit der Karre fortschieben wollte, hängte ihm Holk, zu dessen Inventar das Rad gehörte, ein Gefolge von zwei Lehrlingen an die Fersen mit dem Auftrage, die Karre wieder ans Haus zu besorgen, und fügte hinzu: »Wenn he wedder von Büffelköpp anfangt to dröhnen, denn smit Ji em de Kor um, un denn kann he sinen Apen up'n Puckel na Huus drägen!« Der Dompteur bequemte sich, so viel Plattdeutsch zu verstehen daß er seinen Sack voll zahmgewordener Wildnis zu ihrem Zellengefängnis zurückfahren durfte. Die Zigarren und ihre Besitzer mit den feuchten Ohren stolperten nun unter Anführung ihrer Hauptrüpel dem weiteren Erlebnis eines Glases Bier »in'n Linnengoren« zu, während Seespeck und Holk zusammen auf die Straße traten; hier wurden sie auf der menschenleeren, dunklen Straße von zwei Frauen gestellt, von denen die größere die ein wenig widerstrebende kleinere am Arm vor Seespeck hinschob und, wie es Seespeck schien, von ihrer Seele verlangte, ob ›Er‹ das sei oder ob ›Er‹ das nicht sei. Es war das Kindermädchen von vorhin, und sie bekannte weinerlich, ›Er‹ sei es, worauf die Mutter Seespeck hinter ein Gitter von Folgerungen sperrte, aus denen es nur zwei Ausgänge gab. Der eine war sofortige Zahlung eines Monatsgehaltes an die Tochter oder Verantwortung auf dem »Büro«, damit meinte sie die Polizeiwache.

Seespeck konnte nicht abstreiten, daß er »es« gewesen sei, nämlich derjenige, welcher das »gute Kind, die Klara« in Schrecken gestürzt und es von seinem Posten am Wagen verjagt hätte, wonach er erfuhr, daß sie von ihrer Frau auf dem Platze geohrfeigt und entlassen sei. Das Geld für die Ohrfeige, hatte sie gesagt, solle Klara von dem Manne einkassieren, der sich den Spaß gemacht hätte, der also für sein Vergnügen füglich auch bezahlen möge.

Seespeck fühlte eine Art Erleichterung, als er erfuhr, eine wie handfeste Dame die Mutter des kleinen Kindes sei und daß sie also mit einem ähnlich beschaffenen Herzen ausgerüstet den Schrecken wohl ohne Schaden bestanden habe. Nun mußte er seine Schuld büßen, daran war nichts zu ändern, und doch war er zu einer schnellen Fügsamkeit nicht gleich bereit. Der alte Holk half ihm zögern, indem er die Ansprüche auf Schadenersatz durchhechelte. Wenn doch einmal jemand Klara die Ohrfeige und den Verlust der Stellung bezahlen solle, so müsse sie sich an den Menageriebesitzer wenden, der dann seinerseits den Affen verprügeln möge. Der Herr, er wies auf Seespeck, hätte sich selbst gefürchtet. Die Laternen waren soeben angezündet und gaben Seespeck Licht genug zu sehen, daß die Mutter Wunderlich dürftig angezogen war, während die Tochter sich mit unechter Feinheit in allem Fleiß mit Zuspitzung auf Fräulein Gnädig Wunderlich schlecht moderecht, recht modeschlecht gab. Ihm erschien sie als Vogelscheuche neben ihrer Mutter. Und es war offenbar, daß diese noch mehr als Frau Paap ihres Kläffers die unentwegte und unkritische Vorfechterin ihrer Tochter war. Sie jammerte ihn mehr, als daß sie ihn mit ihrem Auftrumpfen, das übrigens immer von frischem gespornt werden mußte, belästigte. Die Tochter aber, die zwischen Licht und Schatten ihre junge Schönheit unauffällig leuchten, überraschen, blenden und schnell wieder ins Dunkle schlüpfen und dort lauern zu lassen wußte, bestrebt, ihr Geld mit Bezauberung desto sicherer zu bannen, sie verdarb ihm die Gelassenheit, mit der er die ganze Sache ins gleiche zu bringen gemeint hatte. »Nun«, sagte er also kurz, »daß der Löwe nicht heraus war, wußte ich ganz gut, ich wollte sie wirklich erschrecken.« Er hätte in diesem Augenblick die kleine Lüge, der man kaum den Glauben versagen durfte, nicht vorbringen können. »Na«, antwortete der alte Holk auf dieses Geständnis, »dat hemm' Se äwer würklich ganz natürlich upspeelt, dat kann ick Se betügen. Ick bün mi den Löwen orrig genog vermauden west.« Er dachte offenbar gar nicht daran, daß auch er ein bißchen sogar zum Lamm vor dem Löwen geworden war, schien aber die Dinge in bezug auf die Geldforderung kaum verändert zu finden und nach wie vor zu Seespecks Unterstützung bereit zu sein. »Vor so'n Löwen möt Klara doch dat Kind nich in'n Stich stahn laten«, sagte er so bieder zur Mutter, als wäre es selbstverständlich, daß ein halbes Schulkind pflichtgemäß dem Löwen trotzen müsse.

Es schien ihnen allen ganz grundlos zu sein, warum denn Seespeck eigentlich die Klara geschreckt habe, ja, es schien ihnen zu genügen, daß er es getan, um den Fall völlig aufzuhellen.

Er nahm die Schuld auf sich, das war nett und vernünftig von ihm. Aber Seespeck, der nach der Uhr sah und fand, daß er noch ein Stündchen zu verspielen hatte, kitzelte es, ihnen den Löwen, den er persönlich nicht zur Verfügung hatte, doch nicht ganz zu schenken, es fiel ihm ein, selbst ein bißchen Löwe zu spielen, wobei ihm zustatten kam, daß sein absonderliches Benehmen ein unbestimmtes Befremden bewirkt hatte. Denn er schien sich weder um die Geldzahlung herumdrükken noch sonst Vorteile für sich in Anspruch nehmen zu wollen. Das alles tut man sonst in Güstrow nicht so leicht.

Er studierte in seinem Portemonnaie, bemerkte murmelnd, daß sein Geld nicht reiche und griff nach der Brieftasche im Rock. Aber, oh weh, die Brieftasche war verschwunden, ließ sich auch in andern Taschen nicht finden und mußte für verloren gelten. »Sicher«, schloß er, »ist sie mir über der Balgerei mit dem Hund aus der Tasche geflogen, denn ich habe mich mehrmals gebückt, und das Ding war nur klein –«, ob er nicht so freundlich sein wolle, wandte er sich an Holk, in der Rumpelkammer, wohin sie mit dem Kinderwagen geflüchtet, einmal nachzusehen. Da er übrigens gar nicht zahlungsunfähig aussah, war die Annahme plausibel, und Holk schlug vor, die beiden Frauen möchten mit hineingehen und suchen helfen. So standen sie denn in kurzem wieder in der Töpferwerkstatt und leuchteten mit einer Laterne zwischen den Geräten und Gerüsten herum, während ihre Schatten, da die Laterne leicht schaukelte, die Wände entlang torkelten oder zuckend Teile von ihnen geviertelt auf den Brettern und Leitern und Balken von unsichtbaren Henkern höchst bravourmäßig behandelt wurden. Das Grab des Hintergrundes verschlang die armen Reste, während die belichtete Wand sie, im Grabe frisch gefügt, wieder an sich riß und auf einer Wiese von Staub und Spinnweben in gespenstischer Ausgelassenheit taumeln ließ. Holk suchte zwischen den Leitersprossen, Seespeck auf der andern Seite im Geklüft aufgestapelter Bretter, und die beiden Frauen bemühten sich überall, wo ein entflohener Schatz im Schatten sein Nest hätte bauen können. Frau Wunderlich war einen Augenblick neben Seespeck getreten und hörte, wie er eine zahme Verwünschung bei sich selbst über die Brieftasche aussprach, und fragte gewissermaßen in absichtlichem Mißverständnis, um ihm über das immerhin leicht beschämende Selbstgespräch wegzuhelfen, als hätte er zu ihr gesprochen, ob er denn gar so viel verloren, worauf er aber nichts Eigentliches antwortete, sondern bei sich selbst zu murmeln fortfuhr. Der Verlust mußte also wohl nicht leicht zu verschmerzen sein, denn er hängte sich bis zur offenbaren Geistesabwesenheit an seine verlorene Brieftasche. Doch faßte er sich und sagte, bemerkend, daß er angeredet worden: »Ja, ja, aber es ist nicht gerade das Geld – aber Dokumente«, und war nun schon wieder abgerufen und gleichsam allein, fuhr aber mechanisch fort zu sprechen und beschwor ziemlich undeutlich einen Namen, der in der verflossenen Zeit oft genug gehört worden war, um auch hinter dem Zaune eines Selbstgesprächs verstanden zu werden. Denn Seespeck hatte im Zuge von Güstrower Einwohnern alles Kurz- und Langweilige eines kürzlichen Mordprozesses vor dem Schwurgericht zu hören bekommen. Der Prozeß war mit einem Todesurteil abgeschlossen. »Ach«, sagte Frau Wunderlich neugierig, »haben Sie damit zu tun gehabt, daß Sie Dokumente mithaben?« Seespeck sah überrascht aus einem düsteren Gewölbe hervor, starrte ein wenig gradeaus und fuhr dann mit dem Zeigefinger um seinen Hals. »Morgen früh«, sagte er, »aber schweigen Sie ja still davon, Frau Wunderlich, ja?« – »O Gott«, sagte sie kurzluftig, »sind Sie der –?« Worauf Seespeck besiegelnd nickte und ihr noch einmal mit dem Wink der flachen Hand, als tropfe er Öl auf die Regungen ihrer Mitteilsamkeit, Stillschweigen anbefahl. Sie fuhr von ihm fort in eine andre Ecke zu ihrer Tochter.

Es dauerte aber nicht lange, so glückte es Seespeck, da, wo er eben recht im Verborgenen suchte, seinen Fund zu machen.

»Lassen Sie noch einen Augenblick brennen, wir wollen uns nur noch eine Zigarre anstecken«, schlug er vor, als Holk, zufrieden, seinen Feierabend wirklich anbrechen zu sehen, die Flamme der Laterne niederzuschrauben begann. Er war auch hiermit einverstanden und mochte annehmen, daß Seespeck die Rauchpause zum Geldzählen benutzen wollte. Klaras Augen glänzten, und ihre Backen waren wohl von der Ohrfeige noch so rot, aber die Mutter verzog sich, während ihre Tochter sich Schritt für Schritt mehr in den Schein dieses grellen Lichts, das von Seespeck auszugehen begann, hineinschob, nur immer rückwärts. Er hatte seine Person für die Vorstellungen der Klara ein bißchen in eine Jahrmarktsbudenbeleuchtung gestellt. Es hing ein greller Schein um ihn.

Die Zigarren rauchten, und man stand einen Augenblick ohne bestimmte Erwartungen, ja, es schien niemand aufzufallen, daß Seespeck, statt die Brieftasche zu öffnen, sie recht sorgfältig barg und sämtliche Knöpfe seines Rockes darüber schloß. »Ich gehe hier nicht gern ins Hotel«, sagte er dann zu Holk, »wissen Sie nicht vielleicht, wo ich diese Nacht in einem Privathaus wohnen kann?« Holk antwortete: »Die Hotels sind alle ganz sauber, da können Sie ruhig bleiben, Erbgroßherzog oder Bahnhofshotel oder –« Seespeck schob mit der Hand sämtliche Hotels beiseite, schüttelte sogar indigniert den Kopf, schien von etwas anderem sprechen zu wollen, wollte dann aber offenbar den Stolz des Alten auf die Sauberkeit der städtischen Hotels nicht verletzen und sagte, seine Worte zu künstlicher Harmlosigkeit dehnend: »Ich war schon mal hier, wissen Sie, und blieb natürlich im Erbgroßherzog, aber – wissen Sie – na, ich schreibe meinen Namen nicht gern ins Fremdenbuch, die Leute sind so neugierig.« – »Das ist was anderes«, gab Holk zurück, der viel zu gern fortgegangen wäre, um aus Neugierde Zeit zu vergeuden. »Nee, ich weiß hier auch keine Gelegenheit.« – »Wenigstens sehe ich«, sagte Seespeck, »nun, daß Sie gar nicht neugierig sind.«

Holk machte sich gelassen wieder an seiner Laterne zu schaffen und steckte, um beide Hände frei zu haben, die Zigarre zwischen die Zähne; als er die Laterne hob, legte er den Kopf schief, um den Rauch der Zigarre an der Nase vorbeisteigen zu lassen, und blinzelte, weil es ihn in die Augen biß. »Ich schreibe meinen Namen ruhig überall hin« sagte er, – »na, Sie werden ja woll auch nicht der Teufel sein.« Er war gewiß nicht neugierig.

»Na«, sagte Seespeck, »Sie wollen gern nach Haus, dann können wir ja gehen«, dachte auch halb und halb, den Charakter als Scharfrichter und Löwe fahren zu lassen, als er der Klara weit aufgerissenen Augen begegnete und ihr beinahe wider Willen die Frage hinwarf, ob sie morgen bei der Hinrichtung zuschauen wolle, und fügte unsicher, ja ärgerlich über sich selbst hinzu: »Ich kann das so einrichten – aber natürlich nur, wenn Sie es durchaus wollen.« Holk ließ die Laterne sinken und machte ein Gesicht, als stünde der Leibhaftige nun doch vor ihm.

Er war in den Dingen seiner Welt sicher wohlbeschlagen, er kannte sich aus und ein und hatte vor allem, was draußen war, wenig Respekt. Er mochte denken, Himmel und Hölle, alles, was mit Menschsein zu tun hat, müßte wohl im ganzen den Güstrower Zuständen gleichen. Er war natürlich überzeugt, daß es einen Gott gab, aber all dies Unerkannte und Unerkennbare lag für seine Augen undeutlich grau verschwommen im Hintergrund seines Daseins. Er glaubte auch natürlich sonst nicht an Gespenster, aber diese Person da vor ihm in ziemlich anständiger Kleidung wurde für ihn plötzlich zum Gespenst, ein Hauch aus einer anderen Welt umwitterte ihn grausig. Einen wirklichen Scharfrichter greifbar vor sich zu sehen, war gleichbedeutend mit einer leibhaftig glaubwürdigen Erscheinung des Alten Fritz oder Luthers, und er musterte mit den flinken Augen, die unter dem Vorbau der kahlen Stirn ein wenig wie Affenaugen hin- und herfuhren, seinen Gast, ja, es war ja sein Gast gewissermaßen hier auf dem Grundstück, wie gläubige, inbrünstige Gäste gruselnd im Panoptikum die Leibhaftigkeit eines sagenhaften Zeitgenossen. Die Fassung hatte ihn verlassen, denn ein Mensch, ein wirklicher Mensch stand vor ihm, der berufsmäßig nüchtern etwas tun konnte, was nur gleich?! – Unsagbares. – Er schaute ein Stück fremder Welt, mitten in der gewohnten, altbekannten, wie man mit Zweifel an sich selbst kämpfen müßte, wenn eines Morgens die Sonne nicht im Osten, sondern im Westen aufgehen wollte. Ja, er war so bestürzt, als wäre er selbst bei einer Schimpflichkeit ertappt, aber das währte nur Sekunden lang, dann schlug es bei ihm durch, als schäme er sich mit einer stellvertretenden Scham für die ganze Menschheit, nein, sogar für die Natur und den Schöpfer, die einen solchen andern unbegreiflichen »Menschen« zu bilden vermochten. Er mochte sich wohl sonst im Gespräch über das Problem des Henkers mit dem Spruch von der »Gewohnheit, die alles macht« hinweggeholfen haben, aber Aug' in Aug' mit einem »solchen« versagte der ganze Apparat der ordnenden Vernünftigkeit. Er war noch immer verwirrt wie ein unerfahrener Jüngling, den seine Dreistigkeit unversehens vor eine Liebesfrage gebracht hat, zu deren Beantwortung ihm noch das ABC abging. Er plinkerte mit den Augen und drehte sich rechts und links, ja, er lachte sogar tölpelhaft und blöde. Des Teufels Erscheinung wäre er vielleicht auf Lutherart begegnet, aber Seespeck stand gräßlicher vor ihm als der Teufel.

Die Klara war vor Seespecks Frage zurückgezuckt, aber ihre Nerven hatten die Verfassung der modernen Roheit, sie sah die Tür offen zu einem Schauerdrama, zu einem Kino allerverlockendster Art, so verzog sie nur einen Augenblick und wob ein Lächlein um das Näschen und nahm die freundliche Einladung an wie einen Pfefferkuchen. Schon tauchte die Kleidersorge mit ihren Schatten auf, und ihretwegen kehrte sie sich zu ihrer Mutter.

Frau Wunderlich hatte ein Löwenschreck gelähmt, Tränen wollten ihr überlaufen, sie hatte für die Sorgen ihrer Tochter nichts über. Aber der Löwe, der vor ihr stand, erbarmte sie gewaltig, es war ein verwünschter Unseliger, sie ahnte in seiner Seele ein schauerlich leidendes Ungetüm. Sie stand ganz im Dunkeln, und ihre feuchten Augen glichen im Schein des Lichts Spiegeln, die das unfaßbare Leiden des Elenden in sich faßten.

Seespeck war keineswegs behaglich zumute, er fühlte sich bis auf die Knochen blamiert vor sich selbst, und so kam es heraus, daß die Seelen zweier simpler Menschen ihn mit Flammenarmen umfaßten, was ihn aber nicht hinderte, in kindischem Trotz seine Maske zu behalten. »Na«, sagte er schließlich onkelhaft, »sie ist doch wohl noch zu jung. Es wird besser unterbleiben.« – »Ja«, sagte Frau Wunderlich, »Klara weiß das noch nicht so.« Und als Klara sich auf ein oft erprobtes Maulen verlegen wollte, fügte sie hinzu: »De arme Mann kann je woll ok nix dorför.« So wenig aber Klara in ihrer Seele Bedauern, wohl aber Bewunderung für Seespeck fühlte, so wenig gab sie ihr Spiel verloren, zog ihr Schnupftüchlein und gedachte, die Hindernisse des in Aussicht stehenden Glücks in Tränen fortzuschwemmen.

»Nee, min Dochter«, beharrte die Mutter, »dor kann un kann nu mal nix ut warden.«

Nun hatte aber das gute Kind Klara eine Art Bildung auf der Straße oder wer weiß wo und in welcher Geselligkeit aufgeschnappt. Wenn sie sich darauf als eine im Grunde unklare Sache besann, so hielt sie sich vornehmlich an eine Häufung von Zischlauten, und hier mochte es ihr die rechte Gelegenheit dünken, ihren Sonntagstaat vorzuführen, und da es dem Widerstand gegen ihre Mutter galt, so wußte sie sich nichts Besseres, es war auch hier unklar, ob sie es auf der Straße oder in wer weiß welchem Schlupfwinkel für geheime Vorübungen auf das Leben außer Haus und Familie studiert hatte, als ihre Mutter anzuschwärzen. Sie zischte also sehr flott ihr: »Isch kann nisch den Mund auftun«, – oder: »Isch verzischte auf Deine Erlaubnis«, ließ es aber nicht bei der Bekundung ihres Mißfallens, sondern riß sozusagen alle Türen und Fenster ihres Hauses auf, gegen sie und für jedermanns Augen Verrat an dem, was eine Familie nach außen verhehlt, zu üben, und besorgte es gründlich. Es kam nicht darauf an, was alles Seespeck und Holk anhören mußten, es kam darauf an, daß ihre Mutter ›es‹ sich vor ihr nun sagen lassen mußte, mit deren Sache es hier und da wohl nicht peinlich sauber stand. Da war von einem kranken Schwein die Rede, das, obzwar an falscher Wartung eingegangen, doch von der Versicherung hatte bezahlt werden müssen, auch hatte die Mutter kleine Vorteile, die ein nachbarlicher Misthaufen bot, bei der Pflege ihres eigenen Ackers mitgehen heißen, ja, es blieb wahrscheinlich, daß ein Wechselirrtum, der in einem Laden zugunsten Frau Wunderlichs geschehen, verheimlicht geblieben ist, und wenn alles, was mit der Wäsche schon passiert wäre, herauskäme, – »Pfui«, sagte Seespeck verdrossen, und als die Jungfer noch zweifeln wollte, über wen dieses Pfui ausgesprochen, brachte er ihr in dürren Worten seine Meinung bei, über die sie zunächst mehr erstaunen als erzürnen wollte. Ihr Schluchzen verstopfte sich, es war doch jammerschade um ein so bewegliches Erbärmlichtun vor den Menschen, und als es klar war, daß der ganze Zauber ihn nicht gerührt und ihre ganze gute Meinung von ihm keine gleich gute von ihr bei ihm erdrungen hatte, haspelte sie – und hier war es fraglos, daß sie es nur auf der Straße gelernt haben konnte – einen Vorrat von bösen Worten so geschwind hervor, als hätte sie ihn längst heimlich vorbereitet, es ging alles, ob es schlimmste und allerschlimmste Worte waren, wie am Schnürchen und riß nicht eher ab, bis der alte Holk sie hinausgescheucht hatte. Draußen fand sich die liebe Seele im dunklen Herbstabend zum Schluchzen in der Jammergrube erlittenen Unrechts wieder zurück.

Seespeck hatte nicht gewußt, daß eine Beschimpfung wie ein körperlicher Überfall belästigen könne, daß gewisse Worte im Stoß eines wütenden Atems auf sich gerichtet, mögen sie auch aus der Kehle eines Kindes kommen, verwunden müssen, wenn sie laut genug klingen und keinen Widerspruch finden. Es ist im Augenblick, als ob man der sei, als der man ausgeschrieen wird. Der Löwe ward als Affe behandelt und mit kaltem Wasser begossen. Vor dem Alten und der Mutter war er aufs bitterste gedemütigt, ehe noch den Zigarren das erste Viertel ihrer Länge abgebrannt war.

Als Holk hinter der Klara die Tür schloß, stand er einen Augenblick horchend, ob sie sich in die Gesellschaft mit sich allein schicken würde. Diese Frist, wo sie fast im Dunkeln mit Seespeck allein war, benutzte Frau Wunderlich, näher zu kommen und ihm über die Achsel den Ärmel hinab zu streicheln, und Seespeck empfand schüchterne und bittende Tröstungen und widerstrebte nicht dem Gruseln eines Selbstbedauerns, wozu ihn der Glaube der Frau an seine fluchwürdige Existenz als Scharfrichter gelangen ließ. Es war wirklich so: sein Aussatz schreckte sie nicht bei ihrem Erbarmen, und so tief war sein Elend in ihren Augen, daß das laute Gericht, das ihre Tochter mit ihr abgehalten, gegen das stille Urteil des Gefühls gegen Seespeck nichts wog. Dann erschrak Seespeck bei dem Gedanken, daß sein Betrug spätestens morgen an den Tag kommen würde, und fühlte doch zu wenig Mut, ihr heute noch sein Spiel zu gestehen. Da fiel ihm ein, daß er ihr noch einen Schaden vergüten müsse, und ›er‹ bat sie, ihm mit der Laterne, die Holk bei sich auf den Boden gestellt hatte, zu leuchten, hatte auch schon seine Brieftasche in der Hand, als er spürte, ohne doch die bestimmte Beobachtung zu machen, die es ihm ausdrücklich bestätigte, daß sie sich vor seinem Geld, Geld aus seiner Hand, graulte. Sie gehorchte zwar seinem Wunsch und brachte die Leuchte, stand aber dann so schief neben ihm, daß Seespeck die Umwandlung ihres Erbarmens in Abscheu nur zu deutlich war. Das erboste ihn, als wäre er selbst schuldlos an der ganzen Komödie und litte unter fremder Verdächtigung. Er sah sie zornig an und sagte: »Machen Sie doch keine Faxen, so schlimm ist es doch nicht« aber als er ihrem Blick begegnete, konnte er sich nicht verbeißen, sie ein wenig höhnend aufzufordern, nun endlich gescheit zu sein und zu erkennen, daß er sich einen Spaß mit ihr gemacht. Sie hörte ihn wortlos an, nahm das bißchen Geld aus seinen Händen und ging damit an Holk, der sich in diesem Augenblick zu ihm umwandte, vorbei zur Tür hinaus. Es war deutlich, daß sie so schnell nicht umlernen konnte, und sein Menschentum mochte als chaotische Unbegreiflichkeit um sie einen Nebel von Unheimlichkeit ausgebreitet haben.

Holk war eine zu robuste Natur, als daß er länger wie ein paar Minuten in seiner anfänglichen Bestürzung befangen geblieben wäre, vielleicht versagte auch sein guter Wille, sich in das Unfaßbare einzufühlen, jedenfalls war seine Verlegenheit gewichen. »Na«, sagte er ganz unbefangen, »denn wollen Sie dem armen Mädchen morgen früh den Kopf abhacken?« – »Ach Unsinn«, antwortete Seespeck, »ich denke nicht daran, wie können Sie auch so was glauben! Aber sagen Sie mal, ist es nicht ganz egal, ob ich es tue, oder ob es ein anderer doch mal tut? Ich bin übrigens ein Reisender und handle mit Holz, müssen Sie wissen.«

Dem Alten war bei diesem zweiten Geständnis Seespecks gar nicht geheuer. Er wollte sich zwar nicht empören, vermochte aber den Angaben nicht sogleich Glauben zu schenken und fragte ziemlich abhold: »Un wenn dat nu mit den Holthannel ok nix mihr is, wat ward denn ut Se?«

Seespeck wollte auf eine Frage, die er selbst gern gestellt hätte, keine Antwort geben. Er erkundigte sich aber, als sie im Vorraum an der Tür standen, nach dem Zustande des Brennofens, dessen Stirnwand, mit Vertiefungen des Bodens und Luftzuführungen wie ein Fuchsbau anzusehen, von der Leuchte aus dem Dunkel gehoben war. Holk antwortete, und es konnte nicht ausbleiben, daß sie hinzutraten, um Einzelheiten zu untersuchen, als hätte es sich für Seespeck um einen Kauf gehandelt. Und wirklich, es wäre ihm recht gewesen, noch diesen Abend Besitzer einer halbwegs nutzbaren Ruine von Töpferwerkstatt zu werden. Hatte er doch zufällig in Berlin die Bekanntschaft des Keramikers Mutz aus Altona, des Jüngeren, versteht sich, aufgefrischt und mit ihm vor dem Ofen und an der Drehscheibe während mancher freien Stunde sein Holzhändlerleben vergessen. Da hatte es zu heftig in seinen Finger gezwickt, als daß er den Ton unangetastet gelassen hätte, und Mutz hatte ein paar Püppchen aus seiner Hand mit in dem Ofen untergebracht, ja sogar behauptete er, einmal eins dieser Stücke an einen Liebhaber verkauft zu haben, ein Handel, von dem er Seespeck den Beweis, nämlich den Erlös, freilich nicht geliefert hatte. Aber die Ruine war dem Abbruch verfallen, und der bisherige Besitzer hatte sich um so leichter zum Nichtstun entschließen können, weil er aus der alten Überlieferung seines Handwerks heraus sich nicht mehr zu Änderungen von Hand und Augen bequemen mochte, die ihm zudem gegen die Massenabsatzgefälligkeit der Fabrikware auch nicht geholfen haben würden. Seespeck wußte aber, daß diese älteren Töpfereien einen im Grunde unendlich überlegenen Stand gegenüber zweifelhaften Neuerungen behaupteten, und davon unterhielt er sich mit Holk auf dem Wege durch die Stadt zum Bahnhof, mußte auch innewerden, daß der Alte selbst im ganzen Umfange als Mensch und Meister in einer Zeit wurzelte, von der Seespeck in aller Unschuld und bei der knappen Gelegenheit um so unverhohlener mehr Gutes sagte, als er selbst zu denken gewagt hätte. So schieden sie, beide übereinander verwundert, vor des Alten Hause, und Holk meinte mehr im Ernst als im Spott, ihm schiene denn doch, daß es mit dem Holzhandel auch wieder nicht so ganz das Richtige gewesen wäre; wenn ihre Bekanntschaft länger gedauert hätte, wäre es wohl auch ganz anderswo herausgekommen. Seespeck fragte dagegen, ob er schon mal einen Menschen gekannt hätte, der ihm nicht immer unheimlicher vorgekommen, je länger er ihn gekannt. Darüber wollte nun der Alte, der sich selbst recht gut zu kennen meinte, nichts ausgemacht sehen.

Seespeck war rechtzeitig am Zuge und gewahrte im Gang stehend kurz hinter dem Bahnhof über die dunklen Weiden her als Lichtgespinst das Holzmüllersche Zirkuszelt, wo präzis sieben Uhr die Galavorstellung begann und wo Affe und Löwe Natur und Wildnis, Herkommen und Art in freier Dressur selbst verhöhnen mußten.